講談社文庫

アナン、(上)

飯田譲治｜梓 河人

講談社

目次

アナン、(上)

アナン、(上)

すべての親と、すべての子へ。

第一部

1

初雪が降ったら、死のうと思っていた。

流《ながれ》はゆっくりと足を止め、鼻先を落ちていく白い一片《ひとひら》から夕空へと目をあげた。ネオンの灯り始めた都会を舞う無数の雪は、まるで繁殖しすぎた小蝶の群のように見える。それが、生きているみたいだと思うならまだしも、死骸に見えるのはやはり心の問題かもしれなかった。


雪か。つまり、その日がきたのだ。この地上からおさらばする日が――。

流は無気力な目を夕暮れの街に戻した。交差点はいつものように帰宅途中の人でごった返し、ぼうっと立ち止まる彼に目をくれる者はない。いつもと同じ愛想のない街、いつもと同じ疎外の匂い。排気ガスの中で流はブルンと身震いすると、雪がはいりこまないうちに毛羽だったウールのコートの襟元をあわせた。その胸にぽつりと黒い、死の決意を封じこめようとするように。

と、その手を内側から強くはじく力があった。ボタンの間からぴょこんと飛び出す、生暖かい毛玉。キャラメル色の小猫だ。男の懐というぬくぬくした世界から顔を出し、小猫のバケツは生まれて初めて見る雪を不思議そうに嗅いだ。

ナアオ……。

まつげに雪を積もらせた流は、前足で雪を捕まえようとする猫を見つめた。これから死ぬというのに、なんの感慨も、悲しみも未練もなかった。ただそれを初雪の日と決め、たまたま今日になったまでのことだ。心残りがあるとしたらば、このバケツの今後の身のふり方だけだった。

「……寒いぞ」流はいった。「はいってろ」

小猫のごりごりした頭をぎゅっと懐に押しこめると、流はまた湿り始めた舗道を歩き出した。

こいつを置き去りにしたらきっと餓死するだろうし、かといって道連れにして化け猫地獄に落ちるのも嫌だ。そうだ、こいつは電波青年にやってしまおう。あいつはいつもバケツと会うと、それこそオモチャ売り場から動かないガキみたいに夢中で遊んでいたからな。ちょっと愛撫はしつこいが、かわいがってくれるだろう――。

そう決めると、後はもうたいして考えることはなかった。コートの中でバケツが流の胸に三角の耳をつけて丸くなる。飼い主がこれから死のうとしていることも、自分の身を案じていることも知らずに。暖かい小猫の体がキュルルと小さな音をたてた。

こいつも腹がへるころだ。最後になにかうまい物をいっしょに食おうか——流はぼうっと思いついた。この世で最後の晩餐だ。世界で一番うまい物とはいわないが、せめて好きなもんをいっぱい食ってもバチはあたらんだろう。さあて、どうする——。

死ぬ前にしてはずいぶん食欲がわいてきた。どうせなにを食べても消化されないうちにあの世にいくわけだが、これは栄養の問題ではない。流は道ばたで足を止め、ちょっとわくわくしながら今夜のメニューを思い浮かべた。

『ラ・セーヌ』のフランス料理がいいか。あそこのプロヴァンス風料理は絶妙だ。でも、ほんとに南フランスであの料理を食べているのか疑わしい。この前オードブルにタラコが使ってあったぞ。『楼蘭』の広東料理も捨てがたい。ああ最後にこんなことに迷って、死んだあとに魂が迷わないといいけど。そうだな、やっぱり最後は和食で決めるか。少し遠いけど『石田屋』の京風懐石。いいぞ、これに決めた——。

流はゆっくりとむきを変え、北風に逆って『石田屋』を目指して歩き出した。小一時間はかかるが、なにも急ぐ死出の旅ではない。明日の朝までにゆっくりあの世に出発できればいいのだから。彼には涙ながらに別れを告げる者も、面倒くさい遺書を書き残す家族も、最後に嫌がらせの電話をかける相手もいなかった。

おいしい料理を腹いっぱい食ったら、とっておきの強い酒をくらってさっさと冬の夜に横たわろう。ああ、アルコールに弱い体質でほんとによかった。飲んだとたんに気を失うから、もう次に目が覚めたときにはあの世だろう。こんなに安くて楽な安楽死はない。誰かに推薦してやりたいくらいだ。

あとは、雪がもっと降ればいいだけだ。もっともっといっぱい。そうしたら死体に降りつもる白い雪は、無料《ただ》の死に装束みたいになにもかも隠してくれるだろう。この汚れた顔も、汚れた服も。この汚れた髪も、汚れた爪も、汚れた人生の痕跡も。

すべて――。


高級割烹『石田屋』の玄関には白提灯が灯り、丸いオレンジの光の中を雪が舞い散る様にはえもいわれぬ風情があった。うっすらと雪化粧した竹、濡れた飛び石、緑に抱かれた風雅な庵。そこには格式高く、静かな、和の時が流れている……。

こんな店はやはり値段も高い。のれんの前では若いカップルが財布をのぞきこんで相談していた。しかしその点、流には躊躇《ちゅうちょ》はない。バケツがコートからちょこんと顔を出しているのにもかかわらず、墨文字で書かれた今夜のお献立を堂々と拝見した。

『さわやかに薫る日本の粋をご賞味ください。

「師走」懐石　お一人様一万五千円より。

すっぽん茶巾、フグ薄造り、フグ唐揚げ、フグ鍋　かやくご飯　香の物』

うん、こりゃ悪くない、と流はひとり満足してうなずいた。この世の味の食べ納めとしちゃ、上等じゃないか――。

カップルがふとひそひそ話をやめた。流は横顔にうずくようなふたりの視線を感じ、小猫をコートに押しいれた。目をあわせないで、ゆっくりと体のむきを変える。

いつものことだ。なんてことない。で、こんなことも今夜で最後ってわけだ――。

しかし、流は石田屋ののれんをくぐらなかった。そのまま表玄関を素通りし、石塀に囲まれた敷地をぐるりと裏へ回っていく。数分後、彼は慣れた様子で暗い裏通りに立っていた。

うずたかく積まれた空きビン、空缶、段ボール。電信柱のふもとには生ゴミが山積みになっている。あたりにはほとんど人通りはなく、高級料亭の裏口は上品な表通りから想像もつかないほどうらぶれていた。こここそ、流が発掘した超穴場、東京おすすめグルメスポットだ。

彼はゴミ集積所に近づくと、早くも雪が積もり始めている東京都指定の白いゴミ袋を見渡した。今や街中が天然冷凍庫状態で、生ゴミはフレッシュに保たれている。漂う臭気もかすかだった。バケツが待ちきれないようにナアオと鳴きながら顔を出す。

「……さあ、ご飯だよ」流はかすれた声で囁《ささや》いた。

一番新しいゴミ――それが一目でわかるのは、長年の勘だ。彼は袋のひとつにすっと手をのばした。散らかさないように口を開け、期待をこめて中をのぞきこむ。たちまちあたりに香ばしい匂いがぷんとただよった。

運がいい。客の食い残しのかやくご飯がたっぷり、しかも京野菜のお新香付きだ。おまけに、バケツにはダシをとった高級カツオブシかすが山ほど。小猫は懐からぴょんと飛び出し、流がつかみ出したゴミに喉を鳴らして鼻をつっこんだ。流はいそいそと道端に腰をおろし、さっそくかやくご飯を口に運んだ。いっしょに捨てられていた、誰ともわからない他人が使った割りバシで。

うまい。さすがに石田屋、素材を生かした上品な味付けだ。スグキの漬物もほどよく酸味がきいていてすばらしい。

「……おおっ」流は思わず声をあげた。

ゴミ袋の底からフグの唐揚げがたくさん出てきたのだ。調理師がよそ見でもしていたのか、かなり焦げて一部が炭化している。流はそれを宝物のように口に運んだ。

うまい――流の舌が感動でしびれた。今日は本当に運がいい。しかし、これから死ぬのに運なんかよくてどうする？　なるほど、こんな俺にもまだ使いきってない運が残ってて、最後の使い納めってわけか。とにかくうまい、うまい――。

「ちぇ、きったねえ」頭上から雪よりも冷たい男の声が降ってきた。

フグの唐揚げに夢中になっていて気づかなかったが、いつのまにかふたりの酔っ払いがそばまできていたのだ。たとえ気づいていても、流にこの晩餐会を中断する気はさらさらなかったが。彼は通行人を無視し、ひたすらフグをむさぼり食い続けた。

「なんでああいう連中をほっとくんだろ。不潔で、臭くて、見てるだけで気分わりぃや。だいたい働かないで楽して生きていこうなんて、要するに怠け者なんだ。そんなやつらが堂々と駅とか公園とかにごろごろして、公共の場を占拠してるだろ。ずうずうしいとしか思えないね」

いらだちの声。こんな言葉は何度も浴びせられたことがある。流が生きている限り、それはBGMのようなものだった。

「そういうなよ。いくところがないんだろ、かわいそうじゃないか。よく知らないけどさ、ああいう人たちって経済大国の犠牲者だっていうぜ」

もうひとりが優しい同情的な声でいった。だが、それも流にとっては、ちょっとイントネーションがちがうBGMパート2に過ぎない。彼の心は少しも動じなかった。かわいそうなのか、かわいそうじゃないのか、俺にはもうわからないよ。わかってるのは、あんたが決めることじゃないってことだ。いろいろ悩ませて悪いけど。今、俺の興味は口の中のフグの味にしかないんだよ――。

しかし、道端で流に遭遇した人間は、どういうわけか自分の感情をはからずにはいられないらしい。そしてたいていは、何種類かの感情のひとつに自分をあてはめるとなんとなく安心し、横目で歩き去っていくのだった。清潔な手をさしのべることなく。そう、ただ、それだけ。だから別に自分の頭上でどのＢＧＭが鳴ろうと関係ない。流にとって帰る家のある連中は、自分の世界に影のように登場しては退場していく、いてもいなくても同じ人間だった。

いつのまにか自分は、どこかで、なにかが、決定的にちがってしまったのだ。もう遠ざかってしまったふたつの影を忘れ、流は焦げ臭い唐揚げをぐっと飲みこんだ。繊維が歯にはさまってしまった。流はさらにゴミ袋をのぞきこみ、誰かの使用済みの爪楊枝を探し出すと、シーシーと音をたてながら使い始めた。

一線を越えた、と人はいう。流はホームレスだった。

「ナアオ」小猫が鳴いた。

カツオブシで満腹したのか、舌なめずりしながらあたりを見回している。バケツは額に白い星のある、わりと器量のいい猫だから、ホームレス仲間の電波青年が欲しがる気持ちもよくわかる。今はこれが流の唯一の財産で、唯一の話相手だった。

それほど、気力がない。流はこの夏の猛暑以来、日一日と灰色の無気力に侵食されていく自分を感じていた。恐い。落ちていく。でもどうしようもない。このままいけば、レベル『どん底』ももうすぐだ。

一口にホームレスといっても、一昔前の浮浪者とはちがっていろいろなレベルがある。リストラでホームレスになったばかりのインテリもいれば、哲学者のように自ら選んで放浪の旅をしている者もいる。協調性があって、助け合いや街掃除のグループを形成している者たちもあった。時代は変わり、ホームレスのイメージもずいぶん変わった。だが、その中にまだまだオーソドックスな浮浪者もいるのも事実だった。世捨て人、社会からドロップアウトしたはみだし者、身寄りのない老人、病人――。

　自分もその中のひとりだ、と流は思う。ホームレス歴はもう十年近く、そろそろベテランの域にはいりつつある。だが、そんな彼さえも、レベル『どん底』のホームレスとはコミュニケーションがとれなかった。彼らはもう口をきかない。目は遠くか、そうでなければ自分の内側だけを見ている。もうこれ以上汚くなれないくらい汚い。

　どうしてやりようもなかった。どんなに哀れで哀れでしかたがなくても。そういうホームレスを、流は心の中でレベル『どん底』と呼んでいた。自分はあそこまではいきたくない。だが、このままいけば、そうなるのも時間の問題だとわかっていた。自分は確実に、刻一刻と最低にむかって落ちつつあるのだ。

　今日はまだあれこれ食べたいと思う。とぼとぼとでも歩くことができる。だが、そのうちエサ集めをする気力も失ってしまうだろう。だから、せめて今のうちに死にたい。『どん底』の一歩手前で、真っ白な、真綿のような雪にくるまれて――。

　流はふと爪楊枝を使う手を止めた。降りしきる雪に包まれ、すべての音がやむ。無音の中で彼は、ゆっくりと後ろをふりむいた。ななめに降る雪と、そのむこうの笹の葉越しに星のない空が見える。彼は一瞬、なにも考えずにその光景に見とれた。

静かな、完璧な絵。完璧な時間。一切の執着をなくし、欲しいものもない。あとは、ただ、一歩先に出るだけだった。死という平安にむかって。

「ナアオ」もう一度、バケツが鳴いた。「ナアオ、ナアオ」

流ははっと我に返り、愛猫に目を戻した。ピンク色のゼリーのような鼻がぴくぴくと動いている。猫はゴミの山に顔を近づけ、鼻で空気を探りながらそろそろと歩き出した。どうやらなにかを嗅ぎつけたらしい。一流料亭からこぼれ落ちたごちそうか、ジャンクフードか、どこかの飼い猫の食い残しのキャットフードか、それとも——。

アア。そのとき、どこかでくぐもった、かすかな声がきこえた。

またたか。シーシーしながら流はうんざりした。また小猫が捨てられているのだ。このゴミの山のどこかに、まだ生きている猫がそのまま、バケツがそうであったように。

あれは、一ヵ月ほど前の寒い夜だった。流はやはりここのゴミ捨て場で、フライドチキンのバケツの底にうずくまっている小猫を発見したのだ。小猫は干からびた骨を、まるで宝物のようにしっかりと抱きしめて、バケツの底から流を見あげていた。

きれいな、丸い、澄んだ目で。その男が嫌われ者のホームレスだということもわからずに。

「ナアオ」バケツが誘うように鳴き、ひとつの袋の上にひらりと飛び乗った。ここだよ、ここだよ、というようにカリカリと爪で袋をこする。

まったく、しかたない――。流は爪楊枝をくわえたままどっこらしょと立ちあがった。ゴミ袋に猫を捨てるという、その野蛮な行為に今さら驚きはしない。かといって、このままではゴミ収集車の中で圧死する運命の猫を助けることに、動物愛護家的喜びもわかなかった。それならなぜ助けるのだろう、と流は思った。

わからない。きっと、見捨てる方がむずかしいからだ――。

「……アア」

シーシーしながら片手でビニールを破くと、鳴き声は少し大きくなった。バケツがくんくんと鼻を鳴らして袋をのぞきこむ。中はありふれたゴミでいっぱいだった。ティッシュペーパーやバナナの皮、カップヌードルのカップ、破れたストッキング。猫はその底の方に、ご丁寧に隠すようにして捨てられているらしい。流は汚いゴミを汚いとも思わずにかきわけた。新聞紙がかすかに動いている。シーシーシー、そこだそこ、シーシー……。

破れた新聞紙がなにかにくっついているのが見えた。よく見ると、それは尻に似ていた。いや、どう見ても尻の形をしていた。

毛のはえた猫の尻ではない。小さな、つるりとした尻。目の錯覚ではなかった。続いて、裸の背中が見えた。

流の指先から爪楊枝がこぼれ落ちた。

それはゆっくり、ゆっくりと、スローモーションのように雪の上に落ちていく。流の目がこれ以上大きくできないほど見開かれた。

それは、しっかりと目を閉じていた。ぎゅっと両手を閉じ、外界に対してすべてを閉じていた。それはただ静かに、自分を襲う寒さが死とともに終わるのを待っていた。

猫ではなかった。人間の赤ん坊だった。


半開きになった流の口の中で、そのとき歯にはさまっていた繊維がとれた。しびれた喉がごくりと音をたてる。味なんか全然しなかった。頭の中はまさに真っ白、桃太郎のおじいさんの気持ちが今わかった。それにしても、こんな自分がまだこんなに驚けることがこの世にあるとは。

と、どこからか二本の腕がのびてくるのが見えた。神のあやつるクレーンのように。流はその誰かの震える両手が、生まれたての赤ん坊をすくいあげるのを見た。

自分の手だった。

頼みもしないのに、流の手は勝手に赤ん坊をかき抱いていた。おお……、おお……、と誰かの理性を失った声がきこえた。自分のうめきだった。

信じられない。気がつくと流は赤ん坊を助けようと必死になっていた。無我夢中でポケットから汚れたタオルを出し、小さな体に巻こうとする。しわしわのぺしゃんこの腹に見慣れない物がついているのが見えた。へその緒だ、と流は気づいた。まさに生まれたばかりなのだ。抱きしめると、赤ん坊は今食べたばかりのフグより冷えていた。流は猫のバケツの首をつまみあげ、赤ん坊といっしょに自分の懐につっこんだ。人よりも高い動物の温もりを湯タンポ代わりにするために。

自分でもなにをしているかわからなかった。考える間もなく、手が足が勝手に動いていく。この瞬間まで自分が持っていることすら知らなかった、生き物の本能に従って。流は歩き始めてやっと、自分の膝《ひざ》がガクガクしているのに気づいた。胸の中の赤ん坊はブルブルと小刻みに震え、また止まる。それを何度も繰り返していた。生の反応はそれだけで、もう泣く力もない。

死にかけているのだ、と流は悟った。この小さな命は今、自分の胸の内で消えようとしているのだ。

「おお、おお……」流は動物の声でうめいた。

赤ん坊と小猫をぎゅっと抱きしめ、流は降りしきる雪の中を前のめりになって歩いた。そんなホームレスに誰も注目する者はいない。裏通りをあてどもなく歩きながら、流はいつのまにかべろべろに泣いている自分に気づいた。

「なんで泣いてるんだよぉ……」彼はひとりごとをいった。

この前泣いたのがいつなのか、思い出せない。なにが悲しいのか。自分だって死のうとしているくせに。自分が死ぬのは全然悲しくなかったのに。

でも、でもこいつはまだ、生まれてきたばっかりじゃないか――。

なにもかもあきらめて、感じなくなったはずの胸の底がじりじりと熱い。赤ん坊のこの軽さが、この小ささが心に痛かった。

雪はどんどん強くなっていく。街の明かりがにじみ、周りの風景がよく見えない。白い視界の中で流はぽつんと孤独だった。大海を赤ん坊と小猫とを抱えてあえぎながら泳いでいるような気がした。彼はうらめしそうに空を見あげた。

なぜ、この夜に。なぜこの最後の夜に赤ん坊なんか拾ってしまったのか。冗談はよしてほしい、皮肉がきき過ぎている。俺にどうしろっていうんだ。もっと金持ちとかいい人とか若くて力がありあまっているやつとか子供が欲しくてできない人とか、適任者はいくらでもいるはずじゃないか。よりによってホームレスに、しかも死にかけてる俺に。静かに逝こうとしてたのに、これじゃ最後がひどくドラマチックになってしまうじゃないか——。

流は長い恨み言をいってから、そっと懐の中をのぞいた。双子のように寄り添う赤ん坊と小猫が見える。あふれ出る涙が頬に凍りついた。

命が、電池みたいにとり替えられたらいいのに。おまえの命と、俺の命をパチンとはめかえられたら。もういらないこの命、あまった人生、いくらでもくれてやるのに。

ああ　もう　俺は　命は　全然いりません。

だから　この赤ん坊に　くれてやってくれ——。

流はバカみたいに心の中で叫びながら、暗い雪空をふりあおいだ。いったいどこの誰にむかって頼んでいるのか。だがそのとき流は、半分やけくそだったにしろ、ショックのあまりまともな思考を失っていたにしろ、はっきりとそう願ってしまったのだった。それが祈りと呼ばれている行為だとも知らずに。

そしてその祈りは、それが本当に死のうとしている者より発信されたために、嘘も打算もなかった。あまりにも純粋にして、神聖だった。

雲に覆われた北の空を、細い矢のような青い光が走ったような気がした。流は濡れた目をしばたたかせた。

こんな天気に流れ星など見えるわけがない。なんだ今のは、稲妻か……？

もっとよく見ようと開いた流の目を、吹雪が容赦なくつぶした。

2

そうだ、交番に届ければいい——。

その社会的人間がとるべき行動に気づくまで、ホームレスの流は少々時間を要した。よく考えれば、赤ん坊を拾ったからといってなにも焦ることはない。警官ならちゃんと病院とか施設とかに連れていってくれるだろう。

とにかく、それまで生きていたらの話だが——。

流は気をとり直し、赤ん坊を抱えて雪道を急いだ。しかし、簡単に届けるといっても、自慢ではないが彼はホームレスだ。下手すれば誘拐犯とまちがえられて逮捕されるのがオチだろう。こんなとき、誰かまともな人間に頼りたくても、彼にはホームレスを援助するボランティア友だちのひとりもいなかった。警官に話をきいてもらうには、かなりややこしい立場といえる。だが、そんな流にもひとつだけ心当たりがあった。

牛窪のダンナだ。ダンナならなんとか話を信じてくれるかもしれない——。

そこで流は一番近くの交番にはむかわずに、繁華街のはずれにある交番に急いだ。

そこにいる牛窪のダンナというのは、古くからいる牛のように大きな警官で、ホームレスたちと太いパイプで結ばれている変わり者だった。ただし、それはいい意味ばかりではなかったが。

機嫌のいいときの牛窪のダンナは、パトロールのたびにホームレスたちに声をかけ、苦情に耳を傾けたり、病人を施設に運ぶ手筈を整える善人だった。だが、機嫌の悪いとき、牛窪は人格が変わった。ホームレスの微々たる収入をまきあげて自分の酒代にし、一部のホームレスが扱っている不法な薬物をまきあげた。ストレスがたまっているときはホームレスをサッカーボールのように蹴とばした。牛窪が天使か悪魔かどちらの仮面をかぶってくれるか、ホームレスたちに選ぶ権利はない。牛窪をダンナと持ちあげて手下のようになる者も、怯えて近づかない者もあった。流といえばどちらでもなく、いつも遠くから静観しているだけだった。

そんな流に一度だけ、牛窪のダンナが近づいてきたことがあった。幸いにもその日は天使の方だったらしく、ダンナはパチンコの景品のタバコをくれたのだが、そのときじろじろと流を見ていった。

『おまえ、変わりもんだな。すげえ変わりもんだ。俺はいっぱい変なやつを見てきたからわかるんだ。根本的な変わり者だ』

変わり者に変わり者といわれたくはない。しかし牛窪は社会に適合している変わり者で、流は社会不適合の変わり者、この差ははなはだしく大きかった。今、流は切羽詰った気持ちでこの牛窪のことを思い出していた。頼れる人間はよくも悪くも頭の柔らかい牛窪しかいない。しかし、果たして自分のことを覚えていてくれるだろうか。

雪はまだやむ気配はなかった。だが、この街の道なら裏の裏まで知り尽くしている。流は雪山を進むトナカイのような動物の勘で、まちがいなく交番への道をたどっていった。赤ん坊を抱いているから目の雪もぬぐえない。やっと山手線の高架線の下に走りこんだ流は、ほっと安堵の息をついた。

そこからはもう交番の赤いライトが見えた。雪のベールのむこう、机にすわっている牛窪のダンナの大きな影もわかる。流は髪からポタポタと雫《しずく》をたらしながら、もう一度コートの中の赤ん坊をたしかめた。もう死んでしまったかもしれない。死んだ捨て子でも、やはり届けなくてはならないだろうが。

だが、赤ん坊はまだ、生きていた。呼吸はさっきより弱まり、もはやしているかどうかわからないほどだ。急がなくてはならない。これからダンナに事情を話し、いろいろ相談したあげく病院に運んで、やっと救急処置をとってもらえるまでいったいどのくらい時間がかかるのだろう。

それまで、こいつは生きているのだろうか。それよりも、一刻も早くなにか飲ませた方が助かる可能性があるんじゃないだろうか。だけど俺にはどうすればいいかわからない。赤ん坊が飲むのは、お乳だ。なければ、きっとミルクだろう。どっちも俺は持っていないし、見たことすらない。やっぱりダンナに頼むしかないか——。

ゴオオオ……。電車が近づいてきて高架線がうなり始めた。選択の余地はない。流は意を決して雪の中に足を進めた。

「ダンナ……牛窪のダンナ」

気弱な声は轟音にかき消され、牛窪はなかなか流に気づかなかった。流がもっと近づこうとしたとき、すっと彼を追い抜いていく影があった。髪を短く刈ったサングラスの男はせかせかと歩き、流よりも先に牛窪の前に立った。順番をぬかされた流は戸惑うように立ち止まった。

雪越しにサングラスをかけた男の横顔が見えた。まるで任侠映画のポスターのようだ。だが、男は道をきこうとする様子もない。牛窪のごつい顔がハッとふりむいた。流は警官がギョロ目をひんむき、弾かれたように立ちあがるのを見た。

「貴様……っ」牛窪は叫んだ。

異様な緊張感が走った。次の瞬間、サングラスの男はコートからトカレフを出して構えた。

パーン、パーン。弾ける銃声。バケツが懐の中でビクンと跳びあがる。

ガクリ。牛窪の体が右に傾いた。この至近距離で狙いをはずす間抜けはいない。キーンと耳鳴りしかきこえない世界の中で、流は牛窪の血飛沫が飛ぶ瞬間を見た。牛窪はまじまじと、まるで意味がわからないように血に濡れた自分の手を見つめていた。ようやくあえぐように腰のピストルをさぐったときには、もう遅かった。牛窪の巨体はゆっくりと、音もたてずに床の上に倒れていった。

あっという間のできごとだった。うつぶせになったまま牛窪はぴくりとも動かない。流は本能的に後ずさった。

やばい、警官銃撃、暴力団の抗争だ。ダンナはなんかやばいことに巻きこまれたんだ。なんで寄りによってこんなときに。赤ん坊はどうするんだ。いやそれどころじゃない、やば過ぎる、目撃してしまった――。

トカレフの男がぎろりとこちらをふりむいた。すでに死神にとりつかれた顔で。一人殺すも二人殺すも同じ、とその目はいっていた。

「……ひぃぃっ」

流は男に背をむけ、転げるように駆け出した。なんで逃げるんだ、と思いながら。さっきまでの俺なら、死神に誘われたら喜んで立ち止まっただろう。あれで一発ぶちこんでもらえば楽に死ねる、絶好のチャンスだ。なのにどうだ、まるで小学校の運動会のかけっこみたいにいっしょうけんめい走ってる。自分でも信じられない猛スピードで。

チクショウ、この赤ん坊のせいだ——。

耳元でピュン、ときき慣れない音がした。それが銃弾が空を切る音だとわかったとき、流は心の底から震えあがった。安全地帯に逃げたい。殺し屋の銃弾の飛んでこない、地の果てまで。赤ん坊と猫と、ついでに自分の命が守れるところまで。流は逃げた。

3

気がつくと、背後の殺し屋は吹雪の街に消え失せていた。めちゃくちゃに走ったつもりだったが、ホームレスにも帰巣本能があるのか、流はいつのまにか自分の寝ぐらの近くまで逃げてきていた。

雪が目にしみて痛い。顔は鼻と涙でぐしゃぐしゃ、肺はぜいぜいと苦しく、せっかく食べたフグが胃からせりあがってくる。おまけに下半身がスウスウした。恐怖のあまりおもらしをしてしまったらしい。濡れてずっしり重くなったコートをひきずりながら、流は情けない様で階段を降りていった。もうおしまいだ、もうおしまいだとつぶやきながら。おしまいなのはボロボロの自分だけではない。赤ん坊の命もだった。

こんなところにやってきたら、もう絶対に助けてやれない。警察とか優秀な医者とかの代わりに、おもらしホームレスしかいないんだから。もうすぐこのまま冷たくなってしまうだろう。道ばたの石コロみたいに——。

身も心もおちこんで地下通路にたどりつくと、やっと風の音がやんだ。そこは、中規模の駅の周辺に広がる地下街だった。夜間は商店街のシャッターが閉まってしまうため、ホームレスが住めるのは東口と西口を結ぶ古い地下通路だけだった。それがけっこうなスペースで、改装されていない通路にはへこみや柱も多く、段ボールハウスがつくりやすい。同じ沿線の新宿駅にはたくさんのホームレスが集まっていて、段ボールハウスも村のように建ちならび、それなりの協力体制も育っている。だが、流は少人数しかいないこの駅の方が気楽だった。近所付き合いもない代わりに、干渉もない。流はいつもほとんどひとりで行動する一匹狼タイプだった。

薄暗い通路の壁際にへたりこみ、流は赤ん坊にあやまるようにおそるおそる懐を開いた。今度こそもう死んでいるかもしれないと思いながら。だが、赤ん坊はまだ、生きていた。小猫といっしょにしっかりと抱いていたのがよかったのか、体がほんのりと温まっている。流はそのしたたかな生命力にうたれて赤ん坊を見つめた。小さな小さな鼻の穴からもれる、弱い弱い息。小さな目、小さな口、小さな命。

しかし、もはやここまでだ。この息ももうすぐ消えていくだろう。ごめんよ——。

そのとき、首筋にぞくりとするような視線を感じ、流ははっと顔をあげた。赤ん坊を抱いているところを通行人に見られたか。こんな時間にホームレスが赤ん坊を抱いていたらなんと思われるだろう。

それとも、もしかしたら助けてくれるか。誰か、俺以外なら誰でもいい、こいつを助けてやってくれ――。

すがるように見回した薄暗い地下通路に、通行人の人影はなかった。だが、まだ視線を感じる。ふりむいた流は、闇が動くのを見た。暗闇の中でなにかおぞましい物がずるりずるりと動いている。流は思わず悲鳴をあげそうになった。

円柱の陰から現れたのは、真っ黒な女だ。垢で固まったドレッドヘア、洗ったことのない日に焼けた黒い顔、ひび割れた黒いタラコ唇。ずんぐりむっくりの土偶のような体に、着ている衣類は頭の先からつま先まですべてブラックだ。おかげで汚れは目立たないが、ひどい悪臭を放っているから相当不潔な状態にちがいない。まちがいなくレベル『どん底』のホームレス、ギリコだった。

流はまじまじとギリコを見てしまった。今までこんなにまともに正視したことはない。ギリコは『ギリギリ、ギリギリ』という虫のような鳴き声しか口にせず、いつも時間が止まったように突っ立っていた。それで誰かが適当にギリコと呼び始めたのだが、正真正銘頭のいかれたかわいそうな女だった。働くこともできず、エサ集めをして生きている。同じ駅に寝泊まりしていても流とつきあいはなく、ヤキイモを欲しそうに見ていたからくれてやったとか、そのぐらいの記憶しかなかった。

そのギリコが、今、じっと流を見ていた。いつも空を泳いでいたまなざし、なにもとらえることのなかった視線がちゃんと焦点をむすんでいる。いや、正確には流を見ているのではなかった。

その懐からのぞいている、小さな赤ん坊を。

ずるり。ギリコが動いた。ボロをまとい、悪臭を放ち、目をらんらんと輝かせて。

女は大魔神のようにこちらにむかって歩いてくる。あまりの迫力に流は金縛りにあったように動けなかった。ついに、ギリコが流の間近にやってきた。ニンニク臭い。だが、自分だっておもらし臭いから文句はいえない。石像のようになっている彼を無視し、ギリコは赤ん坊をぐっとのぞきこんでくる。流は絶望的な気持ちになった。

もうダメだ。死ぬ間際にこの暗黒星雲みたいな女にしか出会えないなんて。ギリコに赤ん坊が助けられるわけがない。死んだって弔いに子守歌ひとつ歌ってやれないような女だ。かわいそうに、なんて、なんて哀れな赤ん坊なんだ――。

静寂が流れた。ギリコはそのままゼンマイが切れたように動かなくなった。目を開けたまま寝てしまったのかと思ったとき、いきなり女の腕が動いた。なんの許可も得ずに、ギリコは流の懐に手をつっこでくる。危ない、と思う間もなかった。

しまった、赤ん坊が頭のおかしい女に危害を加えられてしまう――。

だが、ギリコがずるりとつかみ出したのは、赤ん坊に巻いてあった汚いタオルだった。元は白であった茶色のタオルをまじまじと見て、暗黒星雲はフンと鼻を鳴らした。

「しゃふつしょうどく」とギリコはいった。

それが人間の言語、しかも『煮沸消毒』という流には漢字も書けない四文字熟語だとわかったとき、彼は驚いて腰を抜かしそうになった。

「お、おまえ、口がきけるのか」流はいった。

「……だっすいしょうじょう」ギリコはいった。

なんという驚きの連続の夜。もう人生に驚くものなどないと思っていたのは、単なる流の思いあがりだったのか。人生も終わりが差し迫った今頃になって、こんなにも人間の奥の深さに気づかされるとは。だが、感心している場合ではなかった。問題はこの赤ん坊が、その『脱水症状』を起こして死にかけているということだった。

ギリコは悪魔のような黒い手をゆらゆらさせて、こっちこい、こっちこいと手招きした。とてもその先に明るい未来が待っているとは思えない。しかし、流にはもう思考能力は残っていなかった。無気力なところに走りまくって、残りカスのようになっている。流は操られるままにその後をついていった。やがて、流と赤ん坊と一匹の猫が招待されたのは、公衆トイレの隣につくられたギリコの段ボールハウスだった。げっ、汚い、と流は思った。これならうちの方がまだましだ――。それは、まさにレベルどん底クラスのお住まいだった。段ボール一個に、汚れた新聞紙敷き、ただそれだけ。あたりにはペーパーバッグが散乱していて生活の工夫はまるで見られない。その中でギリコはバッグをのぞきこんでごそごそやっている。なにが出てくるやら、流は全然期待しないでギリコの黒い尻を見ていた。

ふわり。突然、薄闇の中に真っ白な布が広げられた。流は呆然としてギリコがマジックのようにとり出したものを見た。暖かそうなキルティングの四角い布。よく見ると黄色いヒヨコのアップリケまでしてある。黒く汚いギリコの持ち物の中でこれだけが燦然と輝いていた。ギリコはそこに赤ん坊を載せろと身ぶりで命令する。

「……猫もいっしょでいいか？」流はいった。

ギリコはものすごい目でぎろりと彼をにらみつけた。その強烈な眼光に気圧された流は、頭をくらくらさせながらバケツをつまみ出した。ここまできたらもう服従するしかない。バケツはぴょんと床に着地し、赤ん坊を見あげて不満そうにナアオと鳴いた。

流は白い布の上におそるおそる赤ん坊を置いた。あっという間に赤ん坊はくるくると布にくるまれ、気がつくと白い繭のようになってしっかりとギリコに抱かれていた。それも、いかにも慣れた様子で。流は悪い夢でも見ているような気がした。もしかしたらその布は、赤ん坊をくるむ専用の、たしかおくるみとかいう物ではなかったか。なんでこの女がそんな物を持っているんだ――。

考えたくなかった。ギリコはもう一度流に赤ん坊を渡してくる。受けとった流は、すり切れたヒヨコのアップリケの横にイニシャルが刺繍されているのに気づいた。

『H』

流はまじまじとギリコの横顔を見てしまった。まさか、この女に子供がいたとか。その子はハヒフヘホで始まる名前なのか。いや、いくらなんでもそれだけはあり得ない。こんな女と交わる男がこの世にいるなんて、しかも子供を生ませる物好きなんかいるもんか。ベビー用品なら燃えないゴミの日にいくらでも捨ててある。きっとどっかから拾ってきたんだ、そうに決まってる――。

「わ、なにするんだ」流は思わず叫んだ。

ぼんやりと考えているうちに、いつのまにか足元でパチパチと焚火が始まっていた。もちろん地下街で火をたくことは禁止されているが、今のギリコ様に恐いものはない。たちまち赤ん坊の小さな顔が黄色い炎に照らされ、流の濡れたコートからもうもうと水蒸気があがり始めた。ギリコは錆びついたゼンマイが急にかかったように動き続ける。今度はへこんだ金鍋をとり出すと、トイレで水をいっぱいにくんできて火にかけた。流は暖気に包まれてほっと息をつきながら、なにげなく女の湿った手を見た。

手が洗ってあった。冷たい水で真っ赤になっているが、もう黒くない。つまり、やろうと思えばいくらでも清潔にできるのだ。今まではそうする理由も気力もなかったのか、それとも言語とともにギリコの知力が蘇ったのか。しばらくすると、鍋の底からぐつぐつと白い泡がのぼってきた。ギリコは欠けた茶碗とアイスクリームのスプーンをとり出し、ドボンとその中に放りこんだ。

『煮沸消毒』の実践らしい。こうして三分もぐらぐらすればたいがいのバイキンは死んでしまうという。確かに生まれたての赤ん坊には一匹のバイキンでも命とりだろう。流はこの夏、生ゴミをあさったホームレスの何人かが食あたりで死んだことを思い出した。そんな話題は、新聞にも載らなかったが。しばらくするとギリコは消毒した茶碗をひきあげ、湯を少しくんだ。そのまま白湯を赤ん坊にやるのかと思ったら、さらにハンバーガーショップのシュガーをいれてスプーンでかき回し始めた。

砂糖水だ。クワガタムシじゃあるまいし、こんなものを果たして人間の赤ん坊が飲むのだろうか。しかし、確かにカロリーはある。ギリコはスプーンで砂糖水をすくうと、息でフウフウとさまし、流が抱いている赤ん坊の口元へそろそろと持ってきた。

赤ん坊はお地蔵様のように目を閉じていた。弱々しい息。乾いた唇。あとほんの少しの命。この赤ん坊に今、必要なのは水分だ。

飲め——。なにもできない流は、いつのまにか念じていた。飲んでくれ——。

小さな口からだらだらと命の水がこぼれ落ちた。

何度やっても無駄だった。赤ん坊の舌はわずかに動き、反射的に砂糖水を外へ押し出してしまった。まだ『飲む』という行為が脳にインプットされていないうちに母親に捨てられてしまったのだ。とすると、今必要なのは、ちゃんと乳首がついている哺乳瓶とかいうものだ。だが、こんな夜中に買えるところはない。もしあっても金がない。

ギリコはスプーンを片手にもったまま、再びぴたりと停止した。流がおそるおそるのぞきこむと、半開きの目が無気味に光っている。どうやらこの女は、思考するときに他のすべての運動が止まってしまうらしい。それは『考える』という高度な働きに、いかれた脳が全盛力を傾けるからか。つらつらと流が考えていると、いきなりギリコが乳房を出した。

ぶるん。

「わ……っ」流は思わず叫んでいた。

それは、決して性的な衝撃ではなかった。むしろ正反対なものといっていい。見たくはないがつい目が釘付けになってしまう、例えばヘビの性交現場のようなもの。ギリコのボディは、まるでブロンズ彫刻のように黒光りし、胸元には大きなお椀型の黒山がふたつ盛りあがっていた。

ギリコはじーっと自分の乳房を見ると、またしても固まった。真っ黒に汚れていて、とても使用可能なものとは思えない。もちろん母乳など出るわけがなかったが、しばらくすると、ギリコはまたずるりと動き出した。

まず、お湯の中に流からとりあげたタオルを放りこみ、煮沸消毒を行なった。ハシでとり出してしぼると、ほかほかのホットタオルのできあがり。ギリコはそれでやおら自分の左乳房をこすり始めた。

ぶるん、ぶるん。迫力のある乳房が揺れ、ピッピッと水しぶきがあがる。ギリコは仁王立ちになってがむしゃらに乳をぬぐった。ぶるんぶるん、ピッピッ……。

流はあっけにとられ、このぶるんぶるんピッピ運動をながめていた。やがて、黒山の表面に消しゴムクズのようなよじれた垢が現れる。流は目を見張った。まさに炭山から岩肌がのぞくように、今、垢の層の下から肌が現れようとしているではないか。何年かぶりにギリコの地肌が、ついに日の目を見たのだ。そしてそれは、厚い垢が紫外線をシャットアウトしていたためか、思いがけずピンク色だった。

まああの乳首かもしれない、と流は状況を忘れて判断していた。しかし、乳が出ない乳首なんかなんの役にも立たないじゃないか——。

また、ぴたりとギリコが止まった。きれいになった自分の乳首を、まだ気にいらなそうにながめている。

「あるこおるしょうどく」

「は？」流はいった。

今度は何語だろうか。たじろぐ流に、胸をはだけたギリコがずるりと迫ってきた。

「あるこおる、あるこーるー」

アルコール、酒のことだ——流はやっと解読した。だが、俺は酒はちょっぴりしか持っていない。その酒は大事なとっておきの、あの世行きのパスポート——。

「あーるーこーるー」ギリコはわめいた。

「わ、わかった」流は女の気迫にめんくらっていった。

ホームレスの仮面の下に、なんという几帳面な性格が隠されていたのだろう。さっきまでこの世で一番汚かったギリコは、今や潔癖症の女だった。流はギリコに後ろからこづかれ、しかたなくそこから五百メートルほど離れた自分の段ボールハウスへ歩き出した。もはやなんの愛着もないみじめな住まい。しかし、ギリコはまるでホテルのスイートルームにでもきたようにじろじろとのぞきこんだ。

拾った段ボール造りというのは基本的にいっしょだが、流邸はギリコ邸に比べるとずっと本格派だ。十個の箱がていねいにガムテープでつなげてある。中には粗大ゴミから拾ってきた椅子とテーブルまで置かれ、破れてはいるが布団と毛布もそろってい た。調度品をチェックしていたギリコの目がぴたりとペーパーバッグに止まる。とっておきのウォッカの瓶がのぞいていた。

「あ、ま、待ってくれ。それは、少し残しといてく……れ……」

流のお願いはむなしく闇に消えた。ギリコはウォッカの瓶をふんづかむと、惜しげもなく逆さにしてザブザブと乳房を洗った。貴重なアルコールはまたたくまに、一滴残らず地下街の石畳に吸いこまれていく。アルコールのむせるような臭気の中で、流はぼーっとたたずんでいた。

これで、今夜は死ねなくなった。自殺スケジュール、変更——。

死ぬのも楽ではない。だが、人は死ぬにもそれ相当のパワーがいるらしい。今夜は自分で命を断つにはあまりにも疲れ過ぎていた。ふぬけになった流から、ギリコはさっさと赤ん坊を受けとると、どっこらしょと椅子に腰をかけた。傍らのテーブルに砂糖水を置き、乳首の酒をぬぐうと、横抱きにした赤ん坊の口にふくませようとした。

そうか、哺乳瓶代わりか。うまくいけば、今度こそ——流は思わず目を近づけた。

ベッ。赤ん坊の小さな口は乳首を押し戻した。ダメだ。ギリコはあきらめ悪く、何度も何度も、流がいらいらするほど根気よく乳首をおしつけた。だが、赤ん坊はかたくなに受け付けようとしない。段ボールの部屋に流のため息が響き渡った。

やっぱりダメだ、こんなやり方じゃ。この子にはもう、生きる力がないんだ——。

ナアオ。バケツの鳴き声が悲しそうに響いた。本能的に死にかけているとわかるのか、赤ん坊のおくるみを舌でなめ始める。まるで血の出た傷口をふさごうとするように。そのとき、妙な声が響いた。

「オロロロロ……」

人間の声とは思えない、狼の遠吠えとか、鶴の求婚に近い声。その声は人間とは思えない女の口からもれていた。

「オロロロロ……」

彼女は赤ん坊の耳をぴたりと左胸につけていた。おそらく赤ん坊の耳には、規則正しい心臓の音がきこえていることだろう。血液の流れる音がきこえているだろう。母親の胎内できいていたのと同じような。ギリコの奇妙な波動をもったあやし声がそこに響く。赤ん坊は目は見えない。だが、聴覚だけは大人より発達しているのだ。

ぴくぴくっ、と赤ん坊が動いた。波動が脳に届いたのか、わずかに口を動かす。そのひょうしに、ちゅるんと音がした。

それはまるで肉でできたコンセントにプラグがさしこまれるようだった。口に乳首が吸いこまれている。流は初めて目にする凹と凸の結合に言葉を失った。もぐもぐと赤ん坊の口が動く。生き物の本能的行動だ。

その一瞬を、ギリコは見逃さなかった。すばやく砂糖水をスプーンですくい、一滴ずつ乳首の上からたらした。ぽと、ぽと、ぽと……。

赤ん坊の喉がこくんと動いた。

飲んだ。

飲んだ。生きる。この子は生きる。

その味がわかったのかわからないのか、赤ん坊はもぐもぐ運動を続けた。こく、こく、こく……。

「きゅうてつはんしゃ」ギリコはつぶやいた。

気がつくと、流はむさぼるように吸啜《きゅうてつ》反射を見つめていた。なにがそんなにおもしろいのか、ただ養分が赤ん坊の体に吸収されていくのをバカみたいに。自慢ではないが、流は社会からはみ出して、生きることからもドロップアウトしようとしているホームレスだった。だが、そんな人類の落ちこぼれの体にも、子孫に生き残ってほしいとか、食べてほしいとか、そういう種の保存本能のかけらがプログラムされているらしい。おそらく、がむしゃらに赤ん坊に砂糖水を飲ませようとした、この暗黒星雲ギリコの体にも。

ぽとり。砂糖水でない水滴がギリコの胸元に落ちた。

流はふと顔をあげ、腰を抜かしそうになった。この上まだ驚くことがあるとは。目の前で悪魔のような女が泣いていた。まったく無表情のまま。その全神経は赤ん坊に集中していて、どうやら自分が泣いているという事実に気づいてないようだ。流もつい、目頭が熱くなった。このどん底女が赤ん坊に乳をやりながら泣くなんて、死ぬ前にいいものを見せてもらったような気がする。彼はそっとにじみ出る涙をぬぐった。目がしみて、痛い。この煙のせいだ、え、けむり……？

流はふと顔をあげた。いずこからか、けっこうな量の白煙が漂ってくる。

「ギリコ、もしかして……」彼はいった。「これって、火事じゃないか？」

そういえば焚火を消してくるのをすっかり忘れていた。ここで普通の人間ならあわてて駆けつけ、必死に鎮火するところだ。だが、ふたりのホームレスはまったく普通ではなかった。流は呆然と口を開けてすわったまま、ギリコはべそべそと泣きながらひたすら赤ん坊に砂糖水をやり続けていた。

そんなわけで、ふたりがやっと重い腰をあげて戻った頃には、ギリコの段ボールハウスはすっかり焼け落ちていた。幸いなことに火はそれ以上燃え広がらず、警報もスプリンクラーも作動しなかったようだ。ただ、ギリコの全財産が灰になっただけだった。たった一枚のおくるみを残して。しかしそれも、世間的見地からいわせてもらうと、汚いゴミが燃えてちょうどよかったといえないこともない。これでトイレにはいる人たちが、その前に居座っているギリコを怖がる必要もなくなったわけだ。

おくるみに包んだ赤ん坊を抱き、ギリコは無表情に焼け跡に立っていた。別にただ、寝場所がなくなっただけだ。ということは、また寝場所を探せばいいだけではないか。

流はギリコをちらりと横目で見た。ギリコも流をちらりと横目で見た。その腕の中では、お腹がいっぱいになった赤ん坊がうとうとと眠り始めている。ギリコは人質のように赤ん坊をしっかり抱き、迷うことなく流の段ボールハウスにむかって歩き出した。流の背筋に今宵最大の悪寒が走った。

まんまと策略にはまったような気がした。

4

目がさめると、眠ったことさえ忘れていた。

流の鼻先にはいつものようにバケツが丸くなって寝ている。おかげで視界一面は猫の毛だらけ、世の中はキャラメル色一色と化していた。いつもなら、このおそろしく視野の狭い状態でだらだらと一日が過ぎていく。今日と明日との境がどこにあるのかわからないままに。だが今朝、流の神経にはほんの一滴、興味というオイルがさされていた。彼は猫の毛越しにそっと段ボールハウスの中をうかがった。

一枚しかない布団の上で赤ん坊がすやすやと眠っていた。そしてその隣には、当然のようにギリコ乳母様が。寝具を占領された流は床に寝たおかげで体のあちこちが痛かった。

やっぱり昨夜のことは夢じゃなかった。赤ちゃんがいるんだ——。

流はいつのまにか体を起こしていた。赤ん坊はギリコにぴったりと寄り添ってすやすやと眠っていた。赤ん坊は嗅覚が発達しているというが、臭くないのだろうか。見れば、昨日よりだいぶ血色がよくなっている。ギリコの必死の看病のおかげで峠を越えたのだ。流はしばらくの間、赤ん坊の規則正しい呼吸を飽きずにながめていた。

もし、ここでギリコに会わなかったら、と思った。しかもこの女が子育てを知らなかったらいったいどうなっていただろう。死の淵にいた赤ん坊は結果的に、一番細く、それ一本しかないルートをたどって生き延びたらしい。それがこの子の運命の強さということか。流はなんだかとてもありがたい気持ちになり、ギリコの寝顔を見た。

「ぶわー」彼女は薄目を開け、カバのように大あくびをした。

醜い。いつにも増して彼女は醜かった。どうやらほとんど寝ていないらしく、目はゴジラのように真赤に充血している。どす黒くむくんだ顔はとても正視に耐えなかった。汚い、と流は思った。汚くて汚くてどうしようもない。

だけど、おまえは聖母だ。世界一汚い聖母だ——。

「……おいギリコ。この子、どっちだ？」流は声をかけた。「男の子か、女の子か？」

ギリコは目を開けたまま止まっている。どうやらまた言語が不通になっているらしい。流はあきらめ、そっと赤ん坊に手をのばした。不思議なものだ。昨夜はそれどころではなかったが、一夜を共にしたら自然に赤ん坊に人間的な興味がわいてきた。

「な、なんだこりゃあ」彼はつぶやいた。

おくるみをほどくと、寝ている間にギリコがやったのか、ハンバーガーショップのペーパーナプキンが十数枚も股にはさんであった。なるほど応急の紙オムツ、これなら無料でいくらでも手にはいるわけだ。ギリコの脳にしては上等な思いつきだった。

そしてその白い紙包みの中に、今、赤ん坊の秘部は隠されていた。

流はナプキンにそっと触れた。男か、女か。そんなことはどっちでもいいし、二種類しかないのだが、なぜこんなにも心ときめくのか。人間は単純だ。流はクジでもひくようにぺろりと紙をめくった。

あった。ちょこんと小さな、巻き貝のような突起。

「そうか、男か」流はひとりうんうんとうなずいた。「男の子とすると、ええと名前は……」

いったいなんの因果で子供の名前なんか考えているのか。しかし、どういうわけかやめられない。流はうーんと考えながら赤ん坊をくるみ、自分の頭をかき、股をボリボリとかいた。下半身からツンと漂う異臭に昨夜のおもらし事件を思い出す。もうすっかり乾いていて、着替えなくてもすんでしまったが、こんなものだ。流はつるつると連鎖的に昨夜の出来事を思い出した。

雪、雪太郎、フグ、ふぐ太郎。ゴミ、ゴミから生まれたゴミ太郎——。

ああ、どうしようもない頭脳だ。そのとき、流のコートの中でなにかカサリと音をたてた。中腰になると、破れた新聞紙がはらりと赤ん坊の顔のそばに落ちる。その尻にひっついたままここまでやってきたゴミだった。バケツがふんふんと鼻を近づける。にじんだ活字の間から、外国の有名な政治家らしい黒い顔の男が真面目なまなざしで見あげていた。

捨てた親が読んだ新聞だろうか、と流は思った。読みながらそのとき、いったいなにを考えていただろう。頭はまともに動いていただろうか。その横でこの子は泣いていただろうか。そこはどんな部屋で、どんな生活をして、親はどんな顔で——。

この子が覚えているはずはない。赤ん坊にとってそれは、つい昨日でも遠い過去だ。二度と思い出さない彼方だ。流は赤ん坊が持参した、たったひとつの財産を見つめた。遠い国の知らない男。下にアナンと小さく書いてある。流の命名は実に単純だった。

「アナン……」流はつぶやいた。「アナンって呼ぼうか。とりあえず」

段ボールハウスから用を足しにはい出ると、地下街の様子は昨日までとほとんど変わらなかった。ただ通行人の足元にレインシューズやブーツが多くなっているだけだ。パトロールの警官が流には目もくれずに通り過ぎていく。ショックと忙しさで忘れていたが、流はやっと牛窪のダンナのことを思い出した。

ダンナは死んだのか。雪はまだ降っているのか——。

公衆トイレにいくのをやめて、通路をのろのろ歩き出す。階段の上り口のところにやってくると、いつものように青田惣一郎が古雑誌の店を広げていた。

「まいどあり」

階段を降りてきたサラリーマンが足を止め、昨日出たばかりの週刊マンガを百円玉で買っていく。路上に広げたビニールシートには、拾ったとは思えない真新しい週刊誌がずらりと並んでいた。しかも、そこらへんのコンビニエンスストアには負けない豊富な品揃えだ。こうして雪の日にも店を出しているのだから、商売熱心なホームレスといっていいだろう。だが、流が通りかかると、惣一郎はとがった顎をあげてじろりと彼を見おろした。

俺は世のため人のためにこの商売をやってる、と惣一郎は豪語している。買うやつは安くて助かるし、ゴミの減量化にも一役買っている。これは商売じゃなくてリサイクル運動なんだ——。

その立派な志はともかくとして、かなり自分のためになるのもたしかだった。噂によるとこの資本金ゼロの商売は、月に百万とか二百万とかのあがりがあるらしい。その半分がヤクザと牛窪のダンナにもってかれるとしても、流などには目眩がするほどの収入だ。惣一郎はちゃんと風呂にもはいっているし、床屋にもいっている。流はそんな彼がなぜホームレスをやっているのかわからなかった。惣一郎の方にもエリートホームレス意識があるらしく、仲間としゃべろうともしない。きっと年齢は同じくらいなのだろうが、流など完全にバカにされていた。

おまえなんかとちがう、と惣一郎の目はいっている。働く意欲がなく、ぐうたらなおまえとは。わいはこんなにいっしょうけんめいやってるんだからな——。

その通りだからなにもいえなかった。流になにが起こっても惣一郎には興味ないだろう。惣一郎にきけば牛窪のダンナの安否はわかるだろうが、流は彼の視線から逃げるように階段を上っていった。

地上に出ると雪はすでにやんでおり、絵に画いたような一面の銀世界が広がっていた。意外なほど青い空が目にしみる。通行人はそろって下をむき、雪ですべる舗道を注意しながら歩いていた。流は喧噪を避けて近くの公園にはいっていった。ベンチには雪が厚く積もり、誰もいなかった。バケツが懐から顔を出し、ゴミ箱を求めて鼻を動かす。流は桜の老木のそばで立ち止まった。

ここに、今日、ひとつの死体があるはずだった。葉の散った大樹の根元にひっそりと。流の目には雪に半分埋もれた自分の死体が見えるようだった。

スケジュール通りなら、今頃とっくにオダブツしているはずだったのだ。コチコチの冷凍死体は、役所の人間によって死体運搬用のバンに詰めこまれ、ゴトゴトと物のように揺られていただろう。ホームレスが亡くなっても儀式も念仏のひとつもないときく。火葬場で骨になったら、行く先は無縁墓地だ。名前もなく、戒名もなく、まさにどこの馬の骨ともわからないまま人生に幕がひかれたはずだった。

だが、不思議だ。その肉体が、まだここにある。あったかい血の通った体が。まだ生きている俺が――。

生きている証拠に、流は無償におしっこがしたくなった。ズボンのチャックをおろし、桜の根元にむかって勢いよく放尿する。雪がとけてしゅわしゅわとたち昇る湯気のむこう、死体になったもうひとつの自分の幻が遠くに消えていった。

もうひとつの運命も。

「……おいギリコ、これもオムツの代わりになるか？」

段ボールハウスに帰ると、流は公衆トイレからありったけもってきたペーパータオルを差し出した。ギリコは布団にくるまってこちらに背をむけている。

ギリギリ、ギリギリ……きき慣れない雑音がした。流がのぞきこむと、ギリコは歯ぎしりをしながら眠っている。さすがにエネルギーが切れたのだろう。

しかし、赤ん坊はどこにいるのか――。

「わっ、おまえ……っ」

次の瞬間、流は思い切りギリコを蹴倒していた。情け容赦なく。ギリコは段ボールハウスの外に転がっていく。はだけた乳房の下であやうく窒息しかけていたアナンは、ふがふがと空気を求めて動き出した。

「バ、バカヤロウッ」流はアナンを抱きしめ、本気で怒鳴った。「もう少しで殺すとこだったじゃ――」

ギリギリ。返事の代わりに外からふぬけた歯ぎしりの音がした。ギリコは体半分を道に出したまま眠りこけている。通行人がオットとその黒い顔をまたぎ、それが人間と気づくと逃げるように去っていった。揺すっても叩いても、たった今大地震がきてもギリコは目を覚ましそうにない。流は顔をひきつらせ、赤ん坊を守るように抱いた。

どうしようもない女だ。やっぱり聖母なんかじゃない。そうだ、人間たった一晩で変身してたまるもんか。用心しなくては、こいつの中には今まで通り悪魔も共存している。ギリコは半分暗黒の、半分天使なんだ――。

アア、アア、と弱々しくアナンは泣き始めた。その声が、匂いが、柔らかさが凝り固まった流のなにかを動かしていく。彼はこれからはもう、絶対に赤ん坊から目を離さないと誓った。

だが、それも本当にできるかどうか、自信はなかった。

5

「あら……？」段ボールハウスの前で、通行人の若い女がふと足を止めた。

段ボールハウスの中で流は身を固くし、ギリコは必死にアナンを寝かしつけようと揺さぶっていた。スーツ姿の女はきょろきょろと不思議そうにあたりを見回している。

「アア……」アナンがまた泣き声をあげた。

しまった――。流は祈るようにアナンの手を握った。今度ははっきりときかれてしまったにちがいない。世の中にはどういうわけか、赤ん坊に対してひときわセンサーが発達している人種がいるようだ。隙間からのぞくと、若い女は怪しそうに流邸の前をいったりきたりしている。このままでは警察に通報されるかもしれなかった。

「そうだ、バケツ」

流は急いで眠っていたバケツを起こし、段ボールハウスの外に押し出した。

ナアオ。寝ぼけ眼のバケツは若い女を見あげ、とろんとした表情で鳴いた。まるで小猫カレンダーのモデルのように愛らしく。すばらしい演技力だ。

「ああなんだ、赤ちゃんの声がしたかと思ったら」女はほっとした声でいった。「ニャンコちゃんだったの。そうよね、こんなとこに赤ちゃんがいるわけないわよねぇ」

赤ちゃん好きに悪人はいない、と思いたい。女はバケツの喉をひとなですると、手をふりふり駅にむかって歩いていった。

流はつめていた息をどっと吐き出した。このくらいで緊張するのだから、戦争中に防空壕の中で赤ん坊が泣いた時はどんなにたいへんだったかと、ついよけいな心配までしてしまう。ギリコをふりむくと、まだ石のように固まっていた。その腕の中でアナンはもううとうとと眠りかけている。

ほとんど泣かない子だった。一日中眠ってばかりで、寝入りばなにぐずるだけだ。もしかしたら、あの寒さのおかげで脳のどこかが凍りついてしまったのかもしれない。しかし、おかげで今まで誰にも発見されずにすんでいるのだった。それにしても、いくら手がかからないからといって、いつまでもこうして子育てごっこをしているわけにはいかない。この二日間、ギリコは乳母のようにべったりとアナンにはべり、流は狭い段ボールハウスでの三人暮らしを余儀なくされていた。

「やっぱり」流はぼそりといった。「ボランティアの人に渡そう」

この結論をひねり出すまで、丸々二日かかった。まともなことを考えるのは慣れてないから、ひどく疲れる。頭の中でゆっくりと発酵させてから口に出るまで、これがまた時間がかかる。

「警察に届けるより、きっとその方がいい。親身になって施設に届けてくれるだろ」

ギリコは答えず、じっと固まっている。流は無気味なその横顔を見つめた。もしかしたら母性本能とやらが目覚めて、アナンに情が移ったのかもしれない。だが、捨て猫や犬ではあるまいし、まさか人間の赤ん坊をここで飼うわけにはいかないのだ。二、三日やそこらはうまくいっても、どうせまた窒息死させたり病気にするのがオチに決まっている。たまたま命を救ったのは、ホームレスにしてはまあよくやったとして、こうなったら一刻も早くまともな人間にひき渡すのが人の道というものだった。

「あの人たち、今度、いつくるかな……？」流はいった。

流は今まであまりボランティアグループに関わったことはない。彼らは定期的にホームレスがたむろする駅などにやってきては、ゆで卵やおにぎり、生活用品などを無料で配ってくれる。ろれつの回らないホームレスの話にいちいち耳を傾け、年寄りや病人を介抱した。そればかりでなく、職探しを手伝ったり、ときには施設にいくよう手配してくれるのだ。若い人も中年も、男も女もいて、もちろんみんな自発的に活動している。彼らをボランティア活動に駆り立てる理由は、それこそ各自さまざまだろう。が、てっとり早くいうと『同じ人間としてホームレスをほっとくことはできない』ということらしい。そんなボランティアの人たちを慕うホームレスもいれば、同情なんてまっぴらだと嫌う仲間もいた。

流はといえば、世の中にはいろんな人がいるなあと思いつつ、なんとなく距離を保っていた。ボランティアをする人たちは、人一倍愛があるのかもしれない。ただ暇なのかもしれない。生き甲斐がほしいのかもしれない。流はそう考えていたが、自分に温かい視線をむけられると戸惑った。彼らが欲しがるものを自分は与えられないから、関係を持つ理由がない。そして流には適当に関係のあるふりができなかった。

だが、今度はちがう。今まで避けていたボランティアの人たちとちゃんと話をつけ、アナンをひきとってもらわなくてはならないのだ。そういうのは苦手だなあ……、と思っているうちに、いつのまにかまた三日がたっている始末だった。

その間、ギリコは黙々と砂糖水だけをやっていた。本当はミルクをやらなくてはいけない、と思ってはいるのだが、なにしろ二人とも調達する能力もなければ気力もない。それでもアナンはひと回り大きくなったように見えた。

重い腰があがらないまま、流はうだうだと地下街でエサを集めた。自分だけなら怠惰が空腹に勝つこともあるが、赤ん坊にへばりついているギリコにも食わせなくてはならないとなると、さぼることもできない。これではまるで一家の主だ。なんでホームレスにもなって誰かの食事の心配をしなくちゃならないのか、不条理を感じながらドーナツ屋の裏で食いかけのドーナッツをあさっていると、むこうから電波青年がぶらぶら歩いてくるのが見えた。

両手に持っているのは、まさしくおにぎりだ。ということは、今日はボランティアの人たちがきているらしい。流がじーっと見つめていると、電波青年は呼ばれたようにくるっとふりむいた。

「あ、バケツ、今電波がピピッときましたよ。ほらシャケでしゅよシャケ」

電波青年は流よりバケツとお友だちだ。うれしそうにニタニタしながらやってくると、かじっていたおにぎりのシャケを気前よく猫におすそわけしてくれた。

「ノリおいしいでしゅねー、シャケちょっとしょっぱいでしゅ」

声変わりをしていない上に舌足らず、そのしゃべり方はサザエさんのタラちゃんそっくりだ。外見は髭のはえたネズミ小僧のようで、推定年齢は三十歳といったところか。どういう障害があったのかわからないが、電波青年の脳は五歳で成長をやめてしまったらしい。公園の遊具の中に寝泊まりしているが、根っから明るい性格なので遊びにくる親子連れにも受けがよかった。そんな彼の口ぐせは、『電波』だ。

「今日は電波のはいりがいいでしゅ」電波青年は頭をかくかくと動かし、アッ、といった。「流、なにかいいことあったでしゅか？　電波いっぱい出てましゅよ」

「あの人たち、きてるのか」流はいった。

流は電波の話は受け流し、ノリがたっぷりまいてある手作りおにぎりを見た。こんなものを赤の他人に作ってやろうなんて、暇つぶしだけではできない。おにぎりを握りながら、それを食べるホームレスのことを考えるだろう。おにぎりを配りながら、自分もホームレスたちからなにかを受けとっているのだろう。

「うん、いちゅもの広場んとこにきてるよ」電波青年はいった。

「電波青年は、あの人たちのこと好きだよな。ボランティアの人たち」

電波青年はホームレスにしては人なつっこく、天才的なおねだり上手だ。ボランティアのおばさん連中にはずば抜けて人気があり、母性本能をたくみに刺激してはいつも人よりよけいに食べ物をもらっていた。

「え、別にしゅきじゃないけど。ぼくって心が広いから、みんなに奉仕しゃしぇてやってんだよ」電波青年は口いっぱいにおにぎりをほおばりながらえらそうにいった。

なにが奉仕させてやってる、だ。自分で上手に鼻もかめないくせに——流は呆れた。こう見えても電波青年はけっこう計算高い。頭が弱い人間は全員ピュアだと思うのは、善良にして世間を知らない人々の美しき幻想だ。

「まだおにぎり配ってるよ。ぼく、流の分もらってきてやろうか？」

とかなんとかいって、自分がくすねるのは見え見えだった。しかも後で追及すると突然バカになり、なにがなんだかわからないふりをする。その辺の演じ分けはアカデミー賞ものだった。だが、この能力のおかげで今まで電波青年は生き延びているのであって、ずる賢くなければ生きていけないのは、ほどほどにしかパワーのない人間なのだ。

「いや、いい。俺が自分でいく」

流は食いかけのドーナッツを拾いあげ、重い腰をあげた。この動物好きの電波青年に赤ん坊のことを悟られてはならない。もし知られたらきっと大騒ぎになるだろう。

こいつに赤ちゃんを飼う、飼うなんてわめかれたらお手あげだ。ここは気づかれないうちに、すみやかにボランティアの人たちに受け渡さなくては——。

「ふうん」そそくささと去ろうとする流を、電波青年は怪しそうに見送った。

流は急いでアナンの待つ段ボールハウスにむかって歩き出した。昼間の地下街はショッピングの人たちでにぎわっている。流はいつものように視線を下げ、人の足下だけを見て歩いた。その傍らをカラカラと軽やかな音をたててベビーカーが通り過ぎていく。と、彼は無意識に目をあげ、中の赤ん坊を目で追っていた。今まではこの世に存在することすら忘れていた小さな生き物を。赤ん坊は暖かそうなブランド物のベビー服に包まれ、幸せそうな母親がベビーカーを押していた。

でも、アナンの方がかわいい――。

なにが悲しくていちいちそんなことを思わなくてはならないのか。流は自分を大バカだと思った。アナンは自分の子でもなんでもないのに、他人がかわいくてなにがうれしいのだ。だいたいアナンにとって自分は宿屋の主人くらいの関係者でしかない。ボランティアの人に渡したら、ハイサヨナラだ。

流は急に憂鬱な気分になり、足をひきずって歩いた。まちがっても情が移ったのだとは認めたくない。ちょっと面倒臭いだけだ、と自分にいいきかせながら。だが、いつかはボランティアの人たちに会いにいかなくてはならない。

つまり、いつかはアナンと別れなくてはならないのだった。

段ボールハウスに近づくと、ぶつぶつと念仏のような声がきこえた。くぐもった声はききとりにくいが、どうやらギリコのようだ。流はなんとなく入り口で足を止めた。

「……さ、佐和子、体強かった。力強かった。足強かった。頭悪かった」

なにをいっているのかさっぱりわからない。流はとつとつとしたギリコの語りを不思議な気持ちできいてしまった。

「早起き、好き。カボチャ、瓜、栗、たんぽぽ好き。旦那、よく働く女、好き」

ギリコが育児用語以外のことを話しているのは、初めてきいた。あの夜以来、流との会話は外国人同士のように成立しない。それが、昔むかしのおとぎ話でもしているのだろうか。佐和子なんてさわやかな名前の主人公はいただろうか。

「……なんの話だ？」流が中をのぞきこんだ。

ギリコはたじろぎ、彼を痴漢のようににらみつけた。ホームレスにも居住権があるのかどうかわからないが、ここに住んでいるのは流なのだ。居候のギリコににらまれる筋あいはなかった。

「アナンはだいじょうぶか？」流はいった。「起きてるのか？」

ギリコは黙って抱いているアナンをこちらにむけた。どこで拾ってきたのか、いつのまにか着古した子供のトレーナーを着ている。住宅街まで遠征することのできないギリコだから、公園あたりのゴミ箱で見つけたのだろう。ベビー用ではないからぶかぶかだが、体は一応その中に納まっていた。アナンはいつも寝てばかりなので、なかなか起きている顔を見られない。流はつい、いそいそと近づいて顔をのぞきこんだ。黒い星がふたつ光っている、と思った。アナンの目だ。それはそれは美しく、吸いこまれそうな瞳だった。じっと見ていると流はドキドキしてきた。胸のところがもやついた、妙な気分になってくる。息苦しいのではない。感動的なものを見ているような、しかしどこか物悲しい感覚。

危うい、と流は思った。なにが危ういのかわからない。清らか過ぎるものに触れて心が痛むのか。もういいよ。頼む、そんな目でこれ以上俺を見ないでくれ——。

黒い星が二、三回まばたき、とろんとなった。祈るように見ているうちに、アナンはすーっと眠りにはいっていった。そして、深い眠りに落ちこむ直前、アナンは小さくニッと笑った。静かな、アルカイックスマイルのような微笑み。こんなにきれいなものを今まで見たことがあるだろうか。あまりの光景に流の頬がじんとしびれた。

ああ天使だ、この子はエンジェルだ——。

「原始反射」ギリコが無感動にいった。

流はがっくりしてアナンの顔からギリコに目を移した。おかげで現実に返った。

「ギリコ」流はいった。「今からアナンをボランティアの人たちに渡しにいこう」

そういってから、別になにもギリコなんか誘う必要なんかないのだ、と気づいた。

そういえば、ギリコがボランティアの人たちと交流しているのは見たことがない。それをいえば彼女は誰ともつきあいがなかった。ギリコは街の電柱のような、犬にションベンをひっかけられるような女だったのだ。それが気がつけば、赤ん坊の保育器代わりになるところまで昇格している。

「ありゃ……?」流はギリコの顔をしげしげと見た。

なにか変だと思ったが、すぐにはわからなかった。彼は心の中でアッと声をあげた。

「おまえ……顔を……」

ギリコの顔がきれいさっぱりと洗われていた。やはり蓄積していた垢が紫外線をシャットアウトしていたらしく、日焼けをしていないギリコのお肌は思いがけず色白だ。しかしいくら色白でもずば抜けてひどい難はカバーしようがなく、醜い目鼻立ちが前よりはっきりしてしまったのが哀れだった。それにしても最初は手、次に乳首、今また顔が加わって、三ヵ所だけでもギリコは清潔な女になっている。これは画期的な出来事といわなくてはならなかった。

だが、髪は相変わらず臭いぷんぷんのドレッドヘアだ。どうしてこう極端なのか。流にはその理由がわかるような気がした。おそらく、自分に髪の毛があるのを忘れているのだ。それは、記憶喪失とはまったくレベルの違う忘却だった。精神がどん底に近づくに従って、人は自分の体に無頓着になっていく。流などはまだその境地には達してないが、ついには自分の存在を忘れてしまうらしい。忘れているのだから、当然手入れなんかするわけがない。どんなに汚れても気にしないわけだった。

それがギリコは赤ん坊に出会った瞬間、自分という存在を思い出したのだ。まず赤ん坊を抱く自分の手を。しまい忘れていた乳房を。そして今、自分に顔があったところまで進展したらしい。流はなんだかこの女がかわいそうになってきた。

「……悪いな」流はなぜかあやまっていた。「でも、いかなくちゃな」

そうだ、その気になればいくらでもベビー用品は拾えるはずだ。東京中の赤ん坊たちのお下がりを着て、ミルクを飲ませ、適当になにかを食べさせればいい。ただ生きて、大きくするだけならギリコにもできるかもしれない。だけど、家がない。俺たちはホームレスだ。ないもんはないんだからしょうがない――。

流はアナンを受けとろうと手をのばした。だが、ギリコは歯をくいしばり、しっかりブロックして離さなかった。

「ギリコ」流は強くいった。

彼女はまた固まった。血走った目がものいいたげに流を見ている。そんな目で見られると本当は恐かったが、ここで負けてはいられない。

「いいか、この子にだって戸籍が必要だ。出生届けっていうのをしなきゃならん」

「……出生届け」ギリコがつぶやいた。

「そうそう。風呂にだっていれなきゃならん」

「……予防注射」ギリコがいった。

「そうそう、そうだ」

ギリコは自分の数少ない知識に敗北した。しかたなさそうにのろのろと立ちあがり、赤ん坊を黒いコートにすっぽりと隠すように抱える。どうやらいっしょにいくつもりのようだ。そうやると、アナンはギリコの脇腹の贅肉にしか見えなくなった。

流はギリコを後ろに従え、広場への道をとぼとぼとたどり始めた。それは、まるで小さな葬列だった。ふたりを避けて人ゴミが左右に分かれていく。ふり返ると、ギリコの顔は胸が痛むほど小さく見えた。

これじゃ俺がいじめているみたいじゃないか。だけど、どうしてやりようもない。アナンはギリコのお人形じゃないんだから。チクショウ俺だって、俺だって——。

と、ギリコが急に立ち止まった。

「……ギリギリ」能面のような顔の中で、唇だけがひきつるように動く。

一瞬、流は周囲の音がきこえなくなった。本能的に人を怯えさせる、意味不明のつぶやき。流はふざけているのかと思った。

「……ギリギリ、ギリギリ」ギリコは止まらない。「ギリギリ、ギリギリ」

「やめろ」流は愕然とし、急いでギリコの目をのぞきこんだ。

やばい。もともと乏しい理性の灯火が消えかかっている。今まではなんとか現実にあわせていた意識の焦点がずれ、ギリコは再び狂気の世界に足を踏みいれようとしていた。誰にもついていけない世界へと。人波はどんどん彼女をとり残していく。ギリコがどんな地獄へいってしまおうと流の知ったことではない。ギリコの脳の勝手だ。だが、流はそれを目の当りにするのは我慢できなかった。

「ギリコ、ギリコしっかりしろ」流は思わず女の体を揺さぶった。

だが、いくら叫んでも彼の声は耳に届かない。ギリコは自分の感覚をすべてシャットアウトしようとしているのだ。現実から逃げて、逃げて——。

ぐらり。そのとき、思いもかけず、流は自分が目眩を覚えた。ギリコの感覚が感染したのか。胸がむかつき、急に自分をとりまく環境が怖くなる。

なぜ、俺が。嫌だ、気持ち悪い、この感覚は、俺は——。

アア。そのとき、アナンがうめいた。なにかを訴えるように。求めるように。ざわめきと音楽の中で、その声ははっきりとふたりのホームレスの耳にききわけられた。

ギリコがびくり、と震えた。体に電流が流れたように。うろたえた視線がアナンをとらえる。流は彼女の目が再び焦点を結んでいるのを見た。

「オロロロ……」ギリコはアナンをあやし始めた。「オロロロロ……」

戻ってきた——。流はほっとして、汗ばんだ自分の顔をおおった。

あがってしまった脳のブレーカーをアナンが戻してくれたのか。あわやサイコの世界にいきかけたギリコは、アナンをしっかりと抱き直し、またずるりずるりと歩き出した。流の額にじわついていた冷や汗がすうっとひいていく。

助かったのは、ギリコだけではないような気がした。

6

ふたり並んでペンキのはげたベンチにすわっていると、ラップでくるんだおにぎりを両手にもって、ボランティアの中年女がなにげなく近づいてきた。流は自分の横でギリコが一気に硬直するのがわかった。

「センパイ、こんにちは」ボランティアの女はひかえめに挨拶した。

路上生活者支援団体の人たちは、どういうわけかホームレスをセンパイと呼ぶ。それが一番あたりさわりのない呼び方ということだろうが、流などちょっと戸惑ってしまう。自分の子供でもない人にお父さんと呼ばれるようなものだ。

「体調はいかがですか?」女はいった。

なかなか自分から心を開かないホームレスには慣れているらしく、むこうからそっと一歩踏み出してきてくれた。流にはその柔らかい笑顔がまぶしかった。生活ではなく、心が豊かそうだから。まぶしさから横をむいて逃げてしまいたい衝動に駆られる。

だけど、そんなことはいっていられないのだ、今日だけは。この人ならだいじょうぶだ。きっとアナンを幸せに導いてくれる——。

「ああ、あの……」流は身を乗り出した。

中年女はうなずき、そっとおにぎりをさし出した。そうじゃないのだが、流は挨拶代わりにふたつもらっておいた。ひとつは隣でアナンを抱いているギリコのために。

「センパイがいらしてくれたの、初めてですね」ボランティアの女はいった。「どうぞ、めしあがってください。よろしかったらあっちに歯ブラシセットもありますよ」

「い、いえ」

「なにかわたしにお手伝いすることがありますか?」

「実は」流は勇気をふりしぼった。「こ、これを拾ったんです。ゴ、ゴミ捨て場で」

「なにを?」

「なにじゃなくて……こ、こいつを」流はベンチの隣を指さした。

「まあ」女は同情するようにうなずいた。「ひどいことをする人がいるものですね」

反応はそれだけだった。それ以上驚きも騒ぎもしない。なぜびっくりしないのだろう、と流は怪訝に思った。こうして赤ん坊をゴミ捨て場で拾ったといっているのに。

捨て子はそんなに珍しくないのだろうか。

「俺、よくわかんないんですけど」流はいった。「ちゃんとしたひきとり先を――」

中年女は薄く笑顔を浮かべたまま、流をじっと見つめた。きっと路上生活者を相手にするなら、少しぐらい意味不明なことをいわれてもうろたえてはいけないと注意されているのだろう。中には頭がとんだアル中もいるのだから。だが、この反応は妙だった。流は今、社会的にも人間的にも実にまともな提案をしているのだ。

「だからですね、どうにかするべきですよ」流はいった。「この子を」

「この子……まあ、オホホホホ」中年女は笑った。

「なにがおかしいんですか。だ、だからこの赤ん坊を……アッ」

横をむいた流は、思わず叫び声をあげた。ちょこんと座っているのは、なんと猫のバケツだ。小猫はベンチにすわってのんびりとシャケの骨を食べていた。

「こ、ここにいた女はどこに……っ」

流はおにぎりを両手に持ってあわてて立ちあがった。なんという不手際だ。中年女に熱烈な動物愛護主義者と思われてしまったかもしれない。

「え？　さっきおトイレの方にいかれたみたいですけど」女はいった。

全然気づかなかった。気づかなかった自分もどうかしている。だが、まさか。まさかじゃない。ギリコは逃げたんだ――。

「どうしたんですか？」女は親切にいった「落ち着いてください、センパイ。まず、お名前を教えてくださいな」

だが、流は非常にうろたえていた。こんな展開は考えていなかったのでどうしていいかわからない。どこへいったんだ、あのバカバカ暗黒ババアは――。

「……流」彼はぼんやりといった。

「ながれさん、ですか。それは苗字なんですか、それともお名前？」

流は頭の中がぐるぐるした。こんな風に人になにかをまともにきかれるのは、苦手だった。特に、自分のことを。流は泣き出したいような気持ちになった。

名前でも苗字でもそんなのどっちでもいいじゃないか。俺たちの世界じゃそんなもん意味がないんだよ、ほっといてくれ。いやちがう、あんたが悪いんじゃない。でも、そういう普通の話が俺には負担なんだ。耐えられない。誰か、助けてくれ――。

「ねえねえおばしゃん」そのとき、舌ったらずな声が響いた。「ダメでしゅよぉ、流をいじめちゃいけましぇん」

「まあ、電波くん、またきたの。これでもう五回目でしょ？」女はあきれていった。

「いじめてなんかいませんよ。お話ししてただけ」

「えー。でも流泣いてるじゃん」電波青年はいった。

「なにいってるの、泣いてませんてば」

「電波ビリビリきてましゅ。心で泣いてるんでしゅ」

どうやら電波青年はけなげにも流をかばっているつもりらしい。流はベールのむこうの出来事のようにふたりの会話をきいていた。まさか、この頭の足りない男に助けられるとは思わなかった。しかし、自分が泣き出しそうなことがボランティアの女にはわからず、なぜ電波青年にわかったのだろう。

「別にただ、お名前をうかがってただけですよ」女はいった。

「えー、名前？。流に名前なんかないでしゅよ」電波青年はいった。

「え、でも流さんて？」

「わかってないなあ、電波青年はあだ名でしょ。流もほんとの名前じゃないんでしゅよ。流れもんの流でしゅ。誰かがてきとーにつけたの」

「ああ、そういうことですか。それじゃあ、流さんはおいくつですか？」

ヒルヒルヒル……。流の脳の奥から風が吹いてきた。

風にもいろいろあるが、それはたぶん北風の音だ。彼の一番過去の記憶は寒々しい風の音だった。なにか思い出そうとすると耳の奥で鳴り響き、すべてを吹き飛ばしてだんだん大きくなっていく。だが、風に出口はない。しまいには頭の中は北風でいっぱいになって、カチンカチンに凍りついてしまう。そうなると三日間は動けない。流はゆらりと立ちあがった。

「いくちゅって、そんなのわかんないんだよ」電波青年は流の代わりに答えた。

「どうして?」女はいった。「あら流さん、どこへ……?」

もう帰ろう、と流は思った。俺のあの小さな段ボールの巣の中へ。ミノ虫みたいに冬中、干からびるまで閉じこもっているんだ——。

「ねえねえおばしゃん、人にはねえ、きいちゃいけない過去があるんでしゅよ」電波青年は声をひそめ、もったいぶっていった。「プライバチーのシンガイ」

「はあ?」

「ここだけの話だけどぉ、流ってきおくそーしつなんだよ。デヘヘヘヘ」


また、ここにきてしまった。

きたくはないが、風の音がすると決まって記憶の源をたぐり寄せようとするようにこの場所にひきつけられてしまう。流は冷たい柱にもたれ、味のないおにぎりをかじりながら駅の改札口を見つめていた。自動改札機からは人がひとりずつ順送りにされ、右へ左へと散っていく。ひとりひとりが動く目的を持ち、関係する人を持ち、金を持ち、帰る家を持っている。そして、流にはそれがひとつもない。彼はあとからあとから改札口をくぐってくる人の群れを驚嘆のまなざしでながめていた。

十年前、彼はこの改札口で倒れた。起きあがったときには、自分がどこからきたのか、どこへいくところだったのかも忘れていた。不思議なことに持ち物はなにもなく、着のみ着のままで、カバンも財布も名前を証明する物もなにもなかった。切符はすでに機械に回収された後で、どこから乗ってきたかもわからなかった。焦った彼がポケットの底から埃とともにつまみ出した物は、小さな赤いタイルのかけらだけだった。

記憶喪失。頭のほとんどを占めている空白にショックは受けたが、そのときは数時間もすれば思い出せるだろうと考えた。流はしばらくタイル片をいじりながら駅の周辺をうろついていた。自宅への道順を思い出すかもしれない。知った顔に出会うかも知れない。妻とか、子供とか、友だちとか。だが、次の日も、数日たってもなにひとつ思い出さなかった。警官も調書をとったきり親身にはなってくれず、紹介された医者もだんだんうとましそうな顔をするようになった。困りきった流の面倒を見てくれたのは、この駅に住んでいたホームレスの長老、神宮寺だった。

神宮寺のおかげで、流は涙が出るほど暖かい焚火を知った。そして路上生活者の温かさを知った。ついでに拾ったエサのうまさを知った。流は記憶喪失が治ってまともな生活に戻っても、神宮寺と暮らした日々は決して忘れず、いつかきっと礼をしたいと思っていた。

だが、そんな日はこなかった。

流はそのままなしくずし的にホームレスへの道をたどっていった。転がり落ちたのだ、とは思わない。むしろどこかまでは、自由な生活に魅せられていたようなところもある。日雇いの労働者としてはりきって働いていた期間もずいぶんあった。それが、いつ頃からだろう、無気力に蝕まれてレベルどん底すれすれになってしまったのは。

その神宮寺も去年とうとう倒れ、半分寝たきり状態になってしまったらしい。いい人間だがアルコール中毒の見本みたいな男で、肝臓をやられて体は黄疸でまっ黄色、そろそろお迎えがくる頃だろうといわれてからもう一ヵ月が過ぎようとしている。『最後まで自由の身で死にたい』とカッコつけているそうだが、アル中が死ぬまで酒を飲み続けていたいと思ったらホームレスでいるのが一番だ。頑なに入院を拒否しているのは、大好きな酒の代わりに点滴を与えられるからに決まっていた。

そんな老いた彼を献身的に介護してくれている女がいるらしい。流にはそんな立派な恩返しができるわけがない。せいぜいできることといえば、先にあの世に逝って道案内をしてやるくらいのものだろう。

だが、それも、いつになるかわからなくなった。頭の中の風の音はいつのまにか消えている。流は思い出と改札口に背をむけ、ぼんやりと段ボールハウスへとむかった。

習慣とは恐ろしい。我が家に近づくと、流は無意識に中に人の気配を期待していた。

どうせギリコのことだ、逃げ出したはいいが、他にいくところもなくてここに帰ってきてるにちがいない。なんでもなかったような顔で、ずうずうしく。ここで甘い顔をするとまたトンズラをくり返すに決まってる——。

「ギリコ」流は恐い顔で段ボールハウスの入り口をめくった。

がらんとした暗がりが広がっていた。誰もいない。テーブルの上にぽつんとひとつ、ひび割れたガラスの哺乳瓶が転がっている。アナンに飲ませていた砂糖水のカップとスプーンはなくなっていた。

出ていったのか——。

急に箱の中が広くなったような気がする。あたり前だ。あの太ったギリコがいなくなったのだから。流はアナンのことはなるべく考えないようにして、ひきっぱなしの布団にごろんと横になった。手足をゆっくりとのばし、毛布をかぶって目をつむる。赤ん坊を拾って以来、寝不足が続いていた。久しぶりにひとりきりになって、正直いってほっとした気分だった。

まあいいさ。出てったならそれでいい、もう俺には関係ない。アナンはかわいいけど世話はたいへんだ。ギリコのうるさい歯ぎしりもきかずにすむ。やっぱり俺は気ままなひとりがむいてるんだ――。

地下街のガヤガヤしたざわめきがうるさかった。いつもなら気にならない音楽がやけに耳につく。そして、いつまでたっても睡魔は訪れなかった。

「……ギリコ？」かすかな気配に流はハッとふりむいた。「ギリコか？」

ナオ……。のんびりと帰ってきたのは、バケツだった。つまり、知らないうちに外の気配に耳をすませていたということか。流はそんな自分の女々しさに腹がたった。

ふてくされて寝返りをうつと、ふとテーブルの上の哺乳瓶が目にはいった。

こんなもん。どっから拾ってきたんだ――。

流はそれをそっと手にとってみた。ゴムの乳首はもう縮んでダメになり、中身はぽたぽたとたれ落ちて使い物にならない。流はもぐもぐとひたむきに動いていたアナンの口を思い出した。濡れた、軟体動物のような、小さなピンク色の唇。

アナン――。

急に、なにもかもがたまらなくなった。今までこの生活をしている自分をかわいそうだと思ったことはない。ギリコに本気で同情したこともなかった。ふりかかる不運は、全部誰かのせいにはできない。記憶にはないけれど、もしかしたら自分にも悪いところがあったのかもしれないではないか。不幸を招いたり、不幸にはまったり、不幸から逃げられるチャンスに逃げなかったりしたかもしれないのだ。

だが、アナンはちがう。本当に生まれたてで、まっさらだった。人生になんのまちがいも責任もあるはずはない。それなのに、俺は。あいつにまともな哺乳瓶一個与えてやれなかった。アナン、どこにいったんだ——。

流は立ちあがった。なにをするつもりだ、と自分に文句をいってやりたかった。何様のつもりだ。俺の役目はもうすんだ。ギリコとアナンがどうなろうが、運命ってもんだ。だけど、あたりはもう暗くなりかけている。夜はまだ死ぬほど寒い——。

「バケツ、こい」

猫をカイロ代わりに胸元につめこむと、流は夜の地下街にさまよい出た。ギリコの段ボールハウスがあったトイレ前にいってみたが、すでに床はきれいに磨きあげられてボヤの跡すらなかった。流はギリコが好みそうな柱の陰や暗がりをかたっぱしからのぞきこんでいった。だが、どこにもいない。やがて商店街にシャッターが降り始めた。

いない。まさか地上に出たんじゃないだろうな。この寒さの中を——。

流は迷いながら地上に続く階段にむかった。上から吹いてくる風の冷たさにひるみ、思わず立ち止まる。階段の下で店を出していた惣一郎が雑誌を重ねながら顔をあげた。

ふたりの視線がまともにぶつかった。惣一郎のあきらかな軽蔑の視線。こんなやつとは話なんかするもんか、と流は反射的に思った。

「ギリコを見なかったか」気がつくと、流はそう口に出していた。そんな自分に驚いた。こんなにも俺は必死になっていたのか——。

惣一郎の方も、まさか流が話かけてくるとは思わなかったようだ。ちょっと驚いたように彼を見つめていった。

「あの、最高にくっさい悪魔教のおばはんか？」

その通りだからかばいようもない。しかし、ギリコといういいかげんな愛称が通じたこと自体、流は意外だった。惣一郎は他のホームレスには興味がないと思っていた。

「へえ、あんたら、できとるんか？」惣一郎はおもしろそうにいった。「けったいな趣味しとんなあ」

やっぱりこんなやつにきこうとした俺がバカだった——。無言で背中をむけた流に、後ろから惣一郎が声をかけた。

「ちょっと待ってや。そうゆうたら、さっきどこかで見たで。そや、踏切のそばや」

「踏切？」流はふりむいた。「踏切って……？」

「一番近くの踏切や。あのおばはんて、わいにいわせたらもう半分死んどるみたいなもんやけど、ほんまに死にそな顔で線路見とったわ。モロ飛びこんだるって感じで」寒いはずなのに、じわりと汗が出た。流はあたふたと階段を上り始めた。懐からバケツが転がり落ち、とり残されてナアと鳴く。だが、彼はふりむかなかった。

飛びこみ。自殺。充分あり得る。もう遅いかもしれない、もう——。

「なあ流のおっさん、まさかあんた、止める気ぃとちゃうやろな？」惣一郎が足の下から冷たい声でいった。「わいやったら、あのおばはんがとうとう死ぬ気んなったら、絶対ほっといたるわ。え、それが最高のお慈悲ってもんとちゃうか？」

7

ギリコの中の悪魔が、ぞわぞわと暗闇にむかって動き出していた。一度は抜け出してきたはずのブラックホールがだんだん近づいてくる。ひきずられていくその先に、彼女は明らかな死の匂いを感じていた。

ずいぶん長い間、ギリコの世界はぼわぼわした霧だった。灰色の視界の中にときどき薄ぼんやりと人が浮かんだり、食べ物や段ボールハウスが見えては消えていく。まるで調子の悪いテレビのように。現実がうまく写せず、時間も場所もわからないまま、すべてがつかみどころのない夢のように過ぎていった。

ある晩、その霧の中にぽっと赤ん坊が現れた。赤ん坊だけは他のものより十倍も明るく、いつまでも消えなかった。記憶の中からひっぱり出した白いおくるみで包むと、その姿はより鮮明になった。続いて、自分の手が、乳房が、そして鏡に映った顔が見えた。石鹸で洗ってみたら、どこかで見たことのある女がこっちを見ていた。佐和子ちゃんだ、とギリコは気づいた。そういえばずいぶん長いこと会ってなかった。今までどこいってたんだ——。

ギリコは少しずつ佐和子ちゃんのことを思い出すようになった。好きな食べ物や花。そして、忘れていた生活を断片的に。佐和子ちゃんはとてもかわいそうな人だった。なぜかよくわからない。ギリコは思い出そうとすると、頭がきりきりと痛くなった。

苦しい。でも忘れられん。佐和子ちゃんはわしをじっと見て、わしを待ってる。なにがかわいそうなのか——。

涙が出そうになったとき、ギリコはアナンと目があった。黒光りしたふたつの星。じっとその瞳をのぞきこむと、胸がドキドキしたが、それは苦痛とはちがった。この目はからっぽの洞穴じゃない。わしにはいけん、どっか遠くに続いてる——。

「……佐和子ちゃんはな、寒い山ん中におった」ギリコはとつとつと話し始めた。アナンは見えない目を宙にすえ、ギリコの話に耳を傾けていた。きいてる、とギリコは思った。それは、頭のおかしい女のただの思いこみだったのか。アナンに話すために、胸の奥深くからしまいこまれていた物語がゆらりゆらりと浮きあがってきた。発酵したどろどろの泥から生まれるガスのあぶくのように。

あぶくは空に通じる出口を見つけた。

「……佐和子ちゃんの家は貧乏だった。母ちゃんは体が弱くて、血の病気で死んだ。『おまえは働け』って父ちゃんはいった。『いっしょうけんめに正直に働いとったら、きっといい男がつく』。でも佐和子ちゃんは器量が悪くて、年頃になっても欲しいという男はいなかった。もう結婚なんかいい、父ちゃんと暮らせればと思ってた……」

突然、霧の中にいかつい中年男の顔が浮かんだ。そして、ぎすぎすしたその男の体が。ギリコは恐怖にあえぎ、息ができなくなった。

「旦那様、許して——。あ、あつい」

しがみつくように赤ん坊をかき抱き、自分がアナンを抱いていることに気づいた。

ギリコはその顔をじっと見た。

だいじょうぶ、これは佐和子ちゃんのお話だから。アナンはきいてくれてる——。

「佐和子ちゃん、タバコ押しつけられた」

ギリコは自分にも腕があることを思い出した。火傷の跡がある腕を。忘れようとした痛みを。

「ヤカンの湯、ぶっかけられた」

ギリコは自分にも肩があることを思い出した。ケロイドが残った肩。忘れようとしたその熱さを。

「階段、蹴り落とされた」

ギリコは自分にも足があることを思い出した。骨折した足。しばらく歩けなくて、涙にくれた日々。

「旦那はただ、働き手がほしかった、それだけで佐和子ちゃんを……佐和子ちゃん、痛い痛い。ひとりで夜中に、泣きながら薬を塗って……」

痛みといっしょにひとつずつ体を思い出したギリコは、やっと見えるようになった自分の全体を見回した。隅から隅までまっ黒い服を着ている。

「アナン……わし、なんでこんな黒い服ばっか着てるんだ？」

アナンがまばたきをした。その仏様のようなきれいな顔に、目の細いぽっちゃりした男の子の顔がだぶった。

「……ひろ……ゆき？」ギリコは名を呼んだ。「ああ、やっぱり裕之だ」

ギリコは急に浮き浮きした気分になった。どっと押しよせてくる甘い幸福感。抱いているのはアナンか裕之なのか。ギリコにはもうわからなくなった。

「かわいい裕之、佐和子ちゃんにそっくり。さあ砂糖水をお飲み。オロロロ……」

それが思い出なのか現実なのか、もうわからない。ギリコはただ、腕の中にあるぬくもりが幸せだった。ギリコの腕の中で、赤ん坊はときどきアナンになり、裕之になる。周りにうろついている男はナガレと呼ばれていたが、どこのどいつか知らなかった。そのうち、ナガレは赤ん坊をどこかに連れていくといった。

頭が急にズシンと重くなった。またぼわぼわした霧が周りに増え、あたりがよく見えなくなった。そこに突然、旦那が現れた。悪夢の中の鬼のように。

「逃げよう、裕之」ギリコはパニックになった。「旦那がおまえをつかまえにくる」

黒い霧の中を、迷路のように曲がりくねった街を、ギリコは赤ん坊を抱いて必死に逃げた。安全な世界に続く出口を求めて。

カンカンカン……。気がつくと、頭上で踏切の警報音が鳴り響いていた。柵のむこうに見えるのは、線路だ。ギリコは黒い二本のレールを見つめていた。なんで、こんなところにきてしまったのだろう。赤ん坊を抱っこして風の中に立ってると、後ろから誰かが追いかけてくるような気がした。

早く、と心が囁いた。ふたりきりになれるところへいこう。

「佐和子ちゃんは、陸橋を上った」ギリコはつぶやいた。「そんとき、上りの列車の光が見えてきた。早い早い特急列車だ。それから……？」

ぼん。濃い灰色の霧が発生し、なにも見えなくなった。ギリコの口はあやつり人形のようにぱくぱくと動いた。その腕に小さなぬくもりだけが、まるで生きる証のように残っている。なにも感じなくなった宇宙でただひとつ。彼女はさぐるように、命のぬくもりをとらえようとした。

これさえあればいい、わしの宝、わしの命、裕之、ずっといっしょだ——。だが、次第にその感触が薄れていった。大事な大事な物なのに、するりと手からこぼれ落ちそうになる。ギリコは必死に赤ん坊をつかまえようとした。

落としたら壊れてしまう。裕之、どこ、佐和子ちゃんは、母ちゃんは——。

ゴオオオーッ。足下が地震のように揺れ、体が轟音に包まれる。きしる車体、誰かの悲鳴、怒号。なにもわからない。混乱のうちにひとつ、はっきりした声をきいた。

『ギリギリ』誰か男の声。『ギリギリだった。ギリギリで……』

なんのことだ？　なにが、なにがギリギリだと？

ああ、なんでわしは黒い服を脱がない？　この服は——喪服……？

「やめろーっ」流は絶叫しながら、無我夢中でギリコに駆け寄った。

彼が発見したとき、ギリコはすでに線路の上空にかかった立入禁止の陸橋に『さあみなさんこれから飛び降りますよ』というように立っていた。しかし、こそこそと暗闇で生きてきた人間というのは、最後の最後になってもこうまでインパクトがないものか。そのいかにも危ない姿に気づいた者は、都会にはこんなにたくさん人がいるのに、流ただひとりだけだった。

「アナンーッ」流はわめき、ギリコの体にしがみついた。

ギリコなんかもうどうでもいい。人の死角に生き、今また死角から飛び降りようとしている、それだけだ。だが、流は赤ん坊を助けたかった。彼はもうすさまじく頭にきていた。愚かなギリコに、そのいかれた頭に、いかれた決断に。世界中のなにもかもに腹がたった。こんなに激しい怒りに駆られたことは、乏しい記憶にかつてない。

「うおおおっ」流はギリコの懐に腕をのばし、アナンに触れた。

と、その瞬間、ギリコの腕の力がふっと抜けた。まるで力の糸が切れたように。その手から赤ん坊がこぼれ落ちそうになる。流は間一髪でアナンを受けとめた。

ゴオオオオ……。ふたりの足元を、轟音をたてて電車が通り過ぎていった。踏切の音がやみ、静寂の中でギリコは中空を見つめて立っている。抜け殻になったように。

流は彼女にかまわず、むさぼるようにアナンをのぞきこんだ。

泣いてもいなかった。その身に迫っていた恐ろしい危機も知らず、小さな者は静かに人に抱かれ、黒い星の目でじっと見あげてくる。ただ、ひたむきに。

だいじょうぶだ、生きている。間にあった。アナン、俺が拾ったアナン——。

「……ヒロ……ユキ」ギリコのつぶやきがきこえた。「ヒロユキ……?」

うつろな目があたりをぼんやりと見回した。だが、なにも映していないのは明らかだ。広げた腕で宙をまさぐりながら、ギリコはずるり、ずるりと歩き出した。

流は本能的にあとずさった。この女はもう、さっきまでのギリコではない。まともな怒りをぶつけられる対象ではないのだ。狂気と死。錯乱と放心。死に神が我が身のそばを通り過ぎていくなら、じっと息をひそめて隠れているしかない。流は頭をふせてギリコの影が行き過ぎるのを待った。身を切るような風と共に、悪魔の黒い姿が去っていく。彼はアナンをかき抱いて必死に陸橋を駆け下りていった。

アナンがここにいる。アナンがここにいる。アナンが。

しっかりとコートに包んで歩き出すと、一歩歩くごとに心に安堵が戻ってくる。小さなぬくもりが胸までじんと届いた。そんな感情の温かなゆらめきが、流はもう不快ではなかった。

この赤ん坊を拾って以来、くたばりかけていた心がまた目覚め始めている。毎日ゆさゆさと揺さぶられている。こんな小さな命のために。ギリコの早まった行動は、結果的に流に愛情を自覚させたのだ。彼の中でアナンの存在は、いつのまにか苦しいほど大きくなっていた。

自分が守ってやらなくてはこいつは生きていけない。手を離せば消えてしまいそうな、そのはかなさがいとしい。こんな気持ちは初めてだ。このまま、ずっとふたりでゆらゆらと歩いていきたい。

ああ、こんなことは夢だ。幸せな夢なのだ。こんな夢をみすみす手放すのは嫌だ。できることなら、もう少しこの夢を見続けられないものか。もう一晩でもいい。いや、ほんのしばらくの間。せめて、こんどボランティアの人たちがくるまで。

そうだ、アナンはあまり泣かない子だ。おとなしくて、俺にもなついている。もうあの恐ろしいギリコの手なんか必要ない。もうちょっとだけアナンをそばに置いてみよう。きっとだいじょうぶだ。

別れの日がくるまで、もう少しだけ、はかない夢を見ていられるなら。

8

命は持続する。たった一日の休暇どころか、一分一秒の休みもなく。それは明け方になったら消えるうたかたの夢のようにはいかないのだ。その晩、流はおのれの甘さを思いきり知らされた。

アナンは一晩中泣きっぱなしだった。お腹がすいてるのはわかりきっている。ちゃんと沸騰させた湯をさまして、清潔な砂糖水をつくってやった。だが、スプーンではどうしても飲まないのだ。アナンは嫌がってのけぞり、首をふりこのように左右に動かした。

乳首だ。乳首を求めている。流は必死にアナンをゆすりながら自分も泣きそうになった。自分に赤ん坊がくわえられるような乳首は、あるわけない。こうなってくると無償にギリコが恋しかった。いや正確にいうと、ギリコのピンク色の乳首部分が。なんとかして赤ん坊を寝かそうと、流はあやし、揺すり、なけなしの記憶をふりしぼって童謡まで歌ってやった。だが、こちらの苦労も知らずアナンはアオアオと泣き続けている。その体力はとてもこの前まで死にかけていた赤ん坊とは思えなかった。

眠たいのはこっちの方だ。流はもはや自殺しなくても死ねそうだった。そばですやすやと寝ているバケツがねたましい。かの有名な育児ノイローゼがどういうものか、流は身をもって理解しつつあった。これなら気前よく自分の命をこの赤ん坊にくれてしまった方が楽だったかも知れない。

このサイレンのような泣き声を発する赤ん坊を拾ってきたのは、誰だ？　自分だ。命をやると祈ったのは誰だ？　自分だ。そして、天はつれなくこういっているようだ。だったら自分でちゃんと責任をとれ——。

ああ、もうこうなったら一般市民に見つかってもいい。誰でもいいから、抱っこを交代してほしい。そう、ギリコでもいい。頼むから帰ってきておくれ——。

ついさっき、頭のショートしたギリコを見捨ててさっさと逃げてきたことも忘れ、流は祈った。心の底から願った。

びくん、と猫の鼻が動いた。アナンの泣き声をものともせず、ぐっすり眠っていたバケツが顔をあげた。鋭敏なセンサーになにかがキャッチされたのだ。やがて、流の耳にも泣き声の合間に足音がきこえてきた。

ぺたん、ぺたん、ぺたん……。

段ボールハウスの外に人が立つ気配がした。そっと中の様子をうかがっている。

誰だ。おまわりか、それとも——。

「ギ、ギリコさん？」流はできるだけ優しい声でいった。「逃げなくていいんだよ」

まるで夫婦喧嘩の後に妻の機嫌をとる亭主のようだ。だが、彼女はぐずぐずしていて中にはいってこようとしない。

まずい。ここでまた逃げられたら、まちがいなくこらちの身が保たない——。

「ほら、ほら、アナンがおまえを呼んでるよ。お、俺が悪かった、もう誰かに渡すなんていわないからさ、ゴメン、頼むいかないでくれ……」

流は泣きわめくアナンを抱き、あわてて段ボールハウスからはい出そうとした。そのとたん、時と場所をわきまえない元気のいい声が響いた。

「あ、みーちゅけたっ」電波青年はいった。「あはっ、緊急電波が届いたんだよ。赤ちゃんだ赤ちゃんだ。この子、流の子？」

最悪だった。助けにならないといって、これほど役にたたない人間は他に考えられない。もしアナンに電波があるとしたらかなりチャンネルをまちがえたにちがいなかった。電波青年はもうご機嫌で赤ちゃんをのぞきこみ、はしゃぎまくっている。流はへなへなと腰がくだけそうになった。

「ながれー、赤ちゃん泣いてましゅよ」電波青年がいった。「パイパイを求めて野獣のように怒り狂ってましゅ」

「そんなことわーっとるわ」流はいらいらしていった。「飲まないんだ、砂糖水。スプーンじゃいやがって……」

「え、ミルクないんでしゅか？」

「ない」

「なんだ、砂糖水なんかぼくだってイヤでしゅよ。ぼくがミルクもってきたげる」

そういったかと思うと、あっけにとられている流を残し、電波青年は元気にタカタカと走り去っていった。悪夢にしてはいやに明るい。流がぼんやりと駅の時計を見ると、真夜中の三時半だった。こんな時間にいったいどこへいったのか。

どうせあいつに持ってこられるのは、せいぜい腐った牛乳くらいだ――。

「はーい、おまたしぇー」

二十分後、電波青年はいったときと同じように元気よくタカタカと帰ってきた。誇らしげに頬を紅潮させ、ポケットからスティック状のパックをつかみ出す。

「……嘘だ」流は唖然としていった。

ミルクだ。正真正銘、大手メーカーの乳児専用粉ミルクだった。しかも頭のよくなるDHA配合。ミルクのスティックは次から次と、ポケットからにょきにょき出てきた。電波青年は天才マジシャンだろうか。

「お、おまえ、これどっから買ってきたんだ」流はいった。

「買ったんじゃないでしゅ。タダ。産婦人科の病院に置いてあるサンプルでしゅよ」

「ま、まさかおまえ、そのなりで今、病院にいってきたのか」

病院には警備員がいないのだろうか。流は他人ごとながら病院の警備体制が心配になった。こんなアンポンタンが夜中にふらふらとはいってきて、もし赤ん坊になにかあったらどうするのだろう。

「ちがいましゅよー。これみんな期限切れ。だから外に捨ててあるの」

そういって日付を見せられても、社会を捨てた流にはだいたい今日が何日かわからない。期限切れだろうがなんだろうが、喉から手が出るほどほしかった本物のミルクだ。流は急いで湯に白い粉をとかした。砂糖水よりはるかにうまそうな匂いがする。

「で、まさか、哺乳瓶なんか……」流はいった。「ま、あるわけないよな」

「しょれはまた、燃えないゴミの日にいかなくちゃ。今日は……これでしゅ」

電波青年はポケットをごそごそやって、一本のストローをとり出した。

「ばーか」流はここぞとばかりにいってやった。「ストローなんか赤ちゃんが吸えるわけないだろ。けっ」

「バカは流の方でしゅ」電波青年がいった。

「なんだと」

「こうするんでしゅ。よーく見てて」

電波青年はストローをミルクにつっこむと、反対側を親指で抑えた。そして中にミルクのたまったストローを泣いている赤ん坊の口にいれ、少しずつ指を離していく。なるほど、小学生でもわかる簡単な原理だ。泣いているところにいきなりミルクをつっこまれ、アナンは最初コホコホとむせた。だが、電波青年は気にせずに一滴ずつミルクをたらしていく。小さな舌の上に白い液体がたまっていき、突然、アナンはそれが飲み物だと気づいた。

こくん。あっけなく飲んだ。水分を求めて鳴り続けていたサイレンがぴたりとやむ。静けさの中で、まともな栄養がアナンの渇いた体にしみこんでいった。

今や、アナンにとって電波青年は、ギリコに続く第二の神様だった。

ミルクがよほどおいしかったとみえて、アナンは二十分以上むさぼるように飲み続けた。電波青年は時間のかかる授乳に飽くことなく、まるでペットに餌をやるように鼻歌を歌いながらミルクを与えた。流は今や弟子のようにその膝元にぬかずいていた。

情けなかった。なぜこんな簡単なことが、オツムの弱い電波青年にもできることが自分にできなかったのか。今の今まで、流は自分が少なくともギリコや電波青年よりましな人間だと思っていた。だが、こと子育てとなると役立たずのでくのぼうではないか。ひもじい赤ん坊の腹ひとつ満たしてやることができない。人生にはおよそ知能では計り切れない、こんな特殊ジャンルがあったのだ。

「自信出しなよ、流」電波青年はなぐさめた。

流は真剣に落ちこみそうになった。満腹したアナンはとろりと深い眠りにおちていく。ほっとした流は、そのまま布団に寝かせようとした。

「あ、ダメでしゅよ、流」電波青年がいった。「ゲップ出しゃないと。ミルクを吐いて窒息死することがあるんでしゅよ」

そういうと、電波青年はひょいとアナンをたて抱きにし、ぐらぐらする頭を肩に載せて優しく背中をたたき始めた。ポン、ポン、ポポンのポン……。

ゲエーッ。赤ん坊とは思えない大きなゲップが箱の中に響き渡った。

うまい。うま過ぎる——。流はもはや驚愕を越え、恐怖のまなざしで電波青年を見つめていた。なぜ、電波青年はこんなに赤ん坊のことをよく知っているのだ。産婦人科のことといい、まるで育児の経験者としか思えないほどではないか。

まさか、電波青年は子供を育てたことがあるのだろうか。その子は電波青年自身の子か。まさか、かつて父親だったのか。いや、そんなことあるわけない。だいたいこのオツムが弱くて、小学生とまちがえられるくらいひ弱なホームレスと交わる女がいるわけない。だったらなぜこんなにも赤ん坊に詳しいのだ——。

「ねえねえ流」電波青年がいった。「あのね、『なんで電波青年、いろいろ赤ちゃんのこと知ってるの?』ってきいてくれる?」

「ききたくない」流はきっぱりといった。

世界各国のベビー服、ソックス、よだれかけ、おむつ、色とりどりのオモチャ、そして待望の哺乳瓶。見たこともないほど豊かな物資を前に、流は思わず初孫ができた祖父のように顔をほころばせていた。次の日、電波青年はアナンのファンクラブのように、おみやげをいっぱい抱えて意気揚々とやってきたのだ。頭が単純なせいか、自分の興味あることにはとことん熱中するタイプらしい。

「どうしたんだ、これ」流はいった。

「もちろん、じぇーんぶ拾い物でしゅよ」電波青年は胸をはった。「高級住宅街に遠足にいってきたんでしゅ」

高級住宅街というのはゴミまでレベルが高いものなのか。このところ世間はリサイクルブームだが、その点ホームレスはまさに時代の先駆者といえよう。拾い物好きの電波青年のおかげで、今やアナンは海外ブランド物のベビー服を着て、ベビーキャリーの中でどこかの御曹司のように眠っていた。そしてその回りを、汚いホームレスの男ふたりがニヤニヤととり囲んでいる。

「俺の小さい頃には、こんなかわいいデザインの服はなかったな」

なにげなくいってしまってから、流は電波青年とまじまじと見つめあった。

「……変なことは覚えてるんだよ」流はいった。

「おかしな頭でしゅね」

おまえにいわれたくはない、と思った。しかし、電波青年のおかしな頭は流よりずっとマメにできているようだ。電波青年はアナンの下半身に指をつっこんで濡れているのをたしかめると、なにやら四角い袋を出した。

「ほら、見てくだしゃい」

「こ、これは……」流は驚いた。「まさしく、紙おむつ」

流は思わず頬擦りしてしまった。まるで布のような、使い捨てとは思えないすばらしい出来映えだ。今までペーパータオルで代用してきた流にとって、それは現代文明が発明した驚異だった。

「しょれもサンプルなの。でもあんまりたくしゃんないから、ペーパータオルはさんで、それだけとっかえれば？」

「おまえ、もしかして頭いいんじゃない？」流はいった。「しかしこの熱意が、どうして自分にはむけられないものかな」

オモチャをカラカラと鳴らしながら、電波青年はキャリーに顎をつけてうっとりとアナンを見つめている。要するに、自分にはうっとりできないということだろうか。

「アナン、かわいいでしゅ」電波青年はいった。「ずっとぼくがいっしょだからね」

恐れていたことが現実になりつつある、とその様子を見て流は悟った。電波青年はすっかりここでアナンを育てる気になっているのだ。せっかく芽生えたその前むきな意欲をそぐのは不本意だが、流はここでボランティアの人にアナンを渡す計画を話さなくてはならなかった。

「ダ、ダメでしゅ、ボランティアの人にあげるなんて」電波青年はさっと青ざめた。

「あげるんじゃないってば」流はいった。

「ダメ、あの人たち、赤ちゃんのこと本気で考えてくれないでしゅ」

興奮した電波青年は目に涙をためている。流は不思議そうにいった。

「なんでそんなことというんだ？　いつも親切にしてもらってるじゃないか」

「しょんなことといったって、ぼくのことだって本当にかわいかったらお家に呼んでくれるでしょ？　いっしょに暮らしてくれるでしょ？　でも、いちゅも親切そうにゴハンくれても、すぐ遠くにバイバイしちゃうんだ。しょんなのほんとの愛じゃないよ」

いや、それはいい過ぎじゃないか――流は思った。いくら愛情があっても、電波青年を丸ごとひきとるのは誰だってたいへんだ。そうしないからといってすべての善意が嘘だとはいえない。

「いや、あの人たちにアナンを育ててもらうんじゃないよ」流はいった。「たぶん、施設に預けることになるだろう」

「し、施設」電波青年は飛びあがった。「施設はぜぜ絶対ダメ」

「おまえがはいるんじゃないよ。乳児院てとこがあるはずなんだ。そしたら区長が名前つけて、戸籍ができて、そこから里子にもらわれて幸せになって……」

「ダメッ」電波青年は泣き叫んだ。

ビクンッ。アナンが感電したカエルのように両手両足を広げた。

「な、なんだ」流はうろたえた。「どうしたんだ、今アナン、全身痙攣《けいれん》したぞ」

「モロー反射っていうでしゅよぉ」電波青年は泣きながら解説した。「ダメだったら流、アナンあげちゃダメでしゅよ、うえーんえんえーん」

これだから子供は手に負えない。よくはわからないが、電波青年には悲しい過去でもあるのだろうか。こうしてホームレスになっているくらいだから悲話のひとつやふたつはあるだろうが、やっぱり流はききたくなかった。

「じゃあ、どうするっていうんだ」流はうんざりしていった。

「飼おう。ぼくたちで育てよおっ」電波青年はわめいた。

流は頭が痛くなった。ギリコといい、電波青年といい、どうしてこう簡単に物事を決められるのだろう。赤ん坊とはいえ相手はひとりの人間だ。それを育てることに深い思考とか、躊躇とかいうものはないのか。やりたいことは、ただやる。そんな風に思いつきで生きてきたからホームレスになったのかもしれない。しかし逆に、経験があまりに複雑過ぎて、なんでも簡単に考えるようになったのかもしれないが。

「わかったわかった。電波青年のいうとおりにするよ」

流はうるさいから適当にごまかした。本当はアナンをずっと育てる気はなかったが。

「ほんと、ね、ほんと？　流？」電波青年はいった。

「うんうん。でも、わかってるな。アナンのことは誰にもいうんじゃないぞ」

「い、いわないよ」電波青年は涙を手でぐっとぬぐい、真面目な顔できっぱりいった。「ぼく、ちゃんとおやくしょくは守れるんだからね」

9

ナガレガアカンボウヲヒロッタ、ながれがあかんぼうをひろった、流が赤ん坊を……。

その噂はあっというまにホームレスの世界に広がっていった。国籍不明の風に乗っていったのではない。明らかに電波青年の、あの言葉だらだら垂れ流しの口に乗っていったのだ。今や彼は人間回覧板と化し、ホームレスネットワークをアナンの噂話でつないでいた。

「よ、よお」

流がうたた寝をしていると、いきなり汚い男のヒゲ面がぬっと段ボールハウスの入り口からつき出した。箱の中がたちまちアルコール臭でいっぱいになる。よく繁華街に転がっている飲んだくれの大工のオヤジ、野々田という男だった。仕事よりも酒が好き、住む所に金を払うならその金で酒を飲んでいた方がいい。そういうもっともな理由からホームレスになってしまうアル中はいつの時代もいる。人生の選択は実に多種多様だ。

「か、か、かわいいじゃねえか。どりゃ、いないいない、バー」

オヤジはしゃがみこみ、大口を開けてアナンをあやし始めた。似あわない。しかもまだ赤ん坊は目もよく見えていないというのに。流がそのバカ面をしらーっと見物していると、オヤジは目をあわせないようにこそこそと去っていった。

アア……。せっかく眠っていたアナンが目を覚ましてしまった。いったいなにをしにきたのやら。しかたなく流が起きあがったところに、今度は別の客がやってきた。

「ちょっとー、流さん、いるー？」

黄ばんだ白髪に歯のない口、曲がった腰、明らかにカルシウム不足の婆さん、メリーだ。街で見かけたことはあるが、一度も口をきいたこともない古顔のホームレスだった。ときどき花売り業者にスカウトされては、行商のアルバイトをしているようだ。花の鉢をたくさんいれた竹カゴを背負い、老女が腰を曲げてうんうん歩いていると、親切な住宅街の奥様連中が情に負けて買ってしまう。そこにつけこんで、結構な値段で売りつける商売だが、それにうってつけの容姿とキャラクターをしていた。

「まあっ」メリーは赤ん坊を見つけ、驚いて腰をぬかしそうになった。「本当だっ」ゆっくり寝てもいられない。ここのところずっとこんな調子で、ほんの顔見知りがまるで旧知の友のように次々と訪ねてくる。流ははっきりいって迷惑していた。まったく『ちゃんとおやくしょく』がきいてあきれる。しかし、電波青年の心理は流にも理解できないでもなかった。要するに、アナンを自慢したかったのだ。

「わあ」メリーはうっとりと赤ん坊をながめた。「ほんとにかわいい赤ちゃんだこと。こんなかわいい子は見たことないよ」

そういわれると、流にしても悪い気はしない。それでつい、見たいやつには勝手に観察させるはめになる。その結果、数日のうちに、流の段ボールハウスの周辺には用もないホームレスがうろうろするようになってしまった。

いつもひとりで文句ばかりいっている偏屈老人、麻薬中毒の元ミュージシャンなど、一度も交友もなければ笑顔を見たこともない人間ばかりだ。それがみんなでれーっとアナンをながめている。他にレクリエーションがない上に、仕事のないホームレスは暇がありあまっているときている。彼らはアナンが泣くたびにいちいちなんだなんだと集まってきて、ミルクを飲めば飲んだで、ウンチをしたらしたでしきりに感心した。こうなるとアナンはまさに珍獣、パンダやコアラと同列だ。

しかし、このうだうだファンクラブにもメリットがないわけではない。まず、頼みもしないのに見張り番をしてくれる。それも当然、通報されたらこの珍獣——いや大事な赤ん坊が連れていかれてしまうのだから。さらに、期限切れのミルクや試供品のベビーローション、捨ててあるベビー用品などの物品調達を受け持ってくれた。暇人だからこそできるみごとな共同体制だ。このところ近隣のトイレからペーパータオルが姿を消しているはずだが、不便な思いをした一般市民は、まさか自分が手をふくべき紙が捨て子の尻にあてがわれているとは夢にも思わないだろう。

だが、ファンクラブがおとなしく手助けしていたのは、最初のうちだけだった。慣れてくるとそのうちだんだん口も出るようになった。

「ミルク、それで足りてるのか？　だんだん量を増やしていくんだぞ」

「へその緒はとれた？　跡はちゃんと消毒してる？」

「おいおい流、抱き方ちっともうまくならねえな。いいか、まだ首がすわってないんだから、まず首の後ろに左手をあてがって……」

ああ、うるさい。流はたちまち子育てに無知であることを見破られ、ホームレスたちの指導願望の餌食となった。小姑たちは赤ん坊についてなにかひとつ知っているだけで得意顔でまくしたててくる。よけいなお世話だ。流がうんざりしていると、そのうちメリーがよだれをたらしそうな顔でじりじりと膝を進めてきた。

「ねえ、流さん。疲れただろ？　どれ、おばあちゃんがちょっと見ててあげようか」

メリーはなにもいわないうちに勝手に段ボールハウスにはいりこんできて、ベビーキャリーからいそいそとアナンをとりあげた。

「ね、ちょっと休憩してきなよ。その間みててあげるからさ」メリーはいった。

「でも……」流は戸惑った。

「なに、だいじょぶさ。これでも子供五人育てたんだからね」

「ご、五人……？」

「長男長女次女三女次男。孫の数はその倍だ。一番上のはアメリカの大学に留学してるよ。にゅーおりんずってとこ、知ってるかい？　でもさ、あたしもこんなに手のかからない赤ちゃんは見たことがないよ、おーよしよしよし」

あっけらかんと家族構成を披露され、流は返す言葉を思いつかなかった。メリーにはれっきとした家族がいるのだ。その子たちはいったい今どうしているのか。どうして母親をひきとろうとしないのだろう。

「ちょっと流さん、おむつかぶれじゃない」メリーはいかにも慣れた手つきでアナンの下半身を広げると、きんきんした声でいった。「ちゃんと清潔にしとかないと」

清潔、という言葉が流の中で意味を失った。こんな不潔な女に説教されるのはまっぴらだが、口だけ出されるよりは手も出してくれた方がましだ。流はメリーに赤ん坊をまかせると、バケツを胸元にいれてその場をこそこそと逃げ出した。

表には電波青年を先頭に、ロクでもない連中が十人ほどぞろりと並んでいた。酒飲みオヤジ、野々田はアナンをサカナに昼間からいっぱいやっている。流はこの見かけによらず赤ん坊好きのホームレスたちを見回した。うまく手なずければベビーシッターには事欠かないかもしれない。

「アナンのことはだいじょーぶだから」電波青年が手をふった。「ぼくたちにまかしぇとけば心配ないって」

心配なのはおまえたちだ、と流はいってやりたかった。助けてくれるのはありがたいが、施設にいれるとか警察に連れていくとか、そういう根本的な解決案は誰からも出ない。要するに、みんないいかげんなのだ。しかし、そのいいかげんな人間たちがこれほど育児に詳しい理由は、他には考えられなかった。

みんな『親』なのだ。この寒空の下に段ボールハウスしかないホームレスが、かつては人の親だったのだ。だからこそ自然に赤ん坊にひき寄せられる。アナンをこんなにもいとおしむ。記憶のかなたで覚えている、我が子のかわいさを思い出して。

それなら、その子供は今どうしているのか。親がこうしてホームレスになっていることを知っているのだろうか。

答えは重い。流はあえてこの秘密に立ちいりたいとは思わなかった。

久しぶりに育児から解放された流は、街をのんびりぶらつき、ゆっくりと用を足し、好きなエサを食べ、シケモクなんか吸ってみた。なんだかやけに充実した気分だ。それは二十四時間ただぶらぶらしているだけでなく、赤ん坊の面倒を見ているからかもしれない。のんびりとぶらつきながら、彼の目はついギリコの姿を探していた。

どこにもいない。あれから一度も彼女を見かけたことはなかった。飛びこみ自殺があったとか、水死体があがったとかいう噂もきかない。しかし、あれほどアナンにのめりこんでいたギリコが、もう二度と会わずにいられるだろうか。流はギリコが姿を見せないことをむしろ不自然に感じていた。

ギリコ、なにかあったのだろうか――。

そう考えた次の瞬間、なんで俺がこんなことを心配しなきゃならないんだ、と自分に腹がたった。別にギリコなんかいなくてもアナンは育てていける。もうギリコの乳首は必要ない。それどころか、アナンにとってギリコは危険人物ですらあるのだ。

公園をぶらぶらすると、青空の下を歩いている子供連れが目についた。小猫のバケツをみつけ、よちよち歩きの子が歓声をあげて近寄ってくる。幼い目にはホームレスと普通の人は区別されない。その違いを知っているのは、大人だけだ。母親が戸惑ったような微笑みを浮かべながら、流になにか話しかけようと言葉を探しているのがわかった。だが、傷ついた人間に接するのは難しい。結局、母親はそれとなく子供を抱いて連れ去っていった。今まではまったく気にならなかったそんなそぶりも、今日はなぜか流の心に突き刺さった。

もやもやしながら階段を下りていくと、ちょうど雑誌から顔をあげた惣一郎と目があった。雨の日も、風の日も、盆も正月も彼はここで商売している。客がいないときには自分も黙々と雑誌を読んでいた。対する流といえば、もうずいぶん前からこの世のあらゆる情報に興味がなくなっている。株価が上がろうが下がろうが、誰が誰と結婚して離婚しようが、どこで災害が起ころうが死のうが知ったことではない、そんな厭世気分の境地に至っていた。しかし、そのとき流はふと一冊の雑誌に目をとめた。

「あの悪魔ババアどうした？」惣一郎はいった。「あんたら、もう別れたんか？」

どうやら惣一郎もギリコの消息を知らないらしい。流は答えずに、その雑誌の表紙を見つめていた。頭にピンクのリボンをつけたつやつやの赤ん坊が笑っている。アナンの方がかわいい、と流は反射的に思った。

「やるわ、それ」惣一郎がいった。「欲しいんなら」

「え？」流は驚いた。「……いいのか？」

「そやけどこんなもん、なんで欲しいんや。そういうプレイが趣味になったんか？」

いいやつだ、などと一瞬でも思ったのがまちがいだった。流は憮然としながら、それでもお言葉に甘えて雑誌を手にとった。

「そんな、怒らんでもええがな」惣一郎はいった。「そやけど、ほんまにそういう変態おるんやで。いっつもわしの店からこないな赤ちゃん物買うてくんや。ギラギラやらしい目えで。ま、わいもたいがいのもんは見てきたけど、あれはかなわんな」

流はぞくりとした。こんな天使のような乳児を、こともあろうに性の対象にするとは。彼はぼそぼそと礼をいうと、あわてて惣一郎の店を後にした。

アナンも気をつけなくては。あいつは特にかわいいし——。

変な話を聞いたおかげで、急にアナンのことが心配になってきた。こんなに長時間メリーにまかせておいて大丈夫だろうか。子育てによるストレスを解消すると、今度は赤ん坊への心配がストレスになってくる。流は雑誌を丸めて急いで段ボールハウスに戻りながら、軽い気持ちでアナンから離れたことを後悔し始めていた。

10

流がいなくなると、メリーはいそいそとアナンを抱きあげた。かわいい顔を見つめ、シワだらけの頬で思いきり頬ずりをする。

「柔らかい……」メリーはつぶやいた。

流が見ている前でやったらきっと嫌な顔をされる。だから追っぱらったのだ。赤ん坊に触れ、匂いをかぎ、ぴったりとくっつきたい、メリーはその誘惑に勝てなかった。こうしているとなんだかパワーがわいてくるような気がする。きっとこっちが充電されてるんだ、とメリーは思った。アナンはどんなすごいババアに頬ずりされているかも知らず、されるがままだ。そのなめらかな赤ん坊の肌は、少し冷たかった。

「寒いかい？」

メリーは毛布でしっかりとアナンをくるみ、鋭い目であたりをチェックした。適当に組んだ段ボールは隙間から風がはいってくる。ここは人目につかないが、けっこう風通しのいい通路にあった。

あのバカ、こんな寒い所で赤ん坊を育てるなんて、まったく常識がないったら。ここには暖房ってもんが必要だ、だけど、火をたくわけにはいかないし。……火……？めらり、と一瞬オレンジ色の炎が見えた。メリーはうろたえ、あわてて自分の記憶を閉ざした。

「火っていうのは危ないからね、よっぽど扱いには気をつけないと……」

メリーは誰にいうともなしにつぶやいた。アナンが黒い星の目で見つめている。赤ん坊にはなにをいっても同じだ、とあたりまえのことを認識し、少し気をゆるめた。

「ばあちゃんはね、昔いっぱい赤ん坊育てたんだよ。でも、おまえのような器量よしは見たことがないさ。ばあちゃんのうちは大きな旅館を経営していたんだよ。そりゃあ、天国みたいなとこでね。庭が広くて、果樹園もあって、小川も流れてて。そうそう夏には子供たちが水浴びして、スイカ冷やして……秋にはみんなで柿をもいだっけ……アナンもあんなとこで育ててあげられたらねえ……」

「で、そのお家どうなったんでしゅか？」

突然、後ろから声がした。メリーはヒエエと飛びあがった。ふりむくと、つぶらな瞳の電波青年が入り口からひょこんと顔を出している。

「な、なんだい、いつのまに」メリーはたじろいでいった。

「なんかひとりでぶつぶついって」電波青年はいった。「頭おかしくなったでしゅか？」

「おかしいのはあんたの頭だけでけっこうだよ」メリーはぴしゃりといった。「あれ？　みんなはどこにいったんだい？」

「めし」

「面倒くさがってないで、電波青年もちゃんとゴハン食べなきゃダメだよ。マックなんとかのポテトばっかり拾って食べてるそうじゃないか。そうやって好き嫌いばっかしてるから野ネズミみたいにガリガリに痩せて……」

「うるしゃいなあ。もう」電波青年は口をとがらせた。

メリーはどのホームレスにもしょっちゅう小言をいい、体やゴハンの心配をして、あれこれ世話を焼いている。そういうおっかさん的ふれあいが得意というか、実はそのワンパターンしか知らないのだ。そんなメリーは、しかしホームレスとしては極めて優秀な部類に属する。ギリコをどん底レベル、惣一郎をエリートホームレスとすると、メリーはすれすれレベルのホームレスといえた。

すれすれレベルは体が達者で働くことができる。やめようと思えば路上生活はいつでもやめられるだろう。それがなぜ、この生活を選んでいるのか。前にそれをきかれたとき、メリーは『アパートを借りるのに保証人がいないから』と答えたことがあった。たしかに、この東京下に空き家は山ほどあっても、一人暮しの老人に部屋を貸したがらない家主は多い。万が一なにかあったとき、例えば中で干からびてミイラ化していたときなんかに責任がとれないからだ。もっともな理由だが、そのためにホームレスになってしまう人間がいるのも現実だった。そして、そんな人間全員の生活をフォローできるほど、この国家は福祉が充実していない。

「ね、ほんとはお家があるの?」電波青年はいった。「しょこにアナンちゅれてけば?」

「うるさいね、もう」こんどはメリーがいった。「世の中そんな簡単にいかないの」

「なんで?」

家が本当にまるっきりない電波青年には、そこのところがわからない。家という建物さえあれば中にはいれると思っている。

「人にはいろいろ事情ってもんがあるんだよ。さ、もうゴハン食べにいったいった」

メリーはしっしっと犬のように電波青年を追っ払った。電波青年はイーッと老婆をにらみ、それ以上難しいことは追及せずにタカタカと元気よく駆けていった。

ふたりきりになると、メリーはせっせとアナンの世話にいそしんだ。ミルクをやり、ついでに自分も飲んで一食分浮かせる。お腹はいっぱいになったが、なんとなく落ち着かなかった。その原因がどこにあるかメリーにはわかっていた。

思い出、だ。思い出が心の隅でうずき始めている。今頃になって、なぜ——。

メリーはなめるように赤ん坊のぞきこんだ。ゆらゆら揺れる彼女の腕の中でアナンは目を覚ましていた。黒い星の目が自分にむいている。

「眠れない？」メリーは優しくいった。「だいじょうぶだよ、ばあちゃんがそばにいてあげるからね。わたしもさ、初めてひとりで外で寝た晩は恐くて眠れなかったよ。寒くて、不安で。目をつむったらみんなが悪さをしてくるような気がしてさ……」

おそらく、男も女も、ホームレスになった者なら誰しもそうだっただろう。耐え難い一夜、孤独と不安の洗礼。そこから酒に逃れていく者がいても不思議ではない。

「そのとき、あたしは決めたんだ。これからは後ろも先も見ない、今見えているもんだけを見つめていこうって。一日一日、目の前のものをこなして、眠るだけ……」

なのに、すっかり身についていたはずのたくましさは嘘だったのか。今、メリーは少しか弱い女になって、アナンの小さな手にそっと触れた。

「ああ、いろんなことを思い出しちゃうよ」メリーはゆっくりと目をつぶった。果樹園の緑のざわめきが今もきこえてくるような気がした。「いい旅館だった。古きよき家、よき家族……」

メリーはくらりとめまいを覚え、ハッと目を開けた。小さな黒い瞳がじっと自分を見つめている。喉がひりりと渇いてきた。なにか、もっといいたい。チロチロッと炎が頭の中を走った。消えろ、とメリーは念じた。思い出したくない。でも――。

「そうじゃない。あたしは、あたしは……」

強烈な願望が彼女を襲った。ぎゅっと封じこめられていた、本音。思い出したくないんじゃない、とメリーは気づいた。あたしは思い出したいんだ。あのいまわしい悪魔のささやき、そしてあの炎。ほんとは洗いざらい誰かに話してしまいたいんだ。全部、全部――。

「……あの家の幸せは、うわべだけだった」メリーはしぼり出すようにいった。「みんな仮面をかぶってたんだ」

帰ってきた流は、はっとして足を止めた。中から人の声がきこえる。あたりにたむろしていたファンクラブの姿はなく、そうして見ると古びた段ボールハウスはいかにも無防備に見えた。

「……ごめん、ごめんよ」

弱々しい声がメリーのものと気づくのに時間がかかった。いつもの、あの人に小言をまくしたてる活気のある声ではない。いったいどうしたのだろう。

「あたしゃそんなつもりじゃなかったんだよ。頼むから許すといっておくれぇ」

しゃがれた声が動転した泣き声に変わる。流は青くなった。留守中にアナンの身になにかあったのか。窒息死、墜落死、病死、それとも子供を襲う変態が――。

「どうした」流はあわてて中に駆けこんだ。「アナンッ」

髪をふり乱したメリーがはっとふりむいた。深い皺に涙がつたい、濁った雫が顎にたまっている。他には誰もいない。一瞬、メリーは自分がどこにいるのかわからなかったようだった。流はその腕からもぎとるようにアナンを受けとった。

無事だ。一目見たとたん、どきん、と胸が高鳴った。アナンはふたつの目をぱっちりと開けていた。美しい、黒い星の目は、また一段と大きくなって輝いている。

「ああ……」老婆はうめいた。「ああ……」

苦しみと感嘆がいりまじった、ふりしぼるようなうめき。感情がむき出しになった人間を目の当りにし、流は面食らっていた。いつもの口うるさいメリーとは人が変わっている。激しい苦悩の後にやってくる、空っぽの時間に身悶えているように。

メリーは悲しそうな目でアナンを一瞥《いちべつ》すると、なにもいわずに出ていった。

その晩、流はなかなか寝つけなかった

うとうととしたところに、夢の中でアナンの声をきいたような気がした。声がだんだん歌声のように澄んでいく。気がつくと、アナンは青い龍になって、歌のうねりにのって空を飛んでいた。大きな口を開くと青い透明な炎があたりに広がった。

アナン、と夢の中で流は龍を呼んだ。俺のこと覚えてるか？　おーいアナン——。

そこで、夢が終わった。うっすらと目を開けると、キャリーから青いものがたちのぼっているように見えた。煙、いや、青い霧のようなもの。寝ぼけながら起きあがり、目をこする。だが、もうなにも見えなかった。流はアナンを抱きあげ、今度こそはっと目が覚めた。

いつもより体が熱い。今夜は冷える。寒いせいだ、そうに決まっている——。

流は急いで自分の布団の中に赤ん坊をひきいれ、しっかりと抱きかかえた。アナンが病気になるなんて考えたくもなかった。すぐ目の前にコケシのように小さな顔がある。そして黒い星のような目が。流は魅せられたように瞳を見つめていた。静かな目、というのはこのことだ。発散するのではなく、湖のように澄んだ光をたたえてそこにある。そのうち、時間や場所の感覚がなくなってきた。流は長い長い時間の中で、今このとき、この小さな命を抱いていることが夢か現実かわからなくなった。流くっつきそうなほど近くで、黒い瞳が音もなくまばたいた。流の心臓の辺りからなの心臓の辺りからなにかがせりあがってくる。涙、悲しみのかたまり、それとも記憶。

「俺は……」流はうめいた。

自分がなにをいっているのかわからなかった。メリーの慟哭《どうこく》を思い出した。あの女はいったいアナンになにを話していたのだろう。ギリコといいメリーといい、アナンの周りの女はおかしくなる。いや、もともとおかしな女がアナンに寄ってきたのか。

「俺は……」

苦しかった。胸の中にあるものをなにもかも吐露してしまいたいような、不思議な衝動。なにかが喉元まで出かかっている。自分でも知らなかった、自分の言葉が。

だが、記憶がない。苦しさのあまり涙が出そうになったとき、アナンの目がゆっくりと閉じた。真夜中の赤ん坊はすーっと眠りにおちていった。

結局、流はなにもいえなかった。

11

「お引っ越しでしゅ」

元気よくそういい出したのは、電波青年だった。ずらりと並んで鼻をほじったり酒を飲んだりしていたホームレスたちは、へ？　と抜けた顔で彼を見た。

「おいおい電波青年電波青年」野々田がいった。「引っ越しっちゅうのは、やっぱ家がなくちゃできねえな」

「段ボールハウスだっておんなじでしゅ」電波青年は主張した。「だいたいベビーが生まれたら、お引っ越しするのがジョーシキでしゅよ」

「常識だと？」

「ほら、これ見て」電波青年はよれよれの雑誌をみんなの前に広げた。

それはこの前、流が惣一郎にもらってきたベビー雑誌だ。表紙の赤ちゃんモデルを一目見たとたん、みんなが口をそろえていった。

「へん、アナンの方がかわいいや」

そろいもそろって、気分はもはや身内だ。野々田はその表紙の太文字を読んだ。

「『日当たり、騒音、環境ホルモン。大事な赤ちゃんの住まいを総点検！』だと？おまえなあ、ホームレスにそんなゼータクこけると思うか？」

「でも、流んとこはしゃむいよ」

電波青年がそういうと、別のホームレスたちもうんうんとうなずいた。

「そういやーバケツが爪といでるもんで、この段ボールハウス、ボロボロじゃねえか」

「だいたいなんでこんな風の通るとこに住んだかね。流も頭悪いや」

「ほんじゃ、引っ越しさせるか」

いいかげんな話が実にいいかげんに進み、なんとなく引っ越しが決定してしまった。建設予定地は一番暖かくて人目につかないボイラー室裏。流の意向など誰もきいてはくれない。流が相手にしないでほっておくと、大工の野々田が一日中ごそごそやったあげく、けっこうりっぱな新居を建設してしまった。電波青年のスパイ情報によると、日頃働くことの大嫌いな野々田がフンフン鼻歌まで歌って仕事をしていたという。

「間取りはワンルーム、オール段ボール製。でもよ、箱を三重構造にしてあるから保温性はばつぐんだぜ」野々田は胸をはった。「床には最新の保温材を敷いといた」

犬小屋として売れるかもしれないほどの出来映えだった。流は感心するよりもあきれ返った。なぜ、これほどの機動力が常日頃の生活に生かされないものか。これだけの気力があれば、みんな明日からでもまっとうな人間に戻れそうなものだが。

人のことはなんとでもいえる。その答えは、そのまま自分に返ってきた。力というものは表に出るきっかけがいるのだ。問題は、そのきっかけがめったなことでは転がっていないということだった。流だって自分のことはもうどうでもいいが、生まれたばかりの赤ん坊のためなら、どういうわけかなけなしの力をはたけるのだ。
すべては、ひとえにアナンのためだった。

真夜中、十人ほどのホームレスたちが猫のマタタビ集会のように集まった。流の引っ越しを手伝い、ついでに祝杯をあげるためだ。それぞれ酒を持参してくるはずが、半数はすでに飲んでしまっており、酔っ払いたちはやたら騒々しかった。人目のない地下通路で、うきうきしたみんなは争うようにアナンを抱きたがった。

「ほら。おいらが抱くと笑うぞ」

「この頃が一番かわいいんだ。生意気な口もきかないしな」

「一度公園でひなたぼっこさせてえなあ。お日様にあてねえと、くる病になるぞ」

いまや、アナンは汚いオジサンたちのアイドルだった。ホームレスたちにかわるがわる抱かれ、アナンはなにも知らずにすやすやと眠っている。その中でただひとり、メリーだけはどういうわけかアナンを抱こうとしなかった。

少し距離を置いてじっと見守っている。かといってそのまなざしは決して冷たいわけではなく、むしろ前よりもいっそう熱を帯びているようだった。

「じゃあ、そろそろ荷物運ぶとすっか」

野々田の号令で、ホームレスたちは数少ない流の荷物を段ボールハウスから運び出し始めた。もしこれが流のためだけだったら虫一匹動かさないだろう。電波青年が寝ぼけ眼のバケツを抱く。野々田が足をもつれさせながらベビーキャリーを運び出す。その微笑ましい光景を見ながら、流はだんだん不機嫌になっていった。

「待て」流はいった。「まだ、引っ越すと決まったわけじゃない」

ホームレスたちはエッ、と驚いて手を止めた。今になって突然、なにをへそ曲がりなことをいい出したのか。

「俺はずっとここにいたからな。ここから動きたくない。猫もいるし」流はいった。理由になっていない。その頑固な口調に仲間たちは途方に暮れて顔を見あわせた。

「なにいってるんでしゅか、流」電波青年がいった。

「ここではっきりいうが」流はいった。「アナンをずっと育てていく気はないんだ」

「え？」

「いっぺんちゃんと考えてみてくれよ。そんな夢みたいなこと、できるわけないだろ。俺なんか見てくれ。金もない、仕事もない。風呂もはいらないで人のゴミ食って生きてる、自分でいうのもなんだがひどいあり様だ。おまえたちだって――」

だだっと電波青年が流の前に進み出た。きっと眉をあげ、まるで子供の喧嘩のように食らいつく。

「じゃあ、流、やめればいいじゃん」

「なんだと」流はいった。

「別に流なんかいなくてもいいでしゅよ。アナンのために建てたおうちだもん」

「なにをいい出すんだ。じゃあアナンは誰が……」

「流がイヤなら、ぼくたちでアナン育てましゅよ、ね」

はあ、その手があったか——と、ホームレスたちは顔を見あわせた。しかし、さすがに自信はなさそうだ。子育てというのは誰かひとり責任者がいて、そいつのそばから口出ししているのが一番気楽なスタンスだ。ひとりで育てるのはやはり荷が重すぎる。

「そんなことができるのか？」流はいった。今まで押さえてきたものがむらむらとせりあがってくる。「いいたくないが、まともなやつなんかひとりもいないじゃないか。アル中とか病気持ちとか、おかしいのとか。赤ん坊なんか育てられるわけないだろ」

「なんだと」野々田はいった。

「だいたいおまえたち、アナンの前だけではいい人になってるけど、他のとこでは全然変わってないじゃないか。電波青年、また最近万引きやってるな」

「……万引きってなんのことでしゅか？　え？」電波青年はとたんにバカになった。

「野々田のおやっさんはまた酒飲んで街で暴れたってきいたぞ」

「ひ、人ちがいじゃねえか」野々田はいった。

「みんな、アナンのことじゃ協力するけど、裏では悪口のいいあいだ。孤独で、偏屈で、怠け者で……そんなにアナンがかわいいなら、アナンのために働いてみろ」

ほんとうのことをずばずばいわれ、みんなきまり悪そうに目をそらした。赤ん坊が大好きだという気持ち、それに嘘はないだろう。だが、所詮はつらい生活における一時の楽しみに過ぎない。愛と人間性とは必ずしもセットになっているとは限らないのだ。

「そう簡単に人は変わるもんか」流はいった。「俺だってそうだよ。ほんとうは明日にでも役所かどっかに連れてって、施設にやらなきゃいけないんだよ」

みんなはうなだれて地面を見つめている。身も蓋もないのは、流も同じだった。なぜ、マイナスを数えあげ、自ら落後者の印を押すときだけは雄弁になってしまうのか。

「あたし、育ててもいいよ」

と、そのとき、思いがけないところから力強い立候補の声があがった。

「もしやらせてもらえるんなら」メリーは顔を紅潮させてみんなを見回した。「いっしょうけんめいアナンの世話するよ。いっちゃなんだけど、子育ても流さんよりずっと上手だし」

いやに熱心な口調だった。対立候補としては強力なライバルだ。みんなは顔をあげてメリーに注目した。

「なんだいなんだい流さん、ずいぶん気弱になっちゃって。あたしたちだって、やればできるんだよ。これまでだってなんとかやってきたじゃないか、前むきになって、みんなの心をひとつにすれば、赤ちゃんのひとりくらいりっぱに育てられるさ」

女神のようなメリーのお言葉だった。ホームレスにおよそ似つかわしくないその熱意は、流に否定されたみんなの心をあっという間に動かした。

「そうだ」みんなはうなずきあった。「やっぱ子育ては男より女だしな」

「流はちょっと頼りねえ。うん、そいつは名案かもしれねえ」

感動的なほど安易な団結力だった。流は思いがけない展開に戸惑った。確かにアナンは自分のものでもなんでもない。拾ったからといって所有権はないし、反対に責任もないのだ。今まではなりゆきで育てていたが、子育てが好きなわけでもなかった。

「メリーさん」流はいった。「やれるのか、ほんとに」

「……アナンのためなら」メリーはきっぱりといった。

もはや勝利を確信し、彼女は涙ぐみそうになっている。もし、ここでアナンをもらえば彼女の人生はがらりと変わるだろう。なんといってもすれすれクラスだから、まともな人間として新しくセカンドライフを始められるかもしれない。

そうだ、アナンはまかせる、とここでいってしまえばいい。ボランティアの人に渡すのと意味は同じだ。それで自分は子育てから解放される——。

「よし、流」野々田が気短にいった。「これで決まりだな」

「……さあ、アナン、おいで」メリーが微笑みながら震える手をさしのべた。


ああ、なんでまたこんなことしてるんだ。バカバカ、俺のバカ——。

明け方、流は眠気と闘いながら自分を罵倒していた。ニュー段ボールハウスにはバケツがゴロゴロと喉を鳴らす音が響いている。そして、流の膝の上ではいつものようにアナンが無心にミルクを飲んでいた。なんでこんなことになったのか。

「いや、アナンは俺が育てる。俺が拾ったんだから」

気がつくと、流はみんなにむかってそう宣言していたのだった。自分の気持ちなのに説明できない。しかし、流の発作的決断にホームレスたちは誰も文句はいわなかった。その理由はひとつ、ホームレス界にはこれだけは動かせない法則があるからだ。

拾った物はそいつの物——。

土壇場で負けたメリーはひっそりと唇をかんだ。そうと決まれば話は簡単、引っ越しはあっという間に終わり、アナンはまるで宝物のように新居におさめられた。赤ん坊を起こさないように宴会はそこそこにして、ホームレスたちはすでに帰った後だ。

清潔な部屋には電波青年だけが残り、猫といっしょに丸くなって寝ていた。

「床がつゅめたくない……」電波青年がつぶやいた。「壁もほんのりあったか」隙間風はまったくない。半強制的に古い住み家から脱皮させられたが、そういわれてみれば格段に居心地がいい。流は自分の気持ちまで新しくなっているのを感じた。こんな特等地に住めるのも、ひとえにアナンを受けいれたからだ。

俗に、子供は必要な物をもって生まれてくるという。その通りだったら世界中に飢え死にする子はいなくなるはずだが、確かにアナンはなにひとつ持ってこなかったように見えて、実は生きるに必要な物を次々とひきつけているようだ。困ったときには救助の手がちゃんと準備されているのだった。そのアナンの必要な物のリストに、『記憶喪失のホームレス・流』は果たして含まれているのだろうか。

ポヨン、と満腹した赤ん坊が乳首を離す。その満ち足りた寝顔に否定などなかった。来るものは拒まず——これが赤ん坊の基本姿勢だ。そのあくまでも純粋無垢な鏡に、否定という曇りを映すのは、否定を心に持っている大人たちだった。

「ねえ、流」電波青年がつぶらな瞳で流を見つめた。「アナンはずっといっしょだよね。もう施設にやるなんていわないよね、ね？」

子供のように率直な問いに、流も正直に答えるしかなかった。

「わからない」

「え、なんで？　だってさっきは育てるっていったじゃない」

「……俺には、なにがアナンの幸せかわからないんだよ。おまえはわかるか？」

「しあわしぇー？」

電波青年は困った顔をした。かわいそうに、服を洗濯する行為と同じくらい幸せというものの存在を忘れているようだ。

「俺は……なんにもわからない」流がいった。「でも、せっかく引っ越したんだからな。ボランティアの人に渡すのはやめとくよ。少なくとも、ボウズがくるまでは」

「え、ボウズ？」電波青年の顔がぱっと輝いた。「そうだ、いつくるのかなあ。最近ボウズの電波こないけど、まだ生きてるかな」

「電波青年、そういうことというもんじゃありませんよ」

ボウズ、というのは毎年一年に一度、正月が過ぎた頃にやってくる、頭を丸坊主にした男だった。といっても僧侶姿ではないから、勝手にみんながボウズと呼んでいるだけで本当に坊さんかどうかはわからない。ボウズはいつも静かで、ニコニコしないのに優しい、青い目をした不思議な男だった。そして彼は、いつも神の話をした。

別にみんなは神様の話なんかききたいわけではない。はっきりいって馬の耳に念仏だ。だが、ボウズがくるとホームレスたちは、なにをくれるわけでもないのに、まるで光に吸い寄せられる虫のように集まってしまうのだった。

「ボウズ、なんていうかな、この子を見たら」流はいった。

「アナンのしあわしぇねえ」電波青年は考えながらいった。「しょうだ、流が早く思い出しぇばいいでしゅ。しょしたら、アナンといっしょにお家に帰れましゅ」

ヒルヒルヒル……とたんに、流はきこえるはずのない風の音をきいた。自分の内側を凍らせる、寒い寒い過去の北風の音を。確かに電波青年のいうとおりかもしれない。しかし、それがなぜいいアイディアだと思えないのか。帰る家がないのか、それとも帰れないのか。

流はそれすらも思い出せなかった。

12

神宮寺さんが会いたがっている——。

そのメッセージは伝言ゲームのようにホームレスの口から口へと伝えられ、最後に流に伝えたのは野々田だった。

「そうか、俺にねえ」流はいった。「神宮寺さん、ようやくお別れのときが……」

「おめえにじゃねえよ」野々田はぴしゃりといった。「け、死ぬ前にそんなしけた面見たいやつがどこにいるかよ。神宮寺さんはな、アナンに会いたがってるんだ。あの世にいく前に一目、赤ん坊をおがみたいんだとよ」

「え、アナンに？」

流の頭はこんがらがった。死ぬ前に赤ん坊を拾ったために死ねなくなった自分と、死ぬ前に赤ん坊を見てから死にたいという神宮寺。なんだか神宮寺の方が得しているような気がするのは、気のせいだろうか。

「え、神宮寺んとこいくの？　ぼく、おともしてやろうか？」電波青年がいった。

「あのおじさん電波強いでしゅよ。ぼくね、アンパンもらったことあるよ。しょれからタコヤキと……」

おそらくこれが最後だから、ゆっくりと礼をいいたい。電波青年を連れていったら涙もヨダレになってしまいそうだった。流は同行を断り、ひとりでアナンを連れて神宮寺に会いにいくことにした。さっそく紙オムツと、ウンチをしたときのためにビニール袋とぬれおしぼりをポケットにつっこむ。なにが悲しくてこんなことをスムーズにできるようになってしまったのか。しかも、それを自ら選択してしまったのだからもはや文句もいえない。流は最後にアナンをコートの内側に抱いた。

外に出るとすぐさま、アナンのファン三人がいそいそと顔をのぞきこんできた。そのひとりは、先日アナンをもらいそこねたメリーだった。

「これ、もらってくれない？」メリーはおずおずといった。「あたしが編んだんだ」

それは、真っ白い毛糸の帽子だった。顔の周りにフリフリがついていて、アナンにかぶせるとパッと花が咲いたように見える。みんなが似あう似あうと誉めたたえた。

「……ありがとう」流は言葉少なくいった。

メリーは満足そうなため息をついた。彼女は姿の見えないときもずっとアナンを思い続けている。流はメリーの気持ちを痛いほど感じた。もし、あのとき自分が育てるといわなかったら、その痛みはおそらく流のものだっただろう。

しかし、メリーはなぜか、アナンに対して畏敬のような気持ちも抱いているようだった。それがいったいなぜなのか。そのときの流にはまだ、わからなかった。

神宮寺の大きな段ボールハウスの周りには、他のホームレスたちのハウスが八個、まるで城を守る砦のようにとり囲んでいた。その一番奥に死にかけている大きな命がある。あたりにはホームレスたちがどんよりした顔でたむろし、一見なにもしていないようだが、実はひかえめに神宮寺を守っていた。病人の望み通り、警察や外部の者に邪魔されずここで死ねるように。

おそらく、このあたりで神宮寺に一度も世話になったことのない者はひとりもいないだろう。困っている者は理屈なく助ける、代わりになにを要求するわけでもない、神宮寺はよい意味でのドンだった。それをいいことにけろりと恩を忘れてしまうホームレスも多い。が、こうして彼の最期を看とろうとする者もいるわけで、流はやはりさすがと思わないではいられなかった。流など、もしあの日コチコチ冷凍自殺をしても、酒のツマミにもならなかったにちがいない。

「……流だ」

　ホームレスたちは流を発見すると、ひじでつつきあった。

「流さんがきた。赤ん坊を連れてきたんだ」

　ゆるゆると左右に道が分かれていく。子連れ狼の流、といえばもはやこの界隈では知らない者はない――かどうかは定かではないが、流はまるでホームレス界の要人になったような気分だった。彼は顔では渋くみんなに会釈し、さりげなくアナンを見せびらかしながら神宮寺の段ボールハウスに近づいていった。

「へえ、赤ん坊だ」「本当だったのか」「信じられねえ……」

　まだアナンを一度も見たことのない、つまり赤ん坊好きではないホームレスたちが好奇の視線をむけてくる。ちらほらと非難も混じるひそひそ声。やっぱり電波青年か誰かを連れてくればよかったか、と流は後悔した。アナンはいつもファンたちの、うっとうしいけれど愛情のある空気に包まれている。こんな雰囲気はアナンの健康によくないような気がし、流はあわてて懐の奥にアナンを押しこめようとした。

　ペッ。そのとき、どこからか白い物が飛んできて、コートをかすめて足元に落ちた。唾だ。緊張に顔をひきつらせながら、流はゆっくりと悪意の源をふりむいた。後ろの方に無気味な影のような男がたたずんでいた。黒い帽子をかぶり、手にウイスキーの黒い小ビンを握っている。人間にはなんとなく明暗のようなものがあるが、その男の周りは黒い霧がかかったようにワントーン暗かった。帽子の奥から、濁った赤い目がじっとアナンを見つめている。まるで憎い者をにらみつけるように。

危ない、と流は感じた。ただ見られているだけなのに危険に身がすくむ。無気味な男はもう一度ペッと地面に唾をはくと、口元に薄笑いを浮かべて歩き去っていった。

誰だ。見たことないやつだが——流は固まったままその後ろ姿を見送った。

「流さん、よくきてくださいました」

入り口のところにいた女が、流を見つけて近寄ってきた。彼は胃に重い物を感じながら女とむかいあった。

いい女だ。名前は確か、アヤカといったはずだ。憔悴しきってやつれた顔がまたなんともいえず色っぽい。神宮寺はドンや酒豪としてばかりでなく、実は女たらしとしても知られており、アヤカはその最後の女というわけだ。どこからみつけてきたのかまだ五十歳そこそこで、男が倒れてからも献身的な介護を続けているという話だった。

「どうだい、神宮寺さんの様子は」流はいった。

すると、アヤカはなにもいわず、そっと他の者に見えない死角に流をまねいた。そして、いかにも薄汚い軍手をはめた自分の右手を見せてくる。なんだこれは、と怪訝な顔をする流の目の前で、アヤカはすーっと軍手をはずしてみせた。

思わずアッと声をあげそうになった。その指には、流が見たこともないくらい大きなダイヤとルビーの指輪がはまっていた。ふたつともアンティークらしく凝った細工がしてある。美しい宝石はゴミためのような駅の片隅で、まさに燦然《さんぜん》と輝いていた。

ああ、死ぬのだ、とそれを見たとたん流は悟った。神宮寺は自分の死期を知ったのだ。こいつは、世話になった女への形見分けだ——。

アヤカは黙って、またすっと軍手を戻した。宝石が隠されてまたあたりが暗くなる。指輪に目が釘付けになっていた流は、我に返ってアヤカを見た。

「……昨日から、尿の量が少なくなっております……」アヤカは小さくささやいた。

流は無表情でうなずいた。神宮寺は由緒ある旧家の出だとか、御曹司《おんぞうし》だとかいう噂もあるにはあったが、本当にこれほどの金持ちだったとは。こんな形見を残せるくらいなら、大病院で手厚い看護を受けることもできたはずだ。だが、神宮寺は路上で死ぬことを選んだ。自分の人生のエンドとして。なにも持たず、好きな女に看とられ、死に水の代わりに死に酒を飲みながら。

人は、それをすばらしいとはいわないだろう。だが、流はそんな神宮寺のことが、ほんとうはうらやましかったのだと、そのとき胸の痛みと共に思い知った。

布団から顔だけを出した神宮寺は、黄ばんだ目でちらりと流を見た。おそろしく老けこんでいる。白い髭がひょろひょろと長くのび、まるで仙人のようだ。その視線は温かく、流が自分から会いにこなかったことも恨んでいる様子はなかった。

本音をいえば、流は見たくなかったのだ。哀れな神宮寺を。まともに目を見て別れを告げることに耐えられなかった。それを神宮寺はたった一瞥で、おまえの気持ちはわかっているよ、といってくれた。見送るのは流のはずなのに、なぜか見守られているような気がした。

「……アナンです」流は懐からそっと赤ん坊を出した。

アヤカがここにどうぞ、というように布団のはじをめくる。流はアナンを神宮寺の横に並べて寝かせてやった。

俺にできるのは、せめてこれくらいだ。最後にできることがあってよかった——。

「おお……」

神宮寺は目を細め、まるでよい風景をながめるようにアナンを見つめた。アナンは黒い星の目で老人を見つめ返す。

「おお……おお……」神宮寺はうなった。

もう言葉がしゃべれないのだ、と流は思った。今まで神宮寺と交わしたたくさんの会話を思い出そうとして、できなかった。なにかいおうとすると涙があふれそうになる。記憶喪失の迷子になった自分に、神宮寺はまるで父親のようにこの都会で生きのびる方法を教えてくれた。寒さのしのぎ方、食べ物の集め方、新聞紙の使い方、危険の見分け方。まるでジャングルでサバイバルを伝授されているみたいだ、と思った覚えがある。それに対し、自分はなにも答えられなかった。だらしなく生活し、ついにどん底すれすれまでいってしまった。そして神宮寺は、そんな流をどこかで見かけても、一度も責めたりしなかった。

大きい人はいるのだ、と流は知った。こんなところに。死にかけても、やはりこの人は大きい。歩けなくなり、こんなよぼよぼになって、口がきけなくなっても——。

「……ふたりきりにしてくれ、赤ん坊と」神宮寺はいった。

「なんだい、しゃべれるのか神宮寺さん」流は思わず声をあげた。

だったら話したいことはある。死ぬ前にきいておきたいことも。だが、神宮寺はもう残り少ないエネルギーを無駄にしたくないのか、実は流のことなんか全然心配していないのか、壊れたレコードのように同じことしかいわなかった。

「ふたりきりにしてくれ、アナンと……」

冷たいじゃないか、と流は思った。俺よりもそんなにアナンがいいのか？　みんなしてアナンアナンと、今また死にかけた男までがアナンを求める。なぜなんだ？

だが、どんなことでも、神宮寺の最後の望みならばかなえてやりたい。流はアナンのオムツが濡れていないことを確かめると、黙ってアヤカとともに表に出ていった。

本当は、いったいなにが起こっているのかわからないまま。

13

最初はきれいな普通の赤ん坊に見えた。流にアナンを連れてこさせたのは、死が間近になるにつれて純粋さに触れる勇気が出てきたからだ。人は無垢《むく》なるものに触れ、無垢なるものへの畏れを解く。不幸にも神宮寺はこれまでの人生でそれが充分にできなかった。だが、アナンと床を並べているうちに、彼はそれがただの無垢なる者でないことに気づいた。

かつて会ったことのない存在。こんな赤ん坊は見たことない。流はこの子をゴミ袋から拾ったらしいが、信じられない。死にかけた俺にはわかる、この子は――。

神宮寺は刻一刻と脳細胞が破壊されつつある頭をめぐらしたが、該当する言葉は見つからなかった。

「……死ぬ前にきてくれたんだな？」彼はかすれた声でいった。「わたしのために？」

神宮寺は宗教を持ったことはない。持ちたいと思ったこともない。悪運は強いかもしれないが霊感は強いわけではなく、非常に現実的な人生を歩んできた。だがこうして体の機能が停止しかけている今、現実というのはどうも自分が思っていたようではないと気づき始めた。それは誰にも、長年心を通じたアヤカにさえも、まだ体がぴんぴんしている連中にはうまく説明することのできない感じだった。

「……きいてくれるのか」神宮寺は謙虚な声でいった。「わたしの、あやまちを」

そんなことを素直に口に出していったのは、初めてのような気がした。弱った人間に自信を与えるには、自分から自信を示さなくてはならない。それがリーダーの資質というものだ。いっしょうけんめい生きただけ、弱音は吐けない人生だった。

「……わたしが完全にまちがっていたんだ。大バカだった。おかげですべてがめちゃくちゃになった。わたしの心ひとつでどうにでもなったのに……そうだろ……？」

アナンはなにも答えない。ただ大きな黒い星がこちらを見つめて光っている。どんな宝石よりも美しい、星の瞳。

「……これじゃ、まるで懺悔《ざんげ》だなあ」神宮寺は苦笑した。「でも、おまえに話すことは弱さではなく、強さかもしれない……うっ」

喉が詰まり、呼吸が苦しくなってきた。あまり時間が残されていない。彼は布団の中ですがるように赤ん坊の足を握った。その小さなぬくもりに導かれるように言葉が喉を通り抜けていく。

「わたしは生まれながら裕福だった。おまえとは正反対だ。ない物がひとつもない子供時代。みんながあくせくと働かなければ生きていけない時代に、うちには信じられないくらい金があった。高い塀に囲まれた、白い大きな屋敷……通いの家政婦は同級生の母親で、毎日うちの残り物をありがたくもらっていく。小さいときから、それを恥ずかしく思っていた。自分の親が家政婦に用をいいつけるのを、見たくなかった」

思い出の屋敷の生活が脳裏をよぎっていく。洋館、高い天井、シャンデリア、マントルピース。しかし、その豪華な生活はどこか薄暗く、悲しみをまとっていた。

「……わたしは成績優秀で、リーダーシップもあった。天性だ。周囲は、親の事業はわたしが継ぐものと決めつけていた。それが気にいらなかった。せこいプライドかもしれないが、それだけじゃない。金の集まるところには、いろんな人が集まってくる。欲で濁った力は、トラブルを生む。子供の目には、嫌なものがたくさん見え過ぎた。親父は、有能な事業家だったが、あちこちに妾《めかけ》も囲っていた。わたしには、腹ちがいの弟が二人いた……よくある話だろ？　その、なんだか嘘くさい物語が自分の人生ってわけだ」

神宮寺は笑おうとしたが、もう喉はヒュウヒュウと情けない音しかたてなかった。

「……わたしは、画家になろうと決心した。金のことを忘れられたから……成人すると家を出て、ヨーロッパに留学した。事業は弟たちがついでくれればいい。家や財産には、なんの未練もなかった。いっしょうけんめいに絵の勉強をした。でも、いつまでたっても、ものにならなかった。わたしの絵は、『頭で画いた絵』だった……つまり、わたしは、大嫌いな親父と、同じタイプの男だったんだ……」

神宮寺は父親の顔を思い出そうとしたが、屋敷に飾られていたいかめしい肖像画しか浮かばなかった。レンブラント風の暗い色調の絵。冷たい眼光。

「吉枝栄造」神宮寺は父親の実名を告白した。「誰でも知っている、立身出世の見本のような男。神宮寺は、もちろん偽名だ。夢破れたわたしは、自暴自棄になって遊び回った。あげく体を壊して、日本に帰国だ。使い物にならない放蕩《ほうとう》息子に父親や兄弟は冷たかった。でも、母だけはわたしの帰還を涙して喜んでくれた。理由は、すぐにわかった。わたしのいない間に、屋敷に第二夫人が住みこみ、母は居場所を失っていた。神経を病んで、入退院をくり返して……」

神宮寺は母親の面影を思い出した。ドレスより和服の似あう、世間知らずのお嬢様だった。上品にふるまうことだけをしこまれ、男の愛情の受けとめ方すら知らない、かわいそうな女。デリケートな精神が崩れるのは早かった。

「あなたといっしょにいられるだけでうれしい、と母はいった。わたしは、母の本心は別のところにあると思った。復讐だ。自分にはできない復讐を、心の底で息子に求めている、と思った。わたしは直線的に父親にぶつかっていった。激しくやりあい、批判し、消耗させた。自信満々な男を一度でもへこませてやりたくて……ある日、父親は会議中に倒れた。心筋梗塞で、あっけなくあの世へ」

『鋼鉄の男・吉枝栄造、あえなく他界』――神宮寺の頭に活字が浮かんだ。当時、大コンツェルンの社長の突然死は新聞記事にもなった。

「あの世……もうすぐ、わたしもいくところだ。ああ、父親はわたしが殺したようなもの。しかも、それは、最初の死に過ぎなかった。父親が亡くなってすぐ、わたしは事業を継ぐと宣言した。そして、最有力候補の弟一家を屋敷から追い出したんだ。わたしにすれば、すべて母のためだ。長い間、みんな母をないがしろにしてきたんだから……」

『残酷なエゴイスト』――青いインクで殴り書きにされた、一通の手紙を神宮寺は思い出した。それを淡々と読み、暖炉の炎にくべた自分も。

「弟たちは、自殺した。路頭に迷い、わたしへの恨みごとを書き連ねた遺書を残して。犠牲者が増えるほど、わたしは、絶対に失敗するわけにはいかなくなった。わたしが正しかったことを、世間に納得させなくては、なんといっても母がかわいそうだ、ただその一念だった。そして、裁きはやってくる。事業で大損し、会社はついに倒産……父親が築きあげたものすべてをわたしは無にしてしまった」

アナンの足を握る神宮寺の手が震えた。だが、話をやめることはできない。どんなおののきも恥も醜態も、全部さらして自分はいかなくてはならないのだ。

「屋敷は、売りに出された。どん底に沈んだわたしは、浴びるほど酒を飲み続け……そのときは、自分の不名誉しか頭になかった。錆びきった心は思いやりのかけらもなく、そして、その朝がやってきた。昼になっても、母が自分の部屋から出てこない……わたしは天蓋つきベッドの中に、無惨な死体を発見した」

最悪の思い出。それだけは今そこにいるごとく、鮮やかに神宮寺の脳に蘇る。どす黒い赤に染まった黒いレースのドレス、シルクのシーツ。枕元に揺れるカサブランカの芳香とまじりあう、死の火薬の香り。たおやかな手は猟銃の引き金にかかっていた。

「猟銃自殺……わたしは半狂乱になった。なんのためにとわめき続けた。すべては母のためだったのに、わたしがやったことは、すべて母を苦しめることばかりだったのだ。わたしは、ふらふらと血に濡れたピストルを手にとった……自分も、それで死のうとして。だが、弾がない。あたりを見回したとき、枕元の遺書が目にはいった。読んでから死んでも遅くないと思って……」

神宮寺の声が震えた。アナンを見つめながら彼は子供のようにしゃくりあげた。ただひとりのきき手にむかって彼の告白が落ちていく。そこに風穴が開いているように。

「わ、わたしは……母親が、最後につづった文字を読んだ……それは、ごく短く……心に、突き刺さった……『生きなさい』」

そのときには涙も出なかった。だが、尿も出なくなった今、不思議なことに涙はいくらでも出る。神宮寺の干からびた黄色い肌を、ほろほろと涙がつたい落ちた。

「生きなさい――これが、あの人の、最後の言葉だった……生きることほど重い、死ぬよりもつらい罰はない……母は罰を課したのだ……わたしは死ねなくなった……どんなにおちぶれようとも、どんなにつらくても」

ハア……ハア……神宮寺は必死で呼吸をした。もう少しだけ時間をくれ――。

「わたしはすべてを捨て、路上で生きた……死ねないから、ただ生きた……口に出せない罪の意識は、わたしの根性を太くし……駆り立てた……つぐなえないと思っていたから、誰にでもなんでもしてやれた」

神宮寺は泣いた。涙の中で、母親の死より区切られた、まったくちがうふたつの人生が交差していく。

「苦悩には、意味がある……どんなやつでも、わたしより、まちがっているやつはいない……わたしは、一日一日を生きた……空っぽになった瓶に、一滴ずつ、水をためるように……ドンと呼ばれるようになったが、がむしゃらに生きるうちに、父親から受け継いだ資質が、自然に現れただけ……わたしはそうして、死を待った」

だんだんあたりが薄暗くなっていく。それに反比例して、アナンの目の光が明るくなったような気がした。神宮寺はその光を頼りに必死に告白を続けた。

「そして……やっと今日がきた……今、わたしはついにわかったんだ……母の遺言の、本当の意味が」

神宮寺はどうしてもそれを言葉にしたかった。誰のためでもなく、自分のために。

「わたしは死んでいたんだ……ホームレスになる前の、わたしは。母は、わたしが憎しみで生きていたことを、知っていた……それが、すべてを、滅ぼしてしまったことを……お母さん」

重い言葉を吐き尽くし、重い涙を流して体が軽くなっていく。これでやっとこの世から離れていける。かすれていく視界の中、神宮寺は必死に赤ん坊の顔を見た。黒い星の瞳。星の光。

「お母さん……わたしは生きた……あなたのいうとおりに……やっと、やっと、その時がきた……」

視界が急激にかすれていく。体の中でなにかが縮んでいく。肉体からはがれていく。神宮寺にもうアナンの光は見えず、最後のささやきは言葉にならなかった。

ありがとう……アナン……。

アア。アナンの泣き声がきこえた。地面に目を落とし、つらつらと神宮寺のことを考えていた流ははっと顔をあげた。

「え？」アヤカがいった。「どうしました？」

「アナンが泣いた」

アヤカは不思議そうな顔をした。彼女にはなにもきこえなかったらしい。流は急いで神宮寺の段ボールハウスにはいりかけ、入り口で足を止めた。

「じ、神宮寺さん……」

後ろからのぞきこんだアヤカが息をのむ。周囲をとりまいていたホームレスたちが一斉にふりむいた。誰もなにもいわないのに、なにが起こったのかを悟る。ひとりまたひとりと集まってきたが、大声をあげて騒ぎ出す者はいなかった。

静かな最期だった。神宮寺は赤ん坊といっしょに布団にくるまったまま、息をひきとっていた。顔をくしゃくしゃにして泣いているアナンの横で、たった今この世を去った男の顔は穏やかだった。

アア、アア、アア……。

素直な涙に、流の涙も誘われる。彼はこみあげるものをこらえながら赤ん坊を抱きあげようとした。

「アナン……」

神宮寺のしなびた手が、しっかりとアナンの足を握っていた。折れてしまいそうな細い指。そっとはずしてやりながら、流はこの男から残されたものを思った。あのとき、神宮寺は記憶喪失の自分を助け、生きることを教えてくれた。そして今度は、自分が赤ん坊を拾い、命を助けている。それどころか大胆にも育てようとしている。

流はあたりをはばからずに泣いているアナンを抱き、遺体にむかって深々と一礼した。その、命を育てるという行ないこそが、実は流が神宮寺から受け継いだものではなかったのか。ということは、今、死んだ男がこの自分に残していったものは――。

まさしく、このアナンなのだ。

14

アナンは泣きやまなかった。

あまり泣き続けるので、流は人ごみを避けて帰らなくてはならなかった。こんなことはこの子には珍しい。世の中はどうやら年末か年始かそのへんの時期らしく、地下街は買い物客で混雑している。やっとのことで段ボールハウスにたどりつくと、流はすぐにオムツに手をやった。濡れていない。だが、水分の代わりに指に伝わってきたのは、小さな体の異変だった。

熱い――。

瞬間的に流の頬までカッと熱くなった。もともと乏しい思考能力がなくなる。動転しておろおろとアナンの体をまさぐった。熱い、どこもかしこもカイロのように熱い。

ナアオ。バケツがアナンを見あげて鳴いた。ナオ、ナオ、ナオ……。

その声がどことなく心配そうにきこえる。小猫はアナンとなんとなく連動していて、異変があったときにはまるでセンサーのように反応するのだった。

「ね、熱がある」流はおろおろと猫に話しかけた。「どうしようバケツ、アナンは病気だ。どうしたらいいんだ……」

流はなすすべもなく赤ん坊を抱きしめた。そのとき、熱い体の表面をちゅるりとなにかがすべった。彼の震える手をかすめ、ベビー服のすそから床に落ちていく。

チャリン。バケツがすばやくそれに飛びついてクンクン匂いを嗅いだ。ウンチではない。小さな、四角い、銀色の金属。流は呆然としてその物体を見つめた。

鍵だ。『1826』と刻まれた数字。それは古びたコインロッカーの鍵だった。

「おや、流、いつお帰りだい?」表でメリーの声がした。「どうしたんだアナンは、ずいぶん泣いてるようじゃないか」

こいつは見られちゃまずい――。いくら混乱した頭でも、それくらいの判断はできた。いったい誰がいつ、どうしてこんなものをアナンのオムツにはさみこんだのか。考えられるとしたら、ひとつしかなかった。

神宮寺だ。あの元大富豪の神宮寺が死ぬ前に、この鍵をアナンに託したのだ。このコインロッカーの中には、いったいなにが――。

「だいじょうぶかい？」メリーがひょっこりと顔を出した。

「あ、ああ、それがたいへんなんだ……」

流はもごもごいいながら、とっさに鍵を足で踏んで隠した。だが、両手にアナンを抱いていては拾うことができない。バケツがよこせ、というように足をガリガリとひっかく。流はメリーが見ていないすきに、思いきり鍵を蹴飛ばした。乱雑に積みあげた、ゴミのようなペーパーバッグの山にむかって。

アナンガネツヲダシタ、あなんがねつをだした、アナンが熱を――。

号外はまたたくまにホームレスネットワークに伝わった。この恐ろしい知らせをきつけて、役にもたたないホームレスたちが次々と集まってくる。ただでさえどんよりしているその顔は、まるで不幸のドン底に落とされたように暗かった。

「びょ、病気って……」野々田はどもった。「ど、ど、どうしたらいいんだよ」

流はじっとおし黙っていた。メリーはこの世の終わりがきたようにアナンをひしとかき抱いている。歯のかけた口の中でぶつぶつとなにごとかをつぶやきながら。

「ナンマイダブナンマイダブ……」

「よ、よせやい婆さん、縁起でもねえ」野々田がいった。

「だけどさ、こんなちいちゃい赤ん坊じゃ」メリーは涙ぐんだ。「母乳だったら、六ヵ月まで免疫があるんだけどねえ」

「めんえきってなんでしゅか？」電波青年がいった。「しょれ、薬局で売ってる？」

「そういえばよ」野々田が首をひねった。「いったいアナンは今、何ヵ月だ？」

まともな質問をされ、流はあんぐりと口を開けた。アナンを拾って以来、時の回転がやたらと早くなったように感じるが、気のせいだろうか。

「うーんと、一ヵ月か……」流はいった。「二ヵ月か、三ヵ月ぐらい」

「全然ちがうじゃねえか。だいたい誕生日はいつなんだ？」

「初雪の日」

ダメだこりゃ、というようにホームレスたちは首を横にふった。

そう、初雪の日だった。流はあのときの干からびかけた赤ちゃんを思い出した。あのときよりはちょっとは肉がついてきたが、まだ鼻の穴なんかマッチの先っぽぐらいしかない。心臓も肺もきっとカエルみたいに小さいだろう。そう思って弱々しい呼吸を見ていると、もう今にも止まりそうな気がしてくる。

「お、俺……氷を持ってくる」流は立ちあがった。

なにかをしないではいられない。じっとしていたら頭はネガティブなことを考え始めてしまう。流はとりまきたちに背をむけると、足早に地下商店街へむかっていった。

もしかしたら、もしかしたらアナンは——。

その先は考えようとするだけで震えがくる。頭の片隅で想像することさえ脳が拒絶した。それはあのとき、ゴミの底から拾いあげたアナンに命をあげると祈ったときよりも、もっと切実な思いだった。まるで我が身を切られるような。

なんでもやってやる。あいつの命を助けるためなら——。

流はよたよたと近くのハンバーガーショップにやってきた。いつもなら裏口へ回ることにしているが、今はそんなことはいっていられない。店はたくさんの人でごった返し、晴れ着姿でハンバーガーを食べているアイドルのポスターが飾られていた。

『おせちに飽きたら、いつもこの味マイ・バーガー』

そういわれてみれば、この前までクリスマスセールをやっていたような気がする。どうやら知らない間に年が暮れ、いつのまにか新年がやってきたらしい。だが、そんなことはどうでもよかった。こんな表でおおっぴらにゴミあさりをしたら追っ払われてしまう。流は少し離れたところに立ち、一組のカップルに目をつけた。ビッグサイズのコーラ。あれだ——。

じっと待つうちに、彼は次第に注目の人になっていった。客たちが近距離のホームレスを気にしてちらちらと視線を投げてくる。恐れのまなざし、哀れみのため息、中途半端な同情心。流はなにも感じないように自分を閉じた。

アナンのためだ。アナンのためだ。早く——。

カップルがやっと立ちあがり、しゃべりながらセルフサービスのゴミ箱にむかった。若い女の手がトレイの紙コップをつかむ。その瞬間、流はさっと前に走り出た。捨てられる寸前のコップをキャッチするために。自分でも信じられない行動だった。

「キャア」女が思わず悲鳴をあげ、男に抱きついた。

ジャラン。とらえた紙コップの中の、大量の氷の手応え。流はそれを宝物のように両手で抱えた。

一瞬、店内が静まり返った。丸めた背中に突き刺さる、不可解と悲しみの視線。

誰も彼をとがめる者はいなかった。店長も、アルバイトの少年少女も客たちも。流の目には声をあげた自分に傷ついた若い娘と、ホームレスを嫌悪できない若い男の戸惑いが映っていた。そばにいた中年のサラリーマンは控え目に、自分が飲もうとしていた暖かいコーヒーをさし出そうとした。

「……おじさん、よかったらこれ」

流はぐらつきそうな自分を感じた。軽蔑よりもこんな優しさに、なぜ人は傷ついてしまうのか。なぜいっそうみじめになってしまうのか。彼は顔をひきつらせながら歩き出した。そのまま、何も考えないように公衆トイレへ駆けこんだ。誰もいない。鏡の中には無能な男がひとり映っている。流は水道の水でジャラジャラと氷を洗い、持ってきたビニール袋に詰めこんだ。無器用な手を何度も何度もすべらせながら。

こんなこと、なんでもない。俺なんか、アナンにこんなことしかしてやれないんだから――。

本当は医者に連れていってやらなくてはならない。そんなことは電波青年だってわかる。だが、ホームレスが赤ん坊なんか連れていったら警官がすっとんでくるだろう。まず風呂にはいって、頭を洗って、ちゃんと洗濯してある洋服を着て、穴のあいていない靴をはいて、社会的人間という変装をしなくてはならない。そんな悠長なことやってるうちにアナンの病気は悪くなる。第一、医者にかかる金もない。ちくしょう、俺たちは最悪のバカどもだ。そろいもそろって、病気の赤ん坊も医者にも連れていけない。誰か、ひとりくらいまともなやつはいないのか――。

思わず涙がこぼれ落ちそうになったとき、ガチャッとトイレのドアが開いて長々と用を足していた男が出てきた。流はあわててビニール袋の口をギュッとしぼった。

トイレから出てきた男がトイレットペーパーで鼻をかみながら横に立った。脇に丸めた週刊誌をはさんでいる。ボタボタと水のたれるビニール袋を手に持って、流はまじまじとその顔を見つめてしまった。

「なんやねん?」惣一郎はいった。「流のおっさん、それ、なにやっとんねん?」

アナンを一目見ると、惣一郎はさっと顔色を変えた。ホームレスが赤ん坊を育てていたら誰でも驚くに決まっている。だが、惣一郎の反応はそれ以上だった。

「……なにやっとんねん」彼の声は震えていた。「あんたら、なに考えとんのや。え、自分らのやっとること、わかっとんのか」

ののしられながら、流は意外なものを見る思いだった。惣一郎はなにがあってもクールで、感情的にならないタイプだと思っていた。だが今、彼は必死に自分を抑えようとしている。氷の袋はメリーがおそるおそるアナンの小さな額に載せた。

「この子、病気やんか」惣一郎は信じられないようにいった。「こんなとこで熱なんか出して、死んでしもたらどうするんや」

「ななななんやと」野々田がすごんだ。「やいっ、なんてこといいやがるんだ、このやろっ」

「おう、なんとでもいうたるわ。こない中途半端なやつらばっかしで赤ちゃんごっこしてや、あんたらアホか。人ひとりの人生やで。なんかあったら責任とれるんか」

感情的になってはいるが、いってることはまともだ。とんでもないことをしているのは自分たちの方だった。つい先日、流も同じことをいって怒ったばかりだ。

「わかってる」流は静かにいった。「どんなに批判されてもしかたない。でも、今、そんなこといってる場合じゃない。あんたを連れてきたのは、頼みたいことがあるからだ」

「頼みたいこと……？」

「どんなことでもする。だから……この子を医者に連れてってくれ」

「なんやて」惣一郎は目をむいた。

ダフ屋趣味の花柄シャツに黒い革ジャン、薄く色のついたサングラス。ちょっと崩れているが、この中で唯一まともな人間に見えるのは惣一郎だけだ。

「俺たちには医者なんかいけない」流はいった。「いってもおそらく門前払いだ。この中でアナンを連れてけるのは、あんただけだ」

「そらそうやろな」惣一郎は鼻で笑った。「ホームレスが病院に赤ん坊連れてったら、治療どころか玄関にゴキブリの殺虫剤まかれるわ」

まるでホームレスたちを敵に回すのを楽しんでいるようだ。電波青年がイーッと惣一郎をにらみつけた。

「けっ、流のアホ、なんでこんな嫌なやつ連れてきたんだよっ」野々田は怒った。

「てめえなんかにゃ死んでももの頼みたくないね。さ、けえったけえった」

だが、流は顔色ひとつ変えなかった。すでにぺしゃんこ状態のプライドは、このくらいの侮辱ではもうかすり傷も負わない。

「頼む」流は謙虚に頭をさげた。今、一番大切なことは——。「頼みます」

「やめてんか」惣一郎は冷たくいった。

「なんといわれてもいい。俺はどうしてもこいつを助けたい、頼む」

「浪花節はごめんや。こんなんかなわんわ。わいは、わいはなあ……」

惣一郎は言葉を切り、じっと足元を見つめた。ブーツの靴がいらいらと床を叩く。

ホームレスたちはもう顔を見るのも嫌だ、というように露骨に彼に背をむけた。

「アナン、ごめんよ」メリーはアナンを抱いて、めそめそと泣き始めた。「ああ、このババアが連れてってやれるもんなら。でも、あたしゃ嘘がつけないんだよ、生年月日や名前きかれたらいっぺんでばれちまう。それに警察が死ぬほどやなんだよぉ」

流はおのれの無力をかみしめて立ちすくんでいた。今度こそおしまいかもしれない。すれすれで生き延びてきたが、アナンの運ももうここまでだ。乳児がこんな寒くて不潔なところで病気になったら、肺炎を起こしていっぺんで死んでしまうだろう。

こうなったら、残す道はあとひとつしかなかった。アナンを連れて警察に出頭するのだ。いや、病院の小児科に置き去りにしてきてもいい。もちろん赤ん坊は手当してもらえ、助かるだろう。が、それはすなわちもうひとつの運命を意味している。アナンと自分が別れるということだ。おそらく、そのまま、一生。

流は潤んだ目でアナンを見つめた。できれば、もう少しいっしょにいたかった。だが、いっしょにいて亡くすより、別れても生きていてくれた方が百倍もましだ。以前にテレビで中国残留孤児と親の対面シーンを見た覚えがあるが、あの人たちの気持ちが今はほんの少しだけわかるような気がした。他人でさえこうなのだ。究極の選択とはいえ、実の子をおいてきた親のつらさはどれほどだったろう。

これまでだ。俺だってそんなこと覚悟してたはずなのに、いつのまにか情に負けてしまった。長い、バカな夢を見て——。

「……ふん」惣一郎がいった。「よっしゃ、ほな連れてったろか、わいが」

流はぼーっと顔をあげた。目の前に、異様な迫力に満ちた惣一郎の顔があった。まるでヤクザが敵の組へ出入りを決意したときのように。ホームレスたちはまるでその言葉が通じなかったように、ぽかんと惣一郎の顔を見つめた。

「おい、おまえらきいとんのか」惣一郎はいった。「このわいが医者に連れてったろいうとんのや」

「ほ、ほんまにか」電波青年がつられてつい大阪弁になった。

「ちくしょう、ありがてえっ。頼むぜ、このとおりだ」さっきさんざん罵倒したことをすっかり忘れ、野々田がガッと頭をさげた。「アナンを助けてやっとくれ。てめえは大嫌いだけど、しかたねえっ」

「あんたなあ、人にもの頼むとき喧嘩ごしになってどないするねん」惣一郎はあきれていった。「ほな、ごたごたゆうとらんと、さっそくでかけよか。保険証は?」

しらー、とみんなが白い目で惣一郎を見た。国民健康保険証というものは、住民票のある人間が加入するものだ。そんなものが路上生活者にあるわけない。もちろん誰でも戸籍があったのだから、住民票もこの世のどこかには存在しているはずなのだが。

「冗談やんか」惣一郎がいった。「ましてや東京都の乳児医療証なんか、あるわけないな」

「けっ、なんだいそりゃあ」野々田がいった。

「三歳までの乳幼児の医療費、みんな無料《ただ》にしてくれるねん」

おお、とホームレスたちはざわめいた。彼らにとって無料、という言葉にはいい知れない魅力がある。

「ほ、ほんとかそれ?」野々田がいった。「国の詐欺じゃねえのか」

「ねえねえ保険証ってないと、医者にかかれないんでしゅか?」電波青年がいった。

「ものすご高いねん」惣一郎はいった。「そや。ほんなら金はどこにあるんや?」

惣一郎はぐるりとホームレスたちを見回し、きいた自分をつくづくアホやと思った。情けない。ぬかりのない自分が、のぼーっとした記憶喪失の流にまんまとはめられたのだ。たまたまあそこのトイレで長便していたのが運の尽きだった。それもこれも、正月のカズノコを食い過ぎたばっかりに。

金、ときいたとたん、みんなは犬が星を見るような顔をした。

15

アナンを抱いた惣一郎はブティックの前で立ち止まり、ウィンドーに子連れの自分の姿を写してみた。情けないが、想像していたほどひどくはない。うがった見方をすれば誘拐犯に見えないことはないが、警官に職務質問されるというほどでもないだろう。と、通行人が赤ん坊に笑いかけながら通り過ぎていった。赤ん坊を抱いていると、知りあいでもない人間が無条件に親しんでくるものらしい。世間的にいつも逆の立場にいる惣一郎は、なんだか妙な気分だった。

頭を冷やしたおかげか、アナンは今は泣きやんでいた。しばらく歩くうちに惣一郎の肩がだんだんこってきた。いつも雑誌を運んでいる身にとって、赤ん坊の体重なんか空気みたいなものだが、こんなぐにゃぐにゃした赤ん坊を抱くのは初めてだ。どうやら柄にもなく緊張しているようだった。

「そや、あれ買うたるわ」薬局の前で、惣一郎はふと立ち止まった。

店で買い物し、重たそうな革財布から金を払う。流たちが見たらうらやましがってヨダレをたらす光景だろう。惣一郎はベビー用の発熱時シップ剤の四角いシートをはがし、熱で真っ赤になったアナンのおでこにぺたんとはってやった。これ一枚で数時間の冷却効果がある。惣一郎は街のゴミ箱にしみったれた氷のビニール袋を捨てた。

「こんなもんでほいほい病気が治るんやったら、医者いらんわ」惣一郎はつぶやいた。「ガキを甘くみやがって。家なしで育てるなんて、そんなん誰でもできることとちゃうねん。流のオッサンはほんまにアホや、なあ」

ついついアナンに話しかけていた。今までそうやって犬とか赤ん坊とか、話のわからないものに話しかけている人間をドアホやと思いながらながめていたのに。惣一郎はチエッと舌打ちしながらアナンをのぞきこんだ。

ズキン、と胸が痛んだ。赤ん坊は熱っぽい黒い目で惣一郎を見つめ返していた。口がきけないから、自分の言葉はそのままはね返ってくる。彼は居心地が悪くなって目をそらした。が、しばらくするといつのまにか、また小さな顔をのぞきこんでいるのだった。心のどこかに幼子の存在がシンクロしていく。惣一郎は気にいらなかった。

自分らしくない、その心の揺れが。

「ほんまに、なにやっとるんや、わいは」惣一郎はつぶやいた。「もし青田が見たらなんていうやろ。きっとこうや……『おまえが赤ん坊抱くなんて、まだ百年早いわ』」

保険証はついうっかり忘れたですませ、病院の受付票に偽名と偽住所、偽生年月日をすらすらと書きながら、惣一郎はだんだん自分が周りの環境に醒《さ》めていくのを感じていた。現住所がない、ということはやはり人間としてとんでもないことらしい。こういう固い場所にくるとそれを思い知らされ、不愉快だった。なんとなく自分の生き方にケチをつけられているような気がするのは、心の反映というやつだろうか。

診療室にはいると今度は、やれ体温をはかれ、服を脱がせろと、慣れない作業の連続で、惣一郎は冷や汗をかいてしまった。まだ首がすわっていないアナンはガクンとのけぞり、首の骨が折れたかと思った。こんなことではいっぺんで親でないことがばれそうだ。だが、平和な世の中には疑り深い人間はあまりいないらしい。

「新米パパはたいへんねえ。きょうはママ、どうしたんでちゅか？」

子供好きそうな女医が、笑いながら手を貸してくれる。惣一郎が口ごもった様子に事情ありと察したのだろう、それ以上はたずねてこようとしなかった。もし『ママはこの子をゴミ袋に入れて燃えるゴミの日に捨てました』と本当の事情を話したら、このエリート医師はひっくり返ってしまうだろう。惣一郎はとにかく早く帰りたかった。

どうせインフルエンザかなんかやろ。抗生物質もろたら、さっさと帰ろ——。

「風邪じゃありませんね」女医はさらりといった。「喉の炎症を起こしていないわ」

「はあ」惣一郎はきょとんとして女医を見た。「ほんならなんです……?」

「そうですね……一応レントゲンと、簡単な検査をしときましょう」

検査、という響きがなにやら恐ろしい病気を連想させる。考えこみながら待合室に戻った惣一郎はつい煙草に火をつけそうになり、はっとその手をおろした。あたりの病気の子供たちが急に気になる。点滴をしている子、チューブをつけている子。みんな心配そうな親に付き添われていた。あたりまえだ。惣一郎は見てはいけないもののようにそんな親子の姿から目をそらした。抱いている子が実は赤の他人の捨て子だなんて、そうそうあることではない。

わいがきてよかったわ。わいなら平気でおれるけど、あのアホの流やったら、ほんまの親みたいにおろおろしくさったわ。この前まで死に場所探してうろうろしとったくせに。あいつらみんな、ドアホや——。

三十分後、惣一郎は再び女医に呼ばれ、検査の結果を告げられた。

「ご希望であれば、こちらに入院もできますが」女医はいった。「もし、お母さまにお世話ができないようでしたら……」

惣一郎は即答できなかった。暖かく清潔な部屋、進んだ医療と看護。ここにはまともな社会の恩恵というものがある。

そや、ここなら安心に決まっとる。入院費ぐらい自分が出したってもええ。あのゴミのようなやつらとゴミための中におるより、入院した方がええわ——。

そう考えながら、ふと窓の外に目を走らせた惣一郎は、目玉が飛び出そうになった。駐車場に妙な雰囲気の一団がうずくまっている。上から見るとそれはまるでうじゃうじゃした虫の集団のようだった。流、野々田、電波青年、メリーたち。いつのまに後をつけてきたのか、凍えそうな寒さの中でただひたすら待っているのだ。

アナンを。

アホや、と惣一郎は思った。所詮、あんな無力なやつらに、いっくらがんばってもアナンを助けられへん。そやけど——。

ふっと腕の中のアナンを見た。それにダブるように、ワラの上に横たわっている小学生ぐらいの子供が見えた。熱を出して苦しそうな息をしている。その額に当てられている、節くれだった男の右手。その男に左腕はない——。

「……や、入院はけっこうですわ」惣一郎は冷静な顔で答えていた。

玄関から出てくる惣一郎を見つけると、ホームレスたちはわっと我先に走り寄ってきた。まるでスターのお出迎えだ。たちまち臭いホームレスたちにとり囲まれ、惣一郎はすごく迷惑だった。

「ど、どうだった？」流は勢いこんでいった。「医者はなんて——」

真剣な視線が束になって惣一郎にむけられる。いつも活きの悪い魚のような目をしている彼らにそんなシリアスな顔ができるとは、惣一郎は知らなかった。

「原因不明の熱やと」惣一郎はそっけなくいった。

「げ、原因不明？　それは、どういうことだ？」

「わからへんから原因不明なんやないか、アホ。医者ははっきりとはいわんかったけど、脳の異常かもしれへん。このまま熱が続くようやったら、脳関係の精密検査をせなあかんて。入院もすすめられたけど、断ったで。保険あらへんと高うつくよってな。ま、今日の治療費はわいからアナンへのプレゼントちゅうことにしといたるわ」

流は話の後半は全然きいていなかった。頭の中では、『脳の異常脳の異常』という言葉がぐるぐる駆け巡っている。医者にいかせたのに、なんにもならなかったのか。

「ほな、お預かりしたもん、返すで」ぼんやりした流の手に惣一郎はアナンを渡した。「それと熱ざましの薬。まだ強いのは使えへんそうや」

「ア、アナン」流は我に返り、アナンをコートの中にしっかりくるんだ。

黒い目がはっきりと流をとらえ、口元がなにかを訴えかけようと動く。一番長く見ている流の顔をもう覚えているのだ。彼は涙が出そうになった。

「しっかりしろ、アナン、アナン」

みんなが争うようにアナンの顔をのぞきこんだ。汚らしくも神々しい顔、顔、顔。心配に心を痛めながらひとりの赤ん坊を見つめるとき、いつもてんでばらばらの思いはみごとにひとつになる。しかし、そんなことは誰も全然意識していなかった。惣一郎にとってそのほのぼのした光景は、けったくそ悪い以外のなにものでもない。

「ま、万が一ってこともあるかもしれへんけど、ちゃんと看病したれよ」惣一郎は水をさした。「あとはわい知らんからな」

「なんだと」野々田がいった。「やい、てめえもしかして入院費ケチりやがったな」

「なんやて？　ほんなら、あんたら入院させたかったんか」

「だってよ、アナンにもしものことがあったらどうすんでい」

「しょうだ、ケチ、ケチ」電波青年が同調した。

「うっさいわ」せっかく親切にしてやったあげく、自腹まで切ったのにケチ呼ばわりされ、惣一郎はギッと目をつりあげた。「なんやなんや、自分らはなんもできへんくせに。赤ん坊育てててええことしとるような気になっとるけどな、あんたらなんかぐうたらこいてホームレスになったんやないか。子供が路上で生きてくのがほんまにどういうことか、あんたらにわかっとるんか？　え、わかってたまるかいなっ」

惣一郎の爆発には、かすかに私的な苦悩の匂いがした。彼はいうだけいうと、ホームレスたちに背をむけてさっさと歩き出そうとした。だが、他のことならともかく、ホームレスたちは不幸に敏感だった。

「え、なんだいなんだい、自分だけ不幸しょってきたような顔しちゃってさ」メリーはけたたましい声で反発した。「ここにいるもんをごらんよ。自慢じゃないけどそろって不幸、不幸のオンパレードだよっ」

「しょうだしょうだ」電波青年は胸をはった。「ボクなんかみろ、一生子供みたいなもんだぞ。流なんか頭からっぽだし、野々田だってアル中でもうしゅぐ死んじゃうんだっ」

人が団結するときはアナンのような愛情の対象ができるか、惣一郎のような憎き敵ができるかどちらかの場合だ。どちらもストレスを解消できるが、どちらも戦争を生みかねない。

「むなしいな。不幸の競演ぐらいしかあんたらにできることはないんか」惣一郎はクールに一歩ひいた。「ほな、またひとつ不幸話をこしらえんようにな。さいなら」

「待てこら。てめえ、いつもえらそうに俺たちを見下しやがって」野々田がいった。

「てめえのみみっちい不幸なんかくそったれだ。アナンなんかな、ゴミ置き場に捨てられてたんだぞ。生ゴミといっしょに。それともなにか、てめえも捨て子だったのかよ。どうりで——」

いきかけていた惣一郎が足を止め、感情のない顔でふりむいた。

「そや」彼はさらりといった。「わいも捨て子やった。そやけどアナンとはちゃう。わいの場合はほんまの親の死に顔しっかり覚えとるでな。わいを育てたんは、片腕の乞食のじいさんや」

人の不幸話なんかまともにきくものではない。

しゅんとしたホームレスたちはアナンを中心に囲み、黙ってぞろぞろと地下街を歩いていった。まるでまずい物を食べた後のように口が重い。全員暗い顔をしているからあたりには異様な空気がたちこめ、ますます通行人は遠ざかっていった。と、前方からもうひとつ、黒っぽい集団がやってくるのが見えた。

三十人ほどのホームレスが長い箱を持ってしずしずと歩いてくる。そろって暗い顔をしているが、それも当然だ。そちらは本物の葬式だった。

「神宮寺さん……」流はつぶやいた。

コートをかぶせられた箱には白い菊の花一輪、その後ろをきりりとした顔のアヤカが、それからまじめくさったホームレスたちが続いている。列はしだいに乱れて後ろの方はかなりいいかげんになり、最後尾はべろべろに酔っ払っていた。葬送歌も読経もない。コートをかぶせられた物が死体と気づき、通行人がホラー映画を見たように顔をひきつらせる。その行列は異様だが、珍しい、ある意味で見応えのある光景だった。どのホームレスが死んでも、これほど積極的に人が集まることはないだろう。義理やつきあいではなく、本当に神宮寺の死を悼んだ人々が作った列だ。流は足を止め、敬意を払いながら静かな葬列を見送った。

神宮寺さん、いったい最後にアナンになにを話したんだ。そういえば、あれからすぐにアナンは熱を出して……そうだ、あの鍵のことをすっかり忘れてた。コインロッカーには期限がある。早く開けないと——。

「あっ」流の横で電波青年が叫んだ。「シャ、シャドウマン」

流も同時に、葬列の一番後ろから歩いてくる黒い帽子の男に気づいた。あのとき、アナンに唾を飛ばした影のような男。今でも目にその姿を映しただけで、なにか悪いガスでも吸ったような気分になってくる。

「ど、どうしようシャドウマンが帰ってきた」電波青年の声は震えていた。「もうムショから出てきたでしゅよ。ああ、どうしてこんな早く。シャドウマンはほんとのほんとに電波おかしいのに」

「ムショ？　あれは誰だ？　なにをやったんだ？」流はいった。

「流、知らないでしゅか？　喧嘩で仲間を刺し殺したんでしゅ。ほら、ハシャミで」

そういえば、大きな駅で数年前にそんな事件があった。凶器がハサミだったためマスコミが『ハサミ殺人』と騒ぎ、一時的にホームレスのとり締まりがきつくなったようだった。流はもう一度シャドウマンと呼ばれる男を見た。

人を殺した人間――そう思うと、あの無気味な暗さも納得できるような気がする。おまけに、また人を殺す可能性のある人間に見えてきてしまった。深い理由はない。偏見もない。ただ一芸に秀でた人を見るのと近い感覚だ。

「ぼく、しょの死体を見たの。めちゃめちゃに刺してあって、絵の具みたいにぶちゅぶちゅ血が出てて……でも、恐いのはしょれだけじゃなくて、変な噂があるでしゅ」

電波青年は恐怖で顔をひきつらせ、流を見あげた。本当にべそをかいている。

「噂？」流はいった。

「シャ、シャドウマンは、昔、子供を誘拐殺人したことがあるって」

16

うとうとするたびに、流は青い龍の夢を見た。

苦しげに身をよじり、飛びながら青い炎を吐いている。だが龍は、たしかこの前はアナングらい小さかったのに、今はゴジラのように大きい。どうしたらいいんだ、と豆粒のようにちっぽけな流は、夢の中で必死に龍に訴えかけていた。龍はときどき流を見つめながら、なにかいいたげに飛んでいるが、口から炎をはくばかりだ。そのうち、前方に黒い雲が現れた。

雲の中からぎろりと目が光る。血走った、どんよりと暗い目。シャドウマンだ。それが隠れているのにも気づかず、青い龍はあえぎながら黒雲にむかっていく。

危ない、そっちにいっちゃだめだ、いくんじゃない、やめろ——。

チリ……ン。そのとき、流の頭の中に涼しい鈴の音が響いた。たちまち黒雲がしぼんでいく。流ははっと目を覚ました。添い寝をしているアナンの毛の薄い頭が目にはいる。それはいかにも小さく見えた。呼吸はますます荒く、おでこにはりつけた熱ざましのシートはすでに乾いている。薬は全然効いていないようだ。願わくばこれも悪夢で、もう一度目が覚めたら元気なアナンが寝ていればどんなにうれしいか。だが、それ以上夢は覚めてくれなかった。

流はどっと無力感にさいなまれた。病気、犯罪、事故、災害……この世は子供にとって恐いものでいっぱいではないか。そしてそれらの脅威に対して自分はなにもできない。きっと夢の中の豆粒サイズは、流の心理をそのまま象徴していたのだろう。

チリ……ン。幻聴かと思ったら、また表から鈴の音が響いた。きき覚えのある、澄んだ音色。流は段ボールハウスからそっと顔を出して表をうかがった。薄暗い夜明けの光の中に、抹茶色の和服を着た男がたたずんでいた。

手に青銅の鈴を持ち、目を閉じ頭をたれている。まるで神に祈っているようだが、その足元に転がっているのは仏ではない。新聞紙にくるまった汚いホームレスたちだ。アナンの身を案じて、用もないのに夜通しそこに居座ったファンクラブだった。

「ボウズ……」流はささやいた。

ゆっくりと目を開け、ボウズがおどおどとうなずく。目をつむっていればかっこいいが、開けるととたんに人間臭さが露呈する。顔だちは中性的、目尻は優しげにたれており、瞳はさほど大きくはないのだが、光の具合でときどき青く見えた。今、それは濃い藍色だ。別に見るからに超人的なわけでも、後光がさしているわけでもない。だが、ボウズにはなんだか不思議な雰囲気が漂っていた。いつのまにか、流の内部でいらいらとうずいていたものが消えたような気がするが、気のせいかもしれない。

「ボウズ？」電波青年が目をつぶったまままつぶやいて、ぱっと目を開けた。「あ、やっぱりボウズだ。なんか今、気持ちいい電波がきたの」

「や、神宮寺さんが大往生なさったもんで」ボウズはおどおどといった。「ちょっとお祈りに立ち寄ったんですが、ええ」

どうやって放浪しているボウズに神宮寺の死が伝わったのか。だいたい今まで、ボウズがどこかから歩いてくるところを見た者はいない。流の段ボールハウスも引っ越したのに、どうしてわかったのだろう。もしかしたらボウズはキノコのようにその辺の地面からむくむくわいて出てくるのかもしれない。

「ナムナムナム……」

メリーが寝言で念仏を唱えながら、ぼんやりと目を開けた。そして、目の前にボウズが立っているのを見ると、あわてて両手をあわせておがみ始めた。

「ほ、仏様、どうかアナンの病気を治してください……ナムナムナム」

仏様とまちがえられ、ボウズはちょっとたじろいだが、気が弱いのでメリーを止めることもできない。困ったような視線が流にとまった。

流の胃がびくんと揺れた。隠していた怯えを見抜かれたように。

なぜ、ボウズはここにきたのか。ボウズは死者を送る人間だ。ほんとうに神宮寺を送るためだけにきたのだろうか。それとも、もしかしたら、アナンも――。

「……流さん」ボウズは近寄ってくると、そっと流の頭に手をのせた。

いい歳をしたおじさんが人から頭をいい子いい子されることは、そうない。ましてや長い間洗っていない髪はバリバリだ。だが、ボウズの手は優しく、この上なく大事なもののように流を扱う。流はたちまち催眠術にかかったように警戒をといていた。

「どうぞ」流は入り口を開けた。「ぜひ、あなたに見てもらいたいんです」

奥に布団に寝ているアナンがぽつんと見える。流の思いはもう言葉にならなかった。

この子はアナンっていうんです。俺の子でも親戚でもありません。ゴミ袋に捨てられていました。俺たち、みんなで育ててます。人の道にはずれたことをしてます。でもかわいいんです。今、病気で死にかけていて、なんとかして助けようとしてます。俺たちは人に助けられるより、ほんとは助けたいんです——。

ボウズは赤ん坊を見ると、まずそっとひざまずいて手をあわせた。まるで小さな神にあいさつするように。驚きもしなければ、流をとがめもしない。この世にはボウズにとって『そんなバカな』という事態はないのかもしれなかった。彼の目が流の目には見えないものを見ているような気がするのは、その藍色のせいなのか。

「ど、どうなんで、ボウズ」後ろから野々田の声がした。

気がつくと、入り口から心配そうなホームレスたちの顔がのぞきこんでいた。メリーはやっと仏様の夢から覚めたが、それでもまだボウズにむかって手をあわせていた。

「ねえボウズ、教えてよ。アナンは治りましゅ？」電波青年がいった。

自分にはわからないことも、ボウズにならわかるような気がする。流ばかりでなく誰でもそう思っているようだが、その理由は深く考えたことはなかった。ただなんとなく、ボウズは先をいっている人間のような気がするだけだった。しかし、だいたいなにが先で、どちらが尻尾なのか？

「ええと……」ボウズはいった。「治るかもしれないし、治らないかもしれないし」

「もうボウズったら、頼りないんだから」電波青年が口をとがらせた。「しょんなこと、ぼくだっていえましゅよ」

「や、そういう意味じゃないんです。あのですね、未来はそれほど確定したものじゃないんですよ。それにこの熱は、病気というより……そう、傷のようなものというか」

「傷？」流は首をかしげた。「ケガはしてませんが」

「や、ケガじゃないんです」

なにをいってるかさっぱりわけがわからなかった。流は疲れ切った頭で理解しようとするのをあきらめ、ボウズにすがりついた。

「ボウズ、どんなことでもしますから、アナンを助けてください」

「俺からも頼むぜ」野々田はいった。「ここはひとつ、カーッと御はらいでもして治してやってくんないかな？」

「そ、そんなことができれば、わたしの歩く後ろに列ができますよ、まいったな。ええと……そう、赤ちゃんの生命力を信じて、お祈りしてください。なんちゅうか、ほら、内なる神の力が輝くように」

まったく威厳というものがない。ボウズはおよそ神の輝きから遠い連中にむかって、まるで天気の話でもするようにいった。

みんなは、はあ、と気の抜けたような顔をした。考えられる限り、この世で一番手応えのない答えだ。そんな言葉をありがたがってきくのは、なにごとにも洗脳されやすいメリーぐらいだろう。メリーはアナンが病気になったとたんに念仏を唱え始めたが、その祈り方にはやたら年期がはいっていた。どうやら昔、ある新興宗教にはまっていたらしい。が、未だにメリーが幸薄いホームレスだということは、その宗教がいかさまだという見本じゃないか、とみんなの笑いものになっているくらいだった。

「へ、祈りなんてよ」野々田はいった。「悪いけどヤブ医者の薬よりききそうにないね」

「え？　でも野々田さん、あなたもうとっくに祈ってますよ」ボウズはいった。

「お、俺が？　けっ、笑わせんな」

ボウズはできの悪い生徒を見守るできの悪い先生のように、おどおどとホームレスたちを見回した。

「もう、なんのために自分たちがここで寝てたと思うのかなあ？　いいですか、おおぜいの人がいっぺんに同じことを考えれば、現実を形づくる可能性はすごく高くなるんです。なんでかっていうと、わたしたちは一体だから。そういうのを集合意識っていう……ちょっと、みなさんきいてるんですか？」

話がピューンとわけのわからない方向に飛んでいった。こうなると、ボウズの話は一種の錯乱だ。発作がすむまで適当にクソまじめな顔をつくってやり過ごすしかない。みんながあらぬ方向に視線を泳がせる中、ひとりだけが顔をぴかぴかに輝かせていた。

「ほーら、ぼくがいちゅもいってるでしょ」電波青年は得意そうにいった。「みんな電波でつながってるって」

「それこそてめーの頭のいかれてる証拠だよ」野々田が小さな声でいった。

誰もがなんとかなる、なんとかなる、と自分にいいきかせていた。だが、アナンの高熱は続き、次の日の夕方から急にミルクの飲みが悪くなった。

流は長い間、哺乳瓶を握りしめて格闘した。吸い付きが弱々しく、すぐに離してしまう。これでは中に混ぜてある薬も吸収されない。脱水症状を起こしたらおしまいだ。砂糖水、茶、ジュースと、いろいろ試してみたがどれも受け付けなくなった。さすがの流も生命の危機を感じ、焦り始めた。

「飲めアナン。飲まないと——」

死ぬ。もはやそれを口に出すのも恐い。半開きの唇を哺乳瓶の乳首がすべる。飲まれないまま冷めていくミルク。そのかたわらでボウズは両手を頭に載せ、メリーは手をあわせて目をつぶっていた。ふたりとも飲まず食わずでずっと祈り続けている。

「ボウズ、どうしたらいいんです？　なんとかしてください」流はいった。「お願いです、ボウズ」

追いつめられ、苦しかった。ボウズがきてくれたことで自分をなんとかささえている状態だ。ボウズはおどおどと目を開いた。

「……人って勘ちがいしてるんですよね」ボウズはいった。「愛っていうのは概念じゃなくて、一種のパワーなんです」

ちがう、ボウズ、そんなことといって欲しいんじゃない。アナンが死にかけているというのに、愛なんてきいただけでジンマシンが出てくる——。

「そうじゃなくて、もっと具体的な救いが欲しいんですよ」流はいった。

「愛は具体的ですよ、すごく」ボウズはいっしょうけんめいにいった。

「お言葉ですけど、逆の力もいっぱいありますよ。悪の力、暴力、病気……死の力」

「軟弱に思えても、実は愛が最強なんですよ」

「ボウズ。俺はあなたのことは好きだけど、そんなもん、どっかできいたことのある役にもたたない説教だ」

「じゃあ流さん、なぜアナンといっしょにいるんです？　苦しかったら放棄すればいいのに。ね、いいですか、それが力を持っているという証拠なんです」

「でも、アナンはこうして病気になった。信じられないですよ。ほんとに愛なんかに力があるんだったら……」

そんなことをいうつもりはなかった。だが、崖っぷちにたたされた流は苦しみを吐露するように、激しい言葉をボウズにむかって投げつけていた。

「今、ここで、証拠をみせてくれ。アナンを治してくださいよ。もし治ったら愛でもなんでも信じますから」

ボウズは困ったような顔をして、そろそろと目をつむった。そのまま一分間ほど静止している。ただうたた寝しているのかと思ったら、もう一度目を開けたとき、彼の瞳は潤み、まるで充電したように青くなっていた。

「あの……治せるとしたら」ボウズはいった。「わたしじゃない。あなたたちです」

17

自転車でサウナにむかう道すがら、惣一郎はいつもと気分がちがうことに気づかないふりをしていた。なにかがチクチクと彼をいじめてくる。体ではなく心を。人通りの少なくなった夜道も、空にかかったぼけた月も、なぜかいつもとちがう風景のように見えた。一日の重労働が終わるとサウナにはいり、ゆっくりと疲れをとるのをなによりの楽しみにしていたのに、今夜は別にいきたいところがあるような気がする。

ふっと、小さな顔が目に浮かんだ。大人の手のひらぐらいしかない顔。

アナン。熱はひいたやろか――。

そう思った瞬間、ああけったくそ悪い、と惣一郎は身悶えた。彼がこの世で一番嫌いなのは、いい人だ。例えば、思い切りドロップアウトしているくせにまだ半端な情の残っている、あの流のようには死んでもなりたくなかった。それなのに惣一郎は、赤ん坊を病院に連れていくなんて、まるでいい人みたいなことをしてしまった。その上、まだうじうじとアナンのことを考えている。自分が信じられなかった。

どうかしてしまったんか。あのけったいな黒い目のせいや。でも、あいつこれからどやって生きていくやろ。ああ、なんでそんなことわいが気にするんや、関係ないやん――。

惣一郎はいらだちながらサウナのビルの脇に自転車を停めた。排気口からは白い蒸気が吹き出て、安っぽい入浴剤の匂いが漂ってくる。ネオンの電球は半年も切れたまま、ボロビルにはヒビがはいっていた。だが惣一郎はここを上等な場所だと思っていた。自分には邸宅も、家具も、車もいらない。コインロッカーに詰まるだけの全財産と、こんな適当な寝場所があればそれで生きていける。その他はむしろよけいなものだった。

だが、子供は。子供はどうしても外から守ってやらなくてはならない。病気や、寒さや、犯罪から。それには、壁がいる。表から人を隔て、安心と安全を確保して眠れる場所、つまり住まいというものが。健やかに育つにはどうしても家が必要だった。

それをわかっとんのか、あいつらは――。

自分がアナンを心配しているとは認めたくなかった。憮然として惣一郎が歩き始めたとき、入り口の方で大声がした。惣一郎は慎重に足をとめた。サウナの従業員がなにか怒っているようだが、ヤクザあたりともめているなら、まきこまれたら迷惑だ。

「もう、困るんだよ。俺が怒られるんだからさ」従業員はいっていた。「頼むからもうくるなよ。ウチにはいりたいなら、風呂にはいってからきてくれよな」

ここがその風呂なのに、なにをいっているのか。続いてガシャガシャッと音がして、黒い塊がごろごろと道を転がってきた。惣一郎は自分の足下に横たわったものを見た。

人間だ。持っていたペーパーバッグが弾け、中身のガラクタが道に散乱している。トイレットペーパー、ビニールシート、使い捨てのカップやフォーク、汚れもの。その中に、ボロボロになった着せ替え人形があった。

「あーあーあー」従業員がうんざりしたような声をあげた。「もうたまんねえな、まったく。早く片づけてどっかいけよオバサン。お客さんの邪魔だからさ」

惣一郎は道に倒れてもそもそとしている女を見下ろしていた。震える手がボロ人形をつかむ。惣一郎は昔、道に倒れて誰かの名を呼び続けたことがありますか、という歌をきいて、そんなアホがおるかいなと思った覚えがあるが、今目の前にその実物がいた。

「アナン……」女はうめいていた。「アナン……」

どうしてこう自分はタイミング悪いんやろ、と惣一郎は思った。新年早々なにかにたたられとるんやろか。

惣一郎はギリコを拾ってしまった。

それは真っ暗闇の中であるかなしかの光を必死に求める、勝ち目のない闘いだった。

ホームレスたちは壁にもたれ、あるいは床に転がり、思い思いのポーズで目をつむっていた。傍目からはいつものぐうたらな居眠りにしか見えなかった。だいたいそろいもそろって見るからに力のなさそうな面々だ。病人を治すどころか自分の髪の乱れすら直せない。メリットといえば、他に用事がないから時間を気にしないことぐらいか。はや二時間が経過しようとしていたが、やっぱりなにも起こりそうになかった。

念力で病気の赤ん坊を治す――。もし、このホームレスたちにそんな高度な技が使えたら、あっという間に世界平和がやってくるだろう。苦しいときの神頼みとはまさにこのこと、ボウズの提案はいかにも治療費のない人間の考えそうなことだった。

「や、むずかしく考えないでください。脳の体操みたいなもんですから。この際、宗教なんかきれいさっぱり忘れて」ボウズはいった。「コツはですね、自分のためにじゃなくて誰かのために祈ればいいんです。この場合は、アナンのために」

疑いのブーイングは、『アナンのため』という殺し文句の前に尻すぼみになった。今や、ホームレスたちは半分やけくそで念じていた。お地蔵様のように身動きせず、段ボールハウスの中に耳をすます。まるでアナンの小さな心臓音をたしかめるように。

アア……アナンの苦しげな声がきこえてきた。

「チクショウ」突然、野々田がクワッと目を開け、集中を破った。「こんなことしたって全然ダメじゃねえか、え」

「あきらめないで」ボウズがあわてていった。「疑いは時間と力の無駄使いです」

「けっ、目なんかつむってたらよーく考えちまったぜ。そんなにホイホイ願いがかかなえられるんだったら、俺たちこんなとこにいねえじゃねえか。みろ、俺たちは世間からゴミだと思われてる最低の人間だぞ」

「やれやれ野々田さん、あなたはもう」ボウズは困ったようにいった。「どれだけ愚痴にエネルギーを消耗したら気がすむんですか？　もう飽きたんなら、他の人の邪魔だからどこかへいってってください」

「なんだとお、このクソボウズ」

「だいたい、いつまでそうやって逃げているつもりですか？　亡霊から逃げるために酒を飲んでるようですけど、いいですか、酒を飲むからオバケが出てくるのです」

野々田はさっと青ざめた。それこそ亡霊を見たように。

「な、なんだと？」野々田はかすれた声でいった。「なんでボウズが……？」

ボウズは困ったような目で野々田を見つめている。そのやりとりをはたで見て、みんなは心の中でおののいた。そらみろ、やっぱりボウズにはなんか力があるんだ。第六感とか透視とかいう不思議な力が。ちっともあるようには見えないけど。このアホらしい祈りも無駄じゃないかも……。

「ボウズ……」

そのとき、目の周りにクマをつくった流が、アナンを抱いて段ボールハウスからはい出てきた。自分の心臓がえぐられているような顔をしている。今まで他人に無関心、無頓着、無神経だった者たちが我先にとかけより、一斉に赤ん坊をのぞきこんだ。

「で、電波が弱くなってましゅ」電波青年が息をのんだ。

赤ん坊の顔色はおそろしいほど悪かった。唇が乾いている。眠っているというより、もはや昏睡状態に近いように見えた。

「熱がさがらない。なにも飲まない」流はかすれた声でいった。「ダメだ。もうこうなったら救急車を呼ぶしか——」

「なんだって」野々田が頭をかきむしった。「おい、どうしてダメなんだ？　俺、なんでもする。アナンが治ったら二度と酒飲まねえよぉ」

危機的状況の中で、ボウズは耐えるようにじっと立っていた。ホームレスたちの無言の非難と怒りにさらされて。ここでもしアナンになにかあったら、明日から愛なんかケチョンケチョンだ。流はボウズの顔にはっきりと苦悩の表情を見た。

もしかしてボウズも疑いがあるのか。迷いがあるのか。頼むよボウズ、もっと自信満々でいてくれ。もし、ここでアナンが死んだら、俺はこの世への憎しみしか残らないだろう。憎んで、憎んで、そしてまた、戻っていくだろう。バラバラの無気力な世界へ。ナオオ。灰色の殻にこもって——。

ナオオ。そのとき突然、猫のバケツが鳴き出した。ナオオ、ナオオォ……。

喉に力をいれた、遠吠えのような声だ。まるで逝ってしまう者を追うような、嫌な鳴き方。みんながはっとバケツをふりむいた。アナンの熱騒ぎで存在を忘れていたが、そういえば小猫はずっとホームレスたちにぴったりくっついていた。エサも食べず、眠りもせずに。その寝不足のツリ目がじっと通りのむこうをにらんでいる。

「電波だ」電波青年が頭をおさえた。「へ、変な電波を感じるでしゅ」

ボウズがカッと目を見開いた。彼はこのときを待っていたのだ。

「……く、くる」ボウズはいった。

ホームレスたちはおののいた。いったいなにがくるのか。救いの神か、死に神か。そして彼らは見た。角を曲がってくる、ちんちくりんの鬼を。ぎろりとむいた目、太い唇。バサバサの髪をふり乱してのっしのっしと歩いてくる。その後ろに仏頂面の惣一郎を従えて。それは、とても愛の天使には見えなかった。

「あれが」野々田はつぶやいた。「俺たちのシュウゴウイシキが呼び寄せたもんか?」

「ギ、ギリコ」流は腰を抜かしそうになった。

そのとおり、ギリコだった。あのドレッドヘア化していた髪が、今はばっさばっさと背中になびいている。とうとう洗ったのだ。きっとシャンプーをまるまる二、三本消費したにちがいない。しかし清潔になったギリコは垢抜けたというより垢むけ、人間らしさをとり戻すどころかますます山ん婆そっくりになっていた。

それにしても、祈りに祈った結果やってきたものが、ギリコ&惣一郎とは。これではまったく頼りになりそうにない。

「やあ、ほんまにまいったわ」惣一郎がいった。「このオバハンがアナンアナンてわめくもんで。ほんなら連れてきたろと思ったら、その前にどーしても風呂にはいるゆうてきかんねん」

「風呂?」電波青年がいった。「しょれで、どうしたの?」

「ぼうや、世の中っちゅうのは金がものをいうとこなんや……で、アナンの具合はどないやねん」

さりげなくいったが、実は惣一郎がギリコを口実にしてそれをたしかめにきたことは明白だった。流は抱いていたアナンを、なぜか必死にギリコに見せていた。

「ギリコ、アナンが――」その後はもう、言葉にならなかった。

思い起こせば、あの雪の夜に捨て子を拾って以来、二人はいっしょうけんめい子育てをした仲だった。夫婦なんてとんでもないし、男と女としてもぞっとするが、ギリコとはいわば戦友のようなものだ。たしかに怒鳴りつけたこともあった。傷つけあったこともあった。はっきりいってかなり迷惑もしたし、結局、ギリコの脳の調子が悪くて別れてしまった。だが、こうしてまた病気のアナンを前にして二人の思いがまったく一致しないといえば、嘘になる。

ギリコはアナンをのぞきこみ、ウウ……と喉の奥で動物的なうなりをあげた。一目で窮地を察したようだ。流は山ん婆の目に母性の灯火が宿るのを見た。もしかしたら。この女がアナンを助けてくれるのかもしれない。一度あることが二度あるのか。だったら、いったいどうやって――？。

ぶるん。ギリコはいきなり乳房を出した。ああ、バカのひとつ覚え。真っ白な、前よりもひと回り大きくなった山がふたつ、ホームレスたちとボウズの前におしげもなくさらされる。おお、と男たちが声をあげ、あとずさりした。

「だめだ。それじゃダメなんだ、ギリコ」流はがっくりしていった。

なにも飲まないアナンには意味がない。もうそんな乳房じゃどうしようもないんだ。やっぱりあのとき助けられたのは、ただの偶然だったんだ――。

そのとき、ギリコが左の乳房に両手をあてた。いったいどうするつもりなのか。みんなの怯えの交じった注目の中で、彼女は乳房をぐいっとしぼるように揉んだ。

シュン。白い噴水があがった。まるで牛乳をいれた水鉄砲のように。全員が口をぽかんと開けた。ギリコの乳首から白い液体が吹き出している。

「ぼ、母乳じゃあ」メリーは叫んだ。「そ、そんなバカな。赤ん坊も産んでいないのに――」

「オロロロ……」ギリコの口から状況を見極めない優しいあやし声が響いた。

その目は、その愛はひたむきにアナンだけにそそがれている。ギリコは脱水症状を起こしかけている赤ん坊を横抱きにし、母乳のしたたる乳首をおしつけた。それこそ、聖母のように。いかれた頭はあるときにはどうしようもないが、あるときには現実をあっさり創り変える。そのときのギリコは想像上では子供を産んだばかりの女だった。

アナンの口が小さく開いた。薄い意識の中で、死にかけた唇が、この世で最初にくわえた形を覚えていた。

ちゅるん、乳首が口におさまった。母乳。その得体の知れない液体がアナンの体に吸いこまれていく。

「うわあ……」電波青年が声にならない声をあげた。

流は呆然としてその光景をながめていた。飲んでいる、たしかに。飲んでいる。だが、母乳は薬でもなんでもない。

まだアナンは助かると決まったわけじゃない。アナンは病気なんだ。病気は治したくても治らない、自分ではどうしようもない、病気なんだよ——。

そう思ったとたん、胸の底がズンと痛んだ。今、なにかを思い出しそうになった。息が苦しい。だが、アナンから目が離せない。意識がひき寄せられていく。乳を飲む小さな口元。小さな鼓動。胸になにかが詰まっている。流の世界がぐらりと揺れた。

その瞬間、境がなくなった。自分とアナンの。ぬるり。口の中で母乳の味がする。まるで自分が飲んでいるかのように。一体感。だがそれは、どこか病的な感触だった。流は震える手で両耳をふさいでいた。

ここはどこだ。恐い。自分がなくなりそうで。ダメだ、戻れ。早く——。

ヒルヒルヒル……。突然、流の内側に風の音が響いた。その凍りつく風にハッと意識が戻る。ぶれていた世界が焦点をむすび、アナンが対象化した。流は胸のつかえを吐き出すように激しく咳こんだ。

「ゲホッ、ゲホゲホッ」

そのとき、アナンが同時にむせた。強い咳で小さな体がはねあがる。母乳の出がよすぎて喉に詰まったのか。

「コホッ、コホッ、コホッ」

と、それまで存在をすっかり忘れられ、ことの成りゆきを見守っていたボウズがすっと動いた。なにを思ったか、咳きこむアナンの胸元にあわてて右手をさし出す。

ゴボーッ。アナンは白い液体を吐いた。ボウズの水平にかざした手の上に。それだけではなく、なにか小さな物を。流は青白い顔で胸を押さえていた。まるで、自分がそれを吐き出したように。丸い、小さな、青い物が光っているのが見えた。

ビーズ？　それとも宝石か——？

「な、なんだこりゃあ？」野々田が声をあげた。

ボウズは乳にまみれた物体をつまみあげ、蛍光灯の光にかざした。その指先の震えが物語っているのは、彼の感動なのか、感謝なのか。

それは、きらきらと光る、正体不明の青い石だった。

18

赤ちゃんニコニコ今日もシアワセ、プリプリおしりにサラサラタッチ……。

春のようにのどかな午後、ほころびかけた公園の梅を一枝手折り、電波青年が紙オムツのCMソングを歌いながらアナンの見舞いにやってきた。段ボールハウスの周囲にはホームレスたちがぞろりと壁にもたれ、冬眠中のカメのようにじっと目を閉じている。みんな本気で頭を回転させたおかげで脳が摩滅してしまったのか、一日中寝たきりだ。あたりにはガーガー、ギリギリ、イビキと歯ぎしりの重奏が響いていた。

「はいアナン。どーじょ」

電波青年はひょいと赤い梅を差し出した。段ボールハウスの中にたちまち芳香が漂う。布団に寝かされていたアナンは鮮やかな赤を目で追い、アーと天使の声をあげた。

ああ、これ以上の幸せは考えられましぇん――。

電波青年はうっとりと生きて動いている赤ん坊を見つめた。少しやつれてしまったが、もうすっかり回復している。黒い目はあの輝きをとり戻しかけていた。そのかたわらでは、精力をすっかり吸いとられた流がミイラのようにくたばっている。隅ではギリコが牢名主のように腕を組み、耳障りな歯ぎしりをしながら眠りこけていた。

「ねえねえ、流」電波青年は寝ている流の鼻の穴に梅の枝をつっこんだ。「ねえねえ、アナンはいちゅあんな石食べたの？」

「うるさいな、もう……」流は目をつむったまま|いった。「食べたんじゃないだろ」

「え？　じゃ、誰かがお口にちゅっこんだの？」

流はやっとのことで薄目を開けた。目の前に、好奇心で顔をぴっかぴかにした電波青年がしゃがみこんでいる。

「そうじゃなくて……俺は、アナンの体の中でできたんだと思うけどな」

「じゃ、なんでそんなものできたの？」電波青年の質問は止まらない。

流はしかたなく、あくびをしながら起きあがった。アナンがその動きを追って、目があうとにっこり笑う。流は思わず顔をほころばせて小さな頰に触った。熱はまったくない。あの青い石を吐いたとたん、熱いコーヒーが冷めるより早く下がってしまったのだった。

「そんなことわかるわけないだろ、俺に。でもほら、胆石って病気があるじゃないか。あれは白い石が体にたまるんだ」

流はごそごそとズボンのポケットを探った。コロン、と手の平に青い石が転がり出る。電波青年はアナンの体が製造した光る石をしげしげと見つめた。

「でもこれ、青いでしゅよ」

「ああ、見たことないな」

「ねえこの石、いい石？　それとも悪い石？」

「はあ？　いいも悪いもないだろ、石に」

「でも、このせいで病気になったんだから……悪い石でしゅ」

流はじっと石の不思議な輝きを見つめた。サファイヤのようなブルー。なんとなく青い龍の夢を思い出すが、関係があるのだろうか。しかし、理由はわからないが、彼はこの石のおかげでアナンが死にかけたのではなく、逆に命を救われたような気がした。

この石は大事にしまっておこう。あの赤いタイルのかけらといっしょに。どちらも謎に包まれたまま——。

「ねえねえ、じゃあさ」電波青年の質問はとどまるところを知らない。「昨日のことは、ほんとに愛のしょーこだと思う？」

「ちっ、んなもん偶然に決まってんだろ、バーカ」いきなり後ろから野々田の声がした。「くだらねえこといってると、青い石がヘソに詰まって死ぬぞ」

見れば、汚いヒゲ面が入り口からのぞいている。そのガラ声でギリコがふっと目を開け、ブアーとのびをした。その胸元でたぷんたぷんと揺れる巨乳を、男たちは気味悪そうにながめた。

「え、ぼくたちの愛の電波が通じたんじゃないの？」電波青年がいった。

「バカは恥ずかしいことを平気でいうな。おめえさ、リセー的に考えてみろよ。なんで俺たちの念力があんなクソババア呼ぶんだ？　だいたいおっぱいなんか病気治す力もないだろ。喉に詰まっていた石が、たまたま乳飲んで咳してとれただけのことよ」

「じゃ、ボウズがいったことは……？」

「要するに、でたらめさ。けっ」

「あの、わたしを呼びましたか？」後ろから気の弱そうな声が響いた。

ウエッと野々田が首をすくめた。亡霊のことを指摘されて以来、彼はボウズと目をあわせられない。ボウズはいつのまにか段ボールハウスの外に立っていて、歩いてくるところは見なかったから、忍者のように壁に隠れてきいていたのかもしれない。

「お気持ちはわかりますけど……偶然て、ほんとにないんです」ボウズはいった。

「あればドラマチックなんですけどねえ。物事と物事の距離が離れてて、まるでつながりがないように見える錯覚を、偶然て呼ぶんです」

「はいはい、へー、そうですか」野々田は鼻をほじりながらいった。

「もちろん、昨夜のことは母乳だけが治したんじゃありませんよ。アナンには治す力が必要で、あなたたちの力は風船みたいにパンパンにふくらんでました。で、そのパワーがギリコさんを呼び寄せて、おっぱいという形でアナンに力をそそいだんです」

「俺たちの力……？」流はいった。

「わたしがいえばいうほど、あなたたちが疑う力のことですよ」ボウズはちょっとすねたようにいった。

誰も答えない。代わりにアナンがアア、と声をあげた。アア、アア、アア……。ホームレスたちはひき寄せられるようにアナンを見つめた。ボウズの言葉はわからないが、胸の中心からゆっくりと広がっていく熱い感触は、たしかに幻ではない。アナンの世界一かわいい声をききつけ、他のホームレスたちも顔を出したが、ギリコがいそいそと胸元を開くとあわててまた首をひっこめた。

「ねえねえ」電波青年がこしょこしょといった。「じゃ、なんでおっぱい出たの？」

「それは」流は乳をやっているギリコを横目で見た。「ほら、想像妊娠ていうのは本当に腹がふくらむよな。だったら、母乳ぐらい出てもおかしくない。ギリコは今、幻想の世界にいるだろ。他の誰にも見えない赤ちゃんを見てるんじゃないかな」

「なるほど」電波青年はウンウンとうなずいた。

「もう、そういうことは信じてくれるのに……」ボウズは悔しそうにため息をついた。「まあ、あとは自分たちでなんとか乗り越えていけるでしょう」

喉元過ぎればなんとやら状態のホームレスたちは、もう理屈なんかどうでもよかった。とりあえずアナンが生きていてくれれば。すばらしい、ありがたい、ああ幸せだ。

やっぱり、誰も自分たちがアナンを助けたとは思っていなかった。

惣一郎は今日もせっせと労働にいそしんでいた。

このところ、なんとなく客と無駄話をする気分にならず、二、三日『まいど』以外の言葉を発していなかった。ワーカホリックという言葉が輸入されて以来、昔ならほめられた働き者も病気にされてしまったが、彼もその仲間かもしれない。そんな惣一郎がまた、なにかにとり憑かれたように働いている。

あまりよけいなことを考えたくないのだ、と惣一郎はわかっていた。これまでの自分の一匹狼スタイルを崩したくない。群れることが気色悪い。幼いときから路上で生きてきたため、どうしても世間がアホに見えて、今さら堅苦しい社会にとけこむ気はなかった。かといって、崩れ過ぎたホームレスたちは仲間とは思いたくない。ついハプニング的にアナンや流やギリコと関わってしまったが、あのホームレスたちと仲良くするのはまっぴらだった。ひとりでいる、それが一番いい。頑固な性格が親から受け継いだものなのか、今となってはそれもわからなかった。

惣一郎はいつものように順繰りに公園のゴミ箱をのぞいていった。拾うのは売り物になる雑誌だけで、金に困らなくなってからは拾った物は絶対口にしない。それは健康ばかりでなくプライドを保つための鉄則だった。

わいは、あいつらとはちゃう。あんなボロッカスの負け犬らとは――。

ぬるり。真新しい週刊誌をつかんだ手がすべった。惣一郎はちょっと顔をしかめた。注意しているはずが、アイスクリームかなんかに触ってしまったか。彼はポケットからもらい物のポケットティシュをとり出しながら、自分の指を見た。

パッと赤い色が目に飛び込んできた。指先が赤く染まっている。見れば、ゴミ箱のふちにもぽつぽつと黒っぽい赤がついていた。一目でペンキでないとわかる液体。

血だ――。

惣一郎は冷静を保ちながらゴミ箱をのぞきこんだ。雑誌の下、底の方に新聞紙が広がっている。印刷された女優の顔に血の染みが浮き出ていた。

その下に、なにかがある。

そういえばつい最近、都内の公園のゴミ箱からバラバラ死体がみつかったばかりだった。ここで情けない声を発したらおしまいだ。悲鳴が恐怖を呼んでくる。さすがの惣一郎もしばらくそのまま凍りついていた。

ヤバい。なんでこう次々と妙なものに遭遇してしまうんや。わいもヤキが回ったか。こんなところを目撃されたらたいへんや、疑われるで。わいは住民票も家族もアリバイもない人間や。とっととこないヤバいとこから立ち去らんと――。

そう思いつつ、彼の手はそろそろと新聞紙にのびていた。どうしても確かめずにはいられない。その下になにがあるかを。

わいはアホや、なんちゅう因果な性分や――。

バッ。惣一郎は歯をくいしばって新聞紙をめくった。

段ボールハウスの周りで奇妙な物をみつけたのは、小猫のバケツだった。フギャ、とへんな声でひと声鳴いたかと思ったら、あわてて水をガブ飲みしている。流はバケツが鼻を近づけていたものを見た。

白い紙に砂のような物が円錐形に盛ってある。なんだろうと目を近づけたところへ電波青年がわりこんできて、あっという間にぺろんと口にいれてしまった。

「あ、こら」流は驚いていった。「ど、毒だったらどうするんだ」

「うぐぐ」電波青年は口をゆがめた。

流は自分が毒を飲んだように青ざめた。まさか、ホームレス毒殺事件か――。

「しょっぱい」電波青年はけろりとしていった。「これ、お塩でしゅ」

「ああ、なんだ盛り塩か。びっくりさせるなよ。誰がいつ、こんなところに……」

見回すと邪気よけの盛り塩は、あっちにひとつこっちにひとつ、流の段ボールハウスを囲むように置かれていた。

ボウズだ、と流は察した。修行なのかなんなのかわからないが、ボウズには独断と偏見による仕事のようなものがあるらしい。今回そのメインイベントは、死んだ神宮寺を見送ることと、アナンの病気治療だった。だが、噂ではボウズは要所に塩をまいたり、壁をにらんだり、わけのわからない呪文を唱えたりしているという。しかし、こんなことは本人に面とむかっていえないが、あまり効きそうになかった。

「あ、ボウズ」電波青年がぴんときたように顔をあげた。「もういっちゃったんでしゅね」

くるときと同じように、ボウズの出立《しゅったつ》の時はある日突然やってくる。誰にも別れを告げず、まさに煙のように消えてしまうのが常だった。いつもなら誰も気にしない。だが、流は嫌な予感がした。

盛り塩を置き土産にしてか？　そういえばボウズ、あとは自分たちでなんとかとかいってた――。

「おーい、流のおっさん」どこからか男の声がした。

ふりむいた流は、地下通路を手をふりふりやってくる惣一郎を意外なもののように見た。いつからあんなに愛想がよくなったのか。それに、なんだかいい匂いもする。ギリコがくんくん鼻を鳴らしながら段ボールハウスから顔を出してきた。こうしておいしそうな匂いを嗅げるのも、ギリコが入浴して悪臭の元を断ってくれたおかげだ。

「ほい、みやげや」

惣一郎はそっぽをむきながら、電波青年にヤキイモとネット入りのミカンを差し出してきた。ドケチかと思っていたが、性格を変えたのか。

「わーい、ヤキイモでしゅ」電波青年はころりと買収された。「ありがとー」

「……繊維質」ギリコは顔を輝かせた。

どうやら乳の出がよくなるものらしい。三人はいそいそとイモを受けとると、ちょうどいいところにあった盛り塩をパラパラかけてかぶりついた。惣一郎へのお礼なら心配いらない。流は彼を中に招きいれ、アナンのオムツ交換シーンを特別公開してやった。

ダーダーダー。アナンは布団の上で手足をばたつかせ、ご機嫌な声をあげた。熱でどこかの回路が開いたのか、急に運動が活発になったようだ。オムツをかえようとする流の手をけとばし、陸にあがったイカのように上へ上へとずりあがっていく。

「あ、そうや」惣一郎は思いついたようにいった。「赤ん坊はミカン、食えへん?」ギリコはイモをほおばりながら、『よろしい』と許可を与えるようにうなずいた。

「ほお、もう食えるんか。それは知らなんだなあ」とかなんとかいいながら、惣一郎はいそいそとミカンをむき、そっとひとふさをアナンにふくませた。

チュクチュクチュク……。音をたてて汁をすするアナンの、その愛らしいこと。惣一郎はメガネの奥で目を細め、オレンジ色の濡れた唇にみとれている。流はそのそばで笑いをこらえるのに必死だった。

やっぱりこの男、アナンに会いにきたんだ。かわいいやつじゃないか――。

「そうゆうたら」惣一郎はアナンの口を几帳面にティッシュでふきながらいった。

「アナンはちゃんと風呂にいれとるんか？」

「……生まれてこのかた、はいったことない」流はいった。

「げげっ」惣一郎はのけぞった。

「でも、ちっとも汚くならないんだ。寒くて汗かかないからだろ」

流は鼻を寄せてアナンの匂いをかいだ。甘いミルクの香りがするだけで、肌もさらさらしている。赤ん坊はタライで沐浴《もくよく》するのだとメリーがいっていたが、この劣悪な環境でそんなことをしたら風邪をひかせるのがオチだろう。

「アナンもいっぺんちゃんと風呂にいれてやりたいな」流はいった「そうだ、今度は俺たちも頼むよ」

「流のおっさん……あんた、人間変わったみたいやな」惣一郎が気味悪そうにいった。「アナンのおかげか？」

「そっちこそどういう風の吹き回しだ。アナンのファンクラブに登録しにきたのか」

「アホ、ちょっと知らせときたいことがあってな」惣一郎は腐ったミカンでも食べたような顔で流を見た。「さっき公園で、やーなもんみつけてもうたんや」

「なんだ、幸せでもみつけたか」

電波青年もイモを食べながら耳をピクピクさせている。この男に嫌なものといわれても、予測がつかない。むしろ惣一郎にとってこの世は嫌なものばかりではないか。

「……死体や」惣一郎はいった。

「し、死体？」電波青年はイモがはいったままの口をぽかんと開けた。

「……めった刺しにされた、小犬の死体」

流はくらくらしてイモを吐きそうになった。ギリコはなんの反応もない。彼女の脳はだいぶ回復してきたとはいえ、まだベビー関係以外の情報は受け付けないようだった。

「ちょっと見には犬かどうかもわからんくらい、ボロボロやった」惣一郎はいった。

「凶器はハサミや。尻尾が五センチ刻みにちょん切られとったわ」

「シャ、シャドウマンでしゅ」電波青年が脅えた声でいった。「シャドウマンがやったんでしゅよ、ああ。たいへん、み、みんなに知らせなくちゃ」

電波青年はあたふたと立ちあがって出ていこうとしたが、戻ってきてサッとポケットにミカンを二個つっこむと、今度こそあっという間に姿を消した。

「こいつはやっぱ、あんたに知らせといた方がええ思てな」惣一郎はいった。「悪意も病気も、まず弱い者がターゲットになるよって」

ドンドン……イモをたらふく食べたギリコが腹をたたきながら、流と惣一郎を押しのけてあたふたと外に出ていく。もよおしてトイレにでもいくのだろう。ふたりの鼻先でブブッと放屁していった。

「このドアホッ……ほんまにたまらんおばはんやな」

怒ってすわり直しながら、惣一郎はなにげなくアナンを膝に載せた。

「そうかおまえ、警告にきてくれたのか」流はいった。「アナンのために」

「そんなんとちゃうわ」惣一郎がぴしゃりといった。「あのな、わいはゆうたら、アナンの大先輩みたいなもんやろ」

「だいせんぱい？」

「この前ゆうたやないか、わいは捨て子やったて。その先輩の貴重な経験からひとついわしてもらうとな、アナンの環境はきわめて危険や。おやっさん、あんたこないな物騒な世の中でこの子を安全に育てられるんか？　わいにはそうは思えんがな」

俺にもそう思えん、と流は思った。もしもあのシャドウマンがグリズリーのように猛り狂ってアナンを襲ってきたら、たとえこの身を呈しても守りきれる自信はない。

「わいはな、いじめられてようケガしたわ。拾ったもん食っては病気になったし……」惣一郎は遠い目をしていった。「そのたんびに青田に迷惑かけてしもうて」

「青田って……おまえを育てた乞食のじいさんか」

「廃品回収業者で、自称吟遊詩人で、片腕で、おまけに進行性のガンにかかっとる病人やった。そやけどわいは、今でも先生やと思っとる」

親だと思っている、とはいわなかった。そのちがいはなんだろうと流は思った。しかし、なんとなく重い話になっていきそうで、先をうながす気にはならない。惣一郎はアナンをゆらゆら揺すりながら、じっとその目を見つめていた。そしてアナンもおとなしく惣一郎の顔を見あげている。黒い星のような目で。

「流」惣一郎は財布を出していった。「喉渇いたやろ。自販機でお茶買ってきてん」

「俺がいくのか」流はいった。

「アナンはわいがみとったる。わいらは捨て子同士、通じるもんがあるみたいやで」

なぜ素直にアナンとふたりになりたい、とはいえないのか。流は笑いをこらえながらも、またかと驚いていた。この一見クールな惣一郎までがこんなことをいい出すとは。いったいどうしてみんな、アナンとふたりになりたがるのだろう。

「ほな、あっついの頼むで」惣一郎は子供にこづかいをやるように小銭を渡してきた。

完全に除《の》け者にされてしまった。だが、流はおとなしくコインを受けとって表に出ていった。ぶらぶらと立ち去るふりをして、こっそりと裏に回る。

立ちぎきは悪いことかもしれない。だがこの際、アナンの身を守るという大義名分があった。流は段ボールハウスに近づき、そっと耳をそばだてた。


「……親が一酸化炭素中毒で事故死したとき、わいはまだ六歳やった」

惣一郎のぼそぼそいう声がきこえた。思ったとおり、やはり暗くて幸薄い身の上話をしている。きっと神宮寺やギリコやメリーも自分の話をしていたにちがいない。しかし、流にはわからなくなった。なんだってわざわざ赤ん坊にむかってそんなことを？　たしかに赤ん坊は黙ってきいてくれるし、『さあ、そんな暗い話はやめて明るい話題にしましょうよ』とはいわない。だが、内容もさっぱり理解できないではないか。

「生活がきつうて、ボロっちい湯沸かし器とり替えるのケチって、アホな親らはだいじな命なくしたんや。その死体を発見したのは、別の部屋で眠っとったわいやった。朝起きると、ふたりとも台所の床でべろんと寝とった。わいは揺さぶり起こそうとして、もう永遠に目ぇ覚まさへんことに気づいたんや」

ああ、ダメだと流は思った。こんな悲しい話には耐えられない。耳をふさいでしまいたいが、ここまでくるともうふさげない。流はすでに立ちぎきを後悔し始めていた。

「親戚は誰もわいなんかひきとりたがらへんかった。しぶしぶ田舎のおっさんが車に乗せてくれたけど、その道中にその息子らと喧嘩してもうてな。殴りおうて相手の鼻ぺちゃんこや。おっさんは激怒してわいを車からひきずり下ろすと、そのまま道端に置き去りにした。そうやってわいは六歳で孤児の捨て子になってしもうた」

その頃からすでに性格的にひねくれていたのか、と流は思った。かわいそうな子がいい子とは限らない。きっとよっぽどかわいげのないガキだったのだろう。

「そこは山ん中で、自分がどこにおるのかもわからへんかった。しかたなく段ボールの上で寝とったら、廃品回収のおっさんがきてわいを品定めするようにじーっと見つめたんや。そいつが青田やった。わいは迷い犬みたいに後ついてった。青田が警察に届けへんかったんは、今思うとやっぱり寂しかったんやろな」

こんな優しい言葉が彼の口から出てくるとは思わなかった。人の本当の気持ちはわからないものだ。しかし、立ちぎきでもしないとそれを知る機会はめったにない。

「そんで青田はわいを育てるハメになってもうた。そやけど放浪しながらガキひとり食わせるのは、並大抵のこととちゃう。しんどいときにも無理に働かんならん。おまけに青田は片腕で、病気やった。ひとりで生きてく方がずっと楽なのに、わいをふり払えんと、自分の子でもないわいのために苦労して……おかげで早死にしたんや」

流はどきん、とした。青田の立場は今の流に限りなく近い。といっても自分はアナンのためにちっとも働いていないし、おまけに死にたがりだが。

「ホームレスいうても、青田は詩を書きながら全国を放浪しとる変わりもんでな。わいを育てながらいろんなこと教えてくれよった。漢字、計算、自然科学、性教育……教科書は古新聞や雑誌や。おかげで役にもたたへんことは覚えずにすんだ。そや、心の自由も教えてくれたな。世間からはみ出てしまうんやったら、無理にあわせんでええて」

流はいつしか惣一郎の身の上話にひきこまれていた。血のつながりのない男と子供が旅をしていく様を想像してみる。たいへんそうだが、悪くはない光景だ。

「青田の作った詩は、心の芯がグッと押されるような詩やった。生活はみじめやったけど、先生の詩が豊かにしてくれた。そやけど、青田は詩を紙に書かへんだ。廃屋にペンキで書いたり、樹や石に彫りつけたりしとった。自分の詩は本屋よりも自然の中にあるべきやゆうてな。わいはそれ読んで泣いとる女を見かけたことがある」

そういうところが親というより先生という理由だろう、と流は悟った。生活面だけでなく、師として尊敬のできる才能があったのだ。

「わいはそんな青田のお荷物やということに、いっつも傷ついとった。かといってひとりで生きてくことはできん。青田が好きや、ついていきたい。わいができるのは青田のなくした片腕の代わりになることぐらいや。いっしょうけんめい廃品回収の仕事を手伝って働いた。そんな生活が六年間続いたんや。ところが十二歳になったある日、わいは腹が痛くて死にそうになった。あかん、盲腸や。青田はわいが死んでしまうと悟ったんやろ。通りかかった葬式にふらふらとはいっていって、香典泥棒を……人間慣れんことするもんやない。たちまちとっ捕まって、留置所にぶちこまれた。青田の訴えをきいて警官が重い腰あげるまでかなり時間があった。やっと見つかったときには、わいは農家の納屋で意識を失って死にかけとった。とっくに盲腸が破裂しとって緊急手術や。三日三晩生死の境をさまよったわ。その間、青田は窃盗と児童保護法違反の罪でとり調べを受けとって、わいは病院でずっと青田を呼んどった。そばにおってほしかった。けど、誰も青田を連れてきてくれへんだ。回復したわいは、青田は刑務所にはいるてきかされた。わいは自分が施設に送られる前に病院を脱走した」

流はいつのまにか両手を握りしめてきいていた。それからどうなったんだ。

「わいは……青田が出てきよるまで三年間、ひとりで待っとった。なんであないな子供にあんなことがでけたんやろなあ。見よう見真似でリヤカーひいて廃品回収して、父親の手伝いしとるて嘘つき通して。そのうちに青田は刑務所から病院に移された。末期ガンや。出てきたときにはもうガリガリに痩せとった。わいはリヤカーに青田を乗せて、好きなところに連れてったるてゆうたんや。そしたら、青田はか細い声でゆうた。『川にいきたい。連れてってくれ』……」

惣一郎の声が途切れた。こんなクールな男が必死に涙をこらえている。あのいつもの冷淡さは、傷ついた人間特有のガードだったのだ。

「青田は……先生は川べりで死によった。遺体は川に流してくれゆうて。先生は死ぬ前に、『死ぬことは別の世界に生き返ること。だから悲しくないんだぞ』てわいにさんざんいいきかせた。けど、やっぱものすごく悲しかったわ。わいは遺言にしたごて死体を流した。わいのために命削って、死んで夜の川を流れていく青田を、わいは追えるところまで追っていった……」

静寂は深く、悲しかった。一枚の段ボールをへだて、流もいつしか涙を流していた。アナンの声はしない。惣一郎の告白をききながら、アナンのあの黒い星の目はなにを見ているのだろう。

「それ以来、ずっと商売商売や。青田の詩を自費出版しよ思うてな。わいはこっそりと詩を書き写しとっといたんや。そやないとなんで青田が生きとったかわからへんやないか。毎日青田が捨てた世間ながめながら働いとったら、ほかのことはみんなアホらしく見えてしょうがなかった。わいはだんだんひねくれて、世間を見下すようになったんや。それでええ思っとった」

そのとおりだ、と流は思った。みんな惣一郎が嫌いだった。傷ついたのはわかるが、それはみんな同じだ。なんにもなくてこんなところに転落してくるバカはいない。神宮寺のように傷を乗り越えて人に優しさを分けた者もいるのだ。

と、惣一郎の声が急にでれっと優しくなった。

「アナン、疲れたんか？　よしよし、お布団でネンネしよ……この前、アナンを病院に連れてったときな。最初は正直、面倒なこと頼まれてしもたと思ったんや。そやけど、病院でおまえを抱いているうちに、ふと気づいたんや。わいは先生のエネルギーを奪い続けたんとちゃう、与えてもおったんやて。わいは思い出したんや。病気になったとき青田は苦い草を煎じて飲ませてくれて、片手でずっと腹をさすってくれた。あのとき、わいは別に盲腸で死んでもよかったんや。青田がちゃんと見とってくれたら。おまえが熱出したときな、あれは入院費をけちったんとちゃうで。もし原因不明の熱で死ぬなら、誰も知らん病院で死ぬよりも、あの汚いやつらに看とってもろた方が幸せなんちゃうかって、そんな気いしたんや」

そうだったのか——流はじんとしびれた頰をさすった。惣一郎の心と同じように角質化した頰を。

「わいな……今、ちょびっとだけやけど先生に届いたような気が——わっ、アナン」

突然、惣一郎が自分の心境を吐露するのをやめ、大声を出した。

「ど、どうしたっ」

流は立ちぎきをしているという自分のあやうい立場も忘れ、急いで中に飛びこんでいった。なにごとか、アナンになにかあったのか——。

「おい、流、なんでそんなとこにおるんや？」惣一郎はいった。

「あ、アナンッ」

見れば、赤ん坊は布団からはみ出して床にうつぶせになっている。流は急いで駆け寄った。と、アナンは亀のようにぐっと首をあげた。流の顔を見てにっこり笑う。

「バカかおまえ」流はきつい声でいった。「なんでこんなとこに寝かせるんだ、バカ」

「ち、ちがうんやそれが……」惣一郎は口ごもった。

と、そのときアナンが目の前でコロンとひっくり返った。ヤキイモのように。自力で横回転して段ボールの壁にぶつかって喜んでいる。流は驚いて声も出なかった。

え？　アナンが動いた？　赤ん坊ってずっと寝てるもんじゃなかったのか……？

「……見たやろ?」惣一郎はいった。「今、アナン寝返りうったで」

19

アナンガネガエリヲウッタ、あなんがねがえりをうった、アナンが寝返りを——。そのめでたい知らせはまたたくまにホームレスネットワークをかけめぐった。たちまち流の寝ぐらにはファンたちが詰めかけ、ぞろりと首をそろえて寝返りの瞬間を待ちかまえた。こうなるとアナンも落ち着いて寝てなんかいられない。

「なんせ俺たち、娯楽が少ないからよ」野々田はいった。「どうだい、ここはひとつお披露目をしちゃ。アナンのファンもぐっと増えるかもしれねえぜ」

そこで人通りのなくなった夜中、アナンのワンマンショーが催されることになった。といっても芸はたったひとつ、寝返りだ。表にしいた敷物の上に着ぶくれしたアナンがそっと寝かされると、ホームレスたちは目を輝かせてまわりをとりかこんだ。コロン。アナンはみごと寝返りをうった。ワアッとわき起こる拍手と声援。まるでバカ親の群れだ。しかし、たかが寝返りでこれほど他人に幸せをふりまけるとは。ホームレスたちの笑うことを忘れていた顔がほころびている。弾むことを忘れていた心がとび跳ねている。

浮上したのだ。おそらくみんな同時に、アナンの病気という苦難を乗り越えて。アナンから生まれた新しいエネルギーは今や、それをとり囲む者たち全員をすっぽり包みこんでいた。

「この次はハイハイだよ」メリーが興奮していった。「それからつたい歩き、たっち、お誕生の頃にはよちよちアンヨ……」

流の顔がだんだん青ざめていった。遅蒔きながらやっと現実が理解されてくる。喜んでいる場合ではない。赤ん坊はずっと寝ているだけでないのだ。当然、これから大きくなるにつれてどんどん行動範囲が広がっていく。段ボールハウスからはみ出るほどに。アナンは籠の鳥でも檻のペットでもないのだ。

「どうするんだ……？」流はつぶやいた「ハイハイならまだなんとかなる。だけど、歩き始めたらおしまいじゃないか。すぐに誰かに見つかってしまう。ああ――」

だが、おめでたい観客たちは、例によって三分先のことも考えていなかった。その中でただひとりだけ、電波青年が目をまん丸くしてアナンを見つめていた。

ビビッとその足りない頭に電波が走った。電波青年の脳は楽観的で、あまり未来というものを考えたことはない。それは生きるがための本能だったかもしれない。だがそのとき、この永遠の少年が感じたのは、悲しい予感のバイブレーションだった。

「流、しょんなに固くならないで、リラックスリラックス」

汗だくで風呂につかる流の耳に、電波少年のアドバイスは届いていなかった。赤ん坊の体はぐにゃぐにゃしてつかまえどころがなく、石鹼のようにつるつるすべる。ちょっと傾くと耳の穴や鼻の穴から湯がはいりそうになるのだ。ガチガチになった流の腕の中で、アナンは手足をバタバタさせてもがく。

「ほおら、こうやって」電波青年は見本をしめした。「片手で後ろからお耳をおしゃえとけばお湯はいらないでしょ。赤ちゃんの体は、ラッコみたいにぽわんと浮くから」

あー。子育てベテラン電波青年の手にゆだねられ、やっとアナンがうっとりした声を出した。赤ちゃん入浴、初体験。流の劣等感にまみれたため息が湯気の中に広がる。電波青年についてきてもらわなかったら、流はアナンを溺死させていたところだった。

三人の赤の他人が仲良くはいっているのは、閉店後のサウナのしまい風呂だった。従業員は惣一郎にあっさり買収され、垢の蓄積したホームレスが掃除の前に湯につかるのを見て見ぬふりをしてくれた。もちろん、惣一郎が流や電波青年のためにこんな慈善をしてくれるわけがない。

すべて、アナンのためだ。今や惣一郎はアナンのスポンサーのようなものだった。

「電波、おまえ、なんでそんなに子育てのこと知ってるんだ?」流はいった。

「やっときいてくれましたね」電波青年はにっこりした。「もちろん、育てたから。ぼく、しゅごく才能があったでしゅよ」

「それって……自分の子か?」

電波青年は黙ってニコニコ笑っている。節電のため明かりを半分消された風呂場の中で、その笑顔にすーっと影が走った。流はそれ以上核心を追及する勇気はなかった。

「じゃあぼく、アナンを洗ってあげましゅよ。流は下手クショだから」

電波少年はアナンを横抱きにして、くるくると頭を洗い始めた。流なら二秒で手をすべらせて落っことしているだろう。あぶく人形になっているアナンを横目で見ながら、流はゴシゴシと自分の体をこすった。たまった垢がたちまち泡を消去し、白いあぶくが出るまで何回も洗わなくてはならない。やっと一皮むけてからのんびりと湯船につかると、気分はもう天国、なぜこんなに長い間風呂にはいらずにいられたのかと不思議になってくる。人間は無気力になると、まずきれいにしようという意欲が失せるのだが、すみずみまで清潔になった今は、なぜ自分はあんなに死にたがったのかと思う。

「お手々をぎゅっと握ってましゅね」電波青年はいった。「これはホラ、小指の方から指をいれると開くんでしゅ」

「うまいなあ」流はいった。「いつもゴミクズとか大事につかんでるんだよ」

「……あれ？」電波青年が洗う手を止め、アナンのモミジのような手に顔を近づけた。「なんでしゅかこれ……お砂？」

流は小さな手のひらを見た。白い泡の中に青いものがきらきら光っている。

「青い砂だ……」流は啞然としていった。

「えー？　アナンこんなもの、どこで拾ったんでしゅかね？」

流はざらざらした青い砂を指でつまんでみた。この前アナンが吐いた青い石、それと同じようなものに見える。

「まさか、この砂、アナンの手の中からわいて出てきたのかな？」流はいった。「そういう奇病、赤ちゃんにあるか？」

「あるわけないでしょ」電波青年はいった。

奇妙な感じだった。原因も意味もわからない。この前とはちがって、アナンは別に体調も悪くないようだった。それとも、なにか大事なことを自分は見落としているのだろうか。流は少したためらったが、アナンの手にザーッと湯をかけた。

青い不思議な砂はきらめきながら、髪の毛で汚れた排水口に吸いこまれていった。

風呂あがりのアナンの肌は、ぴかぴかのピンク色に輝いていた。更衣室にタオルを広げてやると、裸で運動がしやすいのだろう、アナンはすぐにころん、ころんと何度も寝返りをしてみせた。明らかに体を動かすことを喜んでいる。

「天使みたいでしゅ……」電波青年は思わずアナンを抱きあげ、頬ずりした。

腰にタオルだけをまいた電波青年の体は華奢《きゃしゃ》で、ちょっと見ると女の子のようだ。若い母親に抱かれているように見えないこともなかった。

「ぼく、アナンのこと気にいっちゃったんでしゅ。ああ、まじゅいなあ」

「なにがまずいんだ？」流はいった。

「誰かを気にいったら、別れるのヤダでしょ。だからぼく、なーんにも気にいらないって決めたのに。しょれなのに、アナンだけは……」電波青年は寂しそうに唇をかんだ。

アナンの未来のことをいっているんだ、と流は察した。この未熟な脳がそこまで考えられるようになったのも、それだけアナンにいれこんでいる証拠かもしれない。これからどんどん成長していくアナンをどうしたらいいか、流もわからなかった。

「まあ、なんとかなるさ。俺だって、アナンが好きだし」流は照れを隠すようにタオルで頭をふきながら、ついでに励ますつもりでいった。「電波青年、おまえのことだって好きだよ」

ヒュッ。妙な音がした。虫でも飛んでいるのかと顔をあげた流は、電波青年をふりむいて髪が逆立った。

形相が一瞬のうちに変わっていた。頬がビクビクとひきつり、電波青年は呼吸困難を起こしたようにあえいでいる。アナンがその手からこぼれ落ちそうになっていた。

「あ、危ないっ」流はあわてて両手で赤ん坊を受けとめた。

「こ、こ、こないでっ」電波青年は恐怖で目を大きく見開き、流からあとずさった。

「ぼ、ぼ、ぼくにしゃわらないでっ」

あたりに漂っていたシャンプーのジャスミンの香りに、つんとアンモニアの匂いがまじった。流は電波青年がオシッコをもらしたのに気づいた。せっかく久々に洗った足が尿まみれになってしまったでないか。

「どうしたんだ」流は驚いていった。「急に、どうして――」

「やだ、やめて、ヒイイイッ」

電波青年はパニックを起こし、じたばたと逃げようとした。手足の動きが脳についていかない。積みあげてあった洗面器につっこみ、電波青年は転がって倒れた。

ガラガラガラ……。驚いたアナンがアア、アアア、と大声で泣き始める。流はあっけにとられ立ちすくんでいた。ここにはおばけも妖怪もいない。信じられないが、電波青年が恐れているのは人畜無害の流なのだ。

「電波……俺はなにもしないよ。だいじょうぶだ」流は冷静に、なだめるようにいった。「ほら、アナンがおまえを呼んでるよ」

ぺたんと床に座りこんで、電波青年はびくびくとあたりを確かめるように見回していた。人は錯乱したとき、なにも見えなく、なにもきこえなくなることがある。その病的な感触は流も覚えがあった。

「ア、アナン……？」電波青年の耳にアナンの泣き声が届いたのか、泳いでいた目が徐々に現実を映す。「ああ……施設じゃない……よかった」

流はそのつぶやきをしっかりときいていた。電波青年の心に傷を負わせたどこかの施設。そこでいったいなにがあったのか。しばらくすると、彼はアナンに導かれるように近づいてきた。ちらり、とその視線が流の体に走る。流はそのとき、彼の目が局部を盗み見ていることに気づいた。まるで流よりもその部分だけを恐れるように。

「ごめん、アナン」電波青年は泣きながら、震える手でアナンの頭をなでた。「恐い電波、ビリビリきたんだよ……」

アナンは泣きやみ、じっと電波青年を見つめた。黒い目が涙で濡れている。まるで自分が傷ついたように。

「ね、施設だけはダメ……絶対に施設にいかないで、アナン」電波青年はいった。

「ああ、いかないよ」流が代わりに答えた。「絶対にいかないから」

「ごめん、流、お願いだから、ぼくのこと好きなら好きっていわないで。もう二度といわないでくだしゃい……」

細い肩をふるわせて泣いている。その性器は小さく、未発達だった。とても子供を作れる機能があるとは思えない。流はその中性的な体つきを見ながら、電波青年のパニックのわけが想像できるような気がした。

ぞくりとした。同時に激しい怒りを感じる。まるで自分の大事な者を傷つけられたような。それは思いがけない感情だった。

「だいじょうぶだよ」流は静かにいった。

他になぐさめの言葉は思いつかなかった。彼は何度もくり返した。だいじょうぶだよ、電波青年。もうだいじょうぶなんだよ……。

体がすっかり冷えるまでくり返していた。

様子を見にきたふりをして、惣一郎はさっきから湯上がりのアナンの顔にぽーっと見とれていた。頼みもしないのにリンゴジュースを買ってきてくれたが、流と電波青年の分はなかった。

「おい、着替えたらさっさと出てけや」惣一郎はいった。「こっそりと裏口からな」

「おまえってさ」流はいった。「よくよく人に親切にし慣れてないよな」

「よけいなお世話や。誰が金はろたったと思とんのや」

ジュースをもらえなかった電波青年はイーッと歯をむき、アナンを抱いてさっさと更衣室から出ていった。頭は悪いが、立ち直りは人一倍早い。と、そこにまたひとり、悪臭ぷんぷんの人物がやってきた。

「うぃー」野々田はすっかり酔っぱらっていた。「さ、俺様もひと風呂浴びよっと」

「おっさんおっさん、なにボケこいとんのじゃ」惣一郎はいった。「入り口に書いてあるやろ。酔っぱらいはお断りやて」

「いいじゃねえか。けっ、アナンばっかえこひいきしやがってよ。いったい誰がここまで育てたと思ってんだ。俺たちが昼も夜も雨の日も見張りについて苦労して——」

「あわかったわかった、ほな、湯船の中で血管ぶち切れてくたばらんといてや」

野々田は鼻歌を歌いながら薄汚れたパンツをずるりとおろし、ア、と手を止めた。

「そうそう流。俺が出るまでちょっと待ってろよ」野々田はいった。

「なんでだよ?」流はいった。

「や、さっきそこでクソッタレのシャドウマン見かけたから」

「シャ、シャドウマン?」

「陰気な目で通行人にらんでやがってよ。またハサミでもふり回すつもりかね。ま、俺がついてりゃなんにも恐いことは……あれ、そういやアナンと電波はどこだ?」

流と惣一郎は顔を見あわせた。薄暗いサウナの廊下をのぞいてみたが、もう人影は見えない。

「……おーい電波青年？　アナン？」流は呼んでみた。「おーい」

自分の声がうつろに響く。返事も泣き声もきこえなかった。まさか、もう外に出ていったのか。シャドウマンのうろついている恐ろしい街へ。

しまった――。流と惣一郎はまるで息があった者のように、同時に走り出していた。

20

アナンー、アナンー。

あのね、好きっていうのはね、うれしいときもあるし、恐いときもあるんでしゅ。

ぼくはね、アナンがすごく好きになっちゃって、しょれはうれしいけど、もうしゅぐ悲しくなるかもしれない。ぼくバカだから、えいえんのアダルトチャイルドだから。

ぼく、苦しいけど施設から逃げれなかったんでしゅ。教官がいなくなったら生きてけないと思ってたから。だからぼくは我慢してたんでしゅ。でも、教官は我慢できなかった、一日だって。

施設にはぼくみたいな子がいっぱいいて、ぼくは赤ちゃんのお世話してました。赤ちゃんはかわいくて、ぼくは才能があったから、たくしゃん役にたったたんでしゅ。他の先生はみんな優しくしてくれたんだよ。だけど、ぼくは恐い恐い教官のことしか考えれなかった。教官はぼくのことが大好きで、気が狂いそうだったから、ぼくにあんなことを……毎日、ぼくたちはママゴトで遊びました。それからぼくの体を触って、椅子に縛りつけて……教官は好きだ、おまえが好きだって……。

怖かったでしゅ。イヤだったでしゅ。あいつがぼくにしてくること全部。痛くないけど、なのにヤダっていえなくて、悲鳴も手でふさがれて。あいつの声がヤダった、足音も目つきも匂いも手もヤダった、アレもヤダった。

ぼくはいくら食べても太りましぇんでした。門は開いてるけど、ぼくは見えない縄でしばられて、窓は明るいのに暗い暗い牢屋《ろうや》にいるみたい。

しょしたらある日、街で迷子になっちゃったんでしゅ。引率の先生とはぐれて、ぼくは泣きながらぐるぐるそこらじゅう回ったんでしゅ……しょのとき、ピピッと電波がきたんでしゅ。ぼくに、初めての電波が。

このまま、ずっと迷子になりなさい。もう戻らなくていいのです。さあ、いきなさい──。

誰の声かわかんなかったでしゅ、でも、ぼくはいうことききました。まっしゅぐどんどん歩き始めたんでしゅ。何日も寝たり起きたりしながら歩いてったら、だんだん周りが都会になって、ぼくはガードレールの下で眠って、誰かに起こされて目を開けたら、でっかい警官がぼくを見下ろしてた。しょれが牛窪のダンナだったでしゅよ。『おまえ仕事がほしいなら紹介してやるぞ。手数料はたった七割だ。良心的だろ？』じぇんじぇん意味がわからなかったでしゅ。ダンナのくれた仕事は、プラカード持ちとかビラ配りとかポンビキとか……おかげでぼくは死ななかったでしゅ。今日までちゃんと生きてましゅ。元気でしゅ。施設は遠くなって思い出になって、ときどき恐い電波がくることがあるけど。施設じゃないところだったら、どこでも天国でしゅ。でも、アナンがいればもっと天国なんでしゅ。ぼく、死ぬまでいっしょにいたい。でも、やっぱり思い出になるんでしゅか？　いちゅか、ぼくを置いていっちゃう？　だったら……ひとちゅだけ、ぼくのお願いきいてくれましゅか……？

アナンガユクエフメイニナッタ、あなんがゆくえふめいになった、アナンが行方不明に――。

一難去ってまた一難。その恐ろしい知らせはまたたく間にホームレスネットワークをかけ巡った。眠っていたぐうたらたちが飛び起き、酔っぱらいが酒瓶を置く。夜中にもかかわらずホームレスたちは表に飛びだしていった。それぞれのテリトリーをくまなく探索し、赤ん坊の姿を探す。警官も知らない犯罪の起きそうな死角や暗部、秘密の抜け道——彼らは街中に知らない場所はなかった。

「まだ帰らないか」

公園から戻ってきた流は、段ボールハウスの前でうろうろしている情報収集係のメリーに駆け寄った。メリーの手には例によって数珠とアナンの帽子が握られている。

「いないんだよ」メリーは絶望的な顔で報告した。「アナンも電波青年も。シャドウマンの姿を見かけた者もいないそうだ。シャドウマンには段ボールハウスはなくて、いつもひとりで行動してたって。みんな怖がってたから馴染みはいないそうだ。でも、一週間ぐらい前にでっかいハサミをもっているのを見かけたってのがいて……」

飛び散る血。バラバラ死体。凶悪なイメージがどっとよぎりそうになり、流は急いで首を横にふった。そんなことがアナンに起こるなんて考えたくもない。彼はくずれた盛り塩に目をやった。やっぱり食べてしまったのがいけなかったのだろうか。

この世にはいくら幸せになろうとしても、犠牲者になってしまう人間がいる。絶対自分じゃ体験したくない、非業の死を遂げる人間が。それは俺とかアナンみたいなやつなんじゃないか——。

「ああ、どうしよう」メリーはしわくちゃの顔をおおった。「アナンになにかあったら、あたしゃ……ナムナムナムナム」

今、どこで、なにをやっているのか。この瞬間にもアナンは生きているのだろうか。空気はどんよりと重く、秒刻みの時の流れが苦しい。そこへ、すっかり酔いの冷めた野々田が青い顔で戻ってきた。

「ちくしょう、見つからねえや」野々田は吐き捨てるようにいった。「あんとき俺が酔っぱらってなきゃ……アナンになにかあったら、俺は金輪際酒は飲まねえからな」

「なにいってるんだよっ、この世のクズッ」

メリーがピシャリとそのヒゲ面をひっぱたいた。痩せた手の方が痛そうな勢いで。

「な、なにすんでぇ」野々田は驚いていった。

「あんたみたいなアル中、肝硬変にでもなって死んじまいな。酒やめたためしなんかないじゃないか。うだうだいってる暇があったらとっとと探してきな」

「なんだとこのババア、ケッ、ナムナムが通じねえとは、やっぱり神様なんかいねえ証拠じゃねえか」

「やめてくれ、ふたりとも」流はうなるようにいった。「こうなったら、もう……警察に通報するしかない」

「お、おい、流――」野々田は自分が悪いことをしたように顔色を変えた。

「俺、今から110番してくる」

ふたりの制止の声をふりきり、流はもう走り出していた。階段下に並んでいる公衆電話に飛びつく。110番は赤いボタンひとつ、十円のないホームレスでも無料でかけられるようになっていた。これを押したら今度こそおしまいだ。警察にあらいざらい話せば、もしかしたら流は逮捕される可能性すらあるのだ。

アナンがみつかっても、これでお別れだ。だけど、俺はあいつが生きててさえくれれば——。

震える指が運命の赤いボタンに触れた。押したらその瞬間、頭が爆発してしまうかもしれない。迷いをふりきって力をこめようとしたそのとき、頭上からタカタカと足音がきこえてきた。

夜中でも元気のいい、きき慣れた足音。流はハッとして階段を見あげた。穴の開いたぶかぶかのジョギングシューズをはいた足が駆け下りてくる。そして、もっこりと胸元のふくらんだコートが見えた。

「電波っ」流は叫んだ「アナンーッ」

流は転がるように駆け寄り、無我夢中で電波青年のコートの中からアナンをもぎとった。顔がある、手もあるし指も五本ある、足がある、生きている、ああ——。

流は赤ん坊の体に顔をうずめ、そのままへなへなと道にへたりこんでしまった。叫び声をききつけてメリーが、野々田が、あたりにいた他のホームレスたちがわらわらと集まってくる。安堵の声がわき起こった。アナンを囲んで無事を喜びあっている仲間たちのそばで、電波青年は遠足ではぐれた子供のように立っていた。

「やい、このバカ電波」野々田が怒りをぶちまけた。「どこいってたんだ。え？」

「ゴメンナシャーイ」電波青年はワッと泣き出した。「ぼ、ぼく、これとってきただけでしゅよぉ」

電波青年は数枚の紙のようなものをさし出した。ホームレスたちはなんだなんだとのぞきこんだ。ハートマークの中のアナンと電波青年、ネコの顔になったアナン、天使の羽をつけたアナン……。

「プ、プリクラだ」メリーがいった。

「か、かわいいじゃねえか」野々田が目を輝かせていった。「俺にも一枚よこせ」

「ワーン、あげるから許して」電波青年は泣きながらプリクラを配った。

わーっとホームレスたちが手を出し、我先にと写真をつかんだ。たちまちそこここでこぜりあいが始まる。スター並みの大人気だ。

「電波青年、そのプリクラのお金はどうしたんだ？」流はいった。

「駅の切符売り場で忘れたお釣りとか……ぼく、アナンの写真がどうしても欲しくて。ごめんなしゃい」

「それにしちゃ、やけに遅かったな」

流の腕の中でアナンはすでにうとうとと眠りかけている。彼は小さな額にそっと触った。熱はないが、少し疲れているように見えた。

「ぼ、ぼくお話しただけでしゅよ」電波青年はいった。「しょしたら、ちょっと長くなっちゃって……」

「施設の話か？　なんでアナンに話すんだ？　俺にはわからん。どうしてみんな自分のことをアナンに話したがるんだ。教えてくれ」

今までたまりにたまっていた疑問の袋詰めが、むかつきに穴をあけられて噴出した。流の質問にピクリとメリーが反応する。まるでアナン教の信者のようにホームレスたちがアナンに告白する、この奇行を電波少年はいったいどう説明してくれるのか。

「だってアナンは……」電波青年はぽろぽろと震えるように涙を流した。

それは子供の激しい嗚咽ではない。つたない言葉にはできないものを、電波青年はなんとか口にしようとしていた。

「アナンは……吸いこんでくれるんだもん」

はあ？　――流はぽかんと口を開けた。掃除機じゃあるまいし、アナンのどこがどうやって話を吸いこむというのか？　だったらたまったゴミはどうするのだ――？

「じゃ、メリーは？」流は質問の矛先を変えた。「どうしてなんだ、ばあさん？」

メリーは困ったように下をむく。何度もたずねると、うるさそうに背をむけていってしまった。その曲がった背中には『あんたにはわからないよ』と書いてある。全然納得がいかないまま、流は憮然と立ちつくしていた。

アナンの捜索はとっくに打ち切られ、ごほうびにプリクラをもらった捜索隊がばらばらと解散していく。と、そこへ、ギリコがふらふらと階段を下りてきた。おそらく今まで必死にアナンを探していたのだろう。乱れた髪には枯れ葉がくっついている。

「あ、ギリコ」流は見あげていった。「ほら、アナンが帰ってきたんだ、無事にちゃんと——」

「……ギリギリ」ギリコの口から虫のような声がもれた。

流は立ちすくんだ。ギリコの血走った目は暗く淀み、現実をちゃんと映していない。また精神のタガが外れかけている。流はギリコが手になにかを持っているのに気づいた。

「ギリギリ、ギリギリ……」

不気味な声にあわせて階段を下りながら、ギリコの手からふっと力が抜ける。小さなものが弾みながら階段を落ちてきて、流の足下で止まった。

そして、流は見た。見覚えのあるキャラメル色のシマシマ模様を。柔らかい毛のかたまり。それは五センチに刻まれて、血がべっとりとついていた。

バケツの尻尾だった。

21

目に見えない黒雲が街にたれこめ始めていた。

惣一郎は付近のゴミ箱に注意をはらい、流はギリコが尻尾を拾ったらしい公園付近を徹底的に探した。だが、バケツの死体はついに見つからなかった。小さな猫の死体などいくらでも埋めることができるし、バラバラ殺人事件じゃないがトイレにだって流せる。現にバケツは帰ってこない。流はもはやその死を認めないわけにはいかなかった。

動物は人間よりも早く危険を察知する能力をもっている。そのために、かわいがられているペットは飼い主に先立って危害を受けてしまうことがあるという。あの夜、おそらくバケツはアナンの身代わりになったのだ。望むと望まないとにかかわらず、アナンの命を守ってくれたのだ……流はそう考えずにはいられなかった。

でも、まだシャドウマンはこの街にいる。やっぱりここは危険なんだ。こんなとこにアナンがいちゃいけないのかもしれない――。

バケツの死という頭が殴られるようなショックを境にして、流に今までとちがう発想が起こり始めた。アナンをもっと安全なところへ移さなくてはならない。だが、いったい誰が、どこへ。珍しくというより初めて前むきになった思考は、そこでたちまち行き止まりにぶち当たる。そうするにはまず、先立つものが必要だった。

　金を作るには働くしかない。そんなマトモなことが果たして自分にできるだろうか。できたとしても、まとまった額になるまでどのくらいかかるだろう。アナンはもう寝返りがうまくなり、もうすぐハイハイが始まりそうだ。だいたいそれまで無事でいられるだろうか……。

　考えがいっこうに進まないまま、流はひとりでアナンにミルクをやっていた。バケツの尻尾なんか拾ってしまったギリコは、また脳の調子が悪くなり、人通りの少ない場所に段ボールハウスを建ててひきこもっていた。満腹になったアナンが首を横にむけ、ポンと乳首を離す。そのとき、耳のところにちらりと青いものが見えた。

　なんだ——流は目を近づけた。錯覚ではない、耳の上の毛がひと房、青くなっている。まるで美容室で流行りのメッシュをいれたように。流は柔らかい空色の毛をこすってみた。塗料がついているのではない。根元からしっかり青い毛がはえてきていた。まるであの青い石が蜘蛛の糸になったように。

　また青い物質だ。なんだこれは、病気か？　アナンの体はいったいどうなってる？　体内に青い色素が異常に増えているのか。そうだ、あの最初の石と比べてみよう。えぇと、たしかあの赤いタイルといっしょに布袋にいれて——。

流は積みあげられた自分の持ち物を見回した。そういえば、いつのまにか荷物がきちんと整理されている。ぐちゃぐちゃに積まれていたアナンの服がたたまれ、ものがとり出しやすくなっていた。全然気づかなかったが、床も掃除されていた。

流はあちこちのバッグをのぞきこんだ。あんまりきれいになったため、なにがどこにあるのかさっぱりわからない。しばらくごそごそして、やっとのことで青い石をいれた布袋を見つけた。記憶を失ったホームレスにだってなくしてはいけないものがあるのだ。ほっと息をついたのも束の間、流はまだなにか思い出さなくてはならないものがあるような気がした。

なんだっけ……？　流は首をひねった。このところ人生に起こる事件の数がどっと増え、記憶の容量がついていかない。いつか、なにかを見つけようと思って、そのままになっていたような気がする。バッグの山の中に転がった、小さな物……。

そうだ、鍵だ。神宮寺の残したコインロッカーの鍵。たいへんだ――。

「あ、流」メリーがひょいと顔を出した。「留守の間にあたし、掃除しといてやったよ。ま、お礼ならいいっていいって」

「よ、よけいなことを」流は留守中に親に個室を掃除された思春期の少年のようにうめいた。「こ、ここらへんに鍵があっただろ？　コインロッカーの鍵」

「はあ、鍵？」メリーは頭をコンコンとたたいた。「ここんとこ物忘れがひどくて」

「床をはいただろ。そのゴミはどうした？」

「ああ、ゴミなんかいっぱい出たさ。もうゴミぐらい捨てなさいよ、自分で」

「だからそのゴミどこに持ってったんだよっ」

「なにイッチョマエに血相変えてんだよ。ゴミなら昨日ちゃんと集積所に捨ててきたさ。だいたいあんた、鍵のかかるところなんて持ってないじゃない」

流はくらくらとめまいがした。神宮寺の残してくれた形見が、いったいなにかわからない。思い出の昔の手紙とか写真かもしれない。だが、アヤカの指には巨大な宝石が燦然と輝いていたではないか。

「あれは神宮寺の鍵なんだよ。神宮寺が死ぬ前にアナンにくれたんだ」流はいった。

「なんだって」メリーは腰を抜かしそうになった。「な、中身はなんだい」

「わからん。俺、ばあさんにネコババされたらいけないと思って、ここらにけっ飛ばしたまま忘れて……」

「なに失礼なこといってんだよっ。たいへんだ、ゴミ集めの日は今日だよ」メリーは泣きそうな顔でいった。「もうすぐゴミ車がくるんだよぉ」

アナンは満腹してぐっすり眠りこけている。しばらくは目を覚まさないはずだ。ふたりはあわてて段ボールハウスを飛び出していった。

もちろん、すぐに戻ってくるつもりだった。

ゴミ集積所にたむろしていたカラスは、自分たちを追っぱらったホームレスを電線の上からうらめしそうにながめていた。流とメリーは脇目もふらず、山積みになったゴミ袋を片っ端からほぐしていった。通行人が顔をしかめて通り過ぎていく。区役所に苦情の電話をされそうだが、そんなことをいっている場合ではない。

「ない」流は捜しながらいった。「ないぞ。ほんとにここなのか」

「ええと」メリーはぼさぼさの髪をかきむしった。「たしかここだと思うんだけど」

頼りない記憶だ。そのとき、道のむこうから青いトラックがやってくるのが見えた。

「しまった、ゴミ車だ」流はあわてた。「まだ全部調べてないぞ」

収集車から降りてきた作業員が、流たちを見て顔をしかめた。泣いても笑ってももう間にあわない。流は目を皿のようにして三十個ほどのゴミ袋の山を見回した。ゴミに関してはエキスパートだという自負がある。長年の勘で新鮮な食べ物のはいったゴミならわかったし、自慢ではないが赤ん坊のはいったゴミ袋まで当ててしまったのだ。だったら、自分の家から出たゴミぐらいわかるはずではないか。

いや、俺のゴミじゃない。あれは俺のじゃなくて、アナンの鍵だ。誰か助けてくれ。もし、あれがアナンの人生に必要なものなら——。

カアカアと頭上でカラスが鳴いた。流はまばたきした。ぱっとひとつのゴミ袋が目にはいってくる。それに軍手をはめた作業員の手がのびようとしていた。勘ちがいかもしれないが、もう賭けるしかない。彼はあたふたと袋に飛びついた。

「あ、なにをするんだ」作業員が叫んだ。

流はその声に耳を貸さず、袋の口を開けて中を探った。見覚えのあるボロボロのタオルが出てくる。それは忘れもしない、ギリコが煮沸消毒したタオルだった。

「あった」流れは宝物を見つけたように叫んだ。「お、俺のゴミだーっ」

ゴミ袋を手にして喜びあっているホームレスふたりを、作業員たちはあっけにとられてながめていた。やっぱりこの人たちはどこかがいかれているんだ、といいたげに。


危ないところだった。ゴミ捜しで疲れきった流は、ひきずるようにゴミ袋を段ボールハウスの前まで運んできた。すわりこんでさっそく中をあらため始める。汚いパンツ、汚い紙コップ、汚い紙オムツ……そして、底の方に光る四角いものがあった。

「あ、あったぞ」流はいった。「1826。まちがいない、これだ」

鍵を拾いあげ、今度こそなくさないようにズボンのポケットにいれた。今日の午後にでもこのロッカーを開けにいこう。忘れないうちに——。

「あれ……アナンは？」メリーが段ボールハウスをのぞいていった。「いないよ」

流はエッ、と中にはいっていった。布団はもぬけの殻だ。寝返りで転がることはあるが、まさか道まで転がり出たとは思えない。ふたりは顔を見あわせた。

「どうせまた、電波青年だよ」メリーがいった。「アナンのプリクラを一枚十円で売るって、はりきってたから」

「そうか」流はほっとしていった。「そうだよな」

アナンをひとりにしてここを離れたのはうかつだったが、時間にすればほんの十分ぐらいだ。その間に限ってシャドウマンがくるとしたら、あまりにも運が悪すぎる。と、むこうからタカタカと電波青年が走ってくるのが見えた。

「ほら、やっぱりそうだ」メリーがいった。「まったく人騒がせなんだから」

流は目を細めた。胸元がもっこりふくらんでいる。あの中にちゃんとアナンを抱いているのだろう。この前の夜のように。

「おーい、流、見て。ぼくって拾い物のテンシャイ」電波青年はイタズラっぽい目をしてやってくると、ふたりの前でパッとコートを広げた。「ジャーン」

流はぽかんと口を開けた。メリーは卒倒しそうになった。

電波青年のコートの中から、人間の赤ん坊ほどもある大きなミッキーマウスのぬいぐるみがこっちを見つめていた。うれしそうなスマイルを浮かべ、耳に値札をつけたまま。流の舌の上にじわりと苦い味が広がっていった。黒い星のもたらした、黒い現実の味。体が毒を盛られたように痺れていく。

おしまいだ、今度こそ――。

「かわいいでしょ？」電波青年は無邪気にいった。「ね、アナンはどこ？」

22

男は子供が大嫌いだった。顔を見るのも声をきくのも嫌だった。それなのにこの世はそこら中に子供がうようよしている。シャドウマンは我慢するのも嫌いだった。

ガキは俺の敵だ。うるさくて、ワガママで、生意気で、乱暴で、おまけに大嘘つきだ。この世からガキなんか消えてなくなればいい。ガキよ、消えろ――。

酔っているときだけは嫌なことを忘れられたので、いつも酔っていた。毎日どろどろの道を歩いているような気分だった。泥酔するとシャドウマンは自分でもなにをやっているのかわからなくなる。目が覚めると、服に血がついていることがたびたびあった。夢の中でなにかしたような気がしたが、よく覚えていなかった。

覚えているのは、俺をののしる声、バカにする目、殴りつけた拳。虫けらのように俺の顔を踏みつけた足。一生忘れるもんか、復讐してやる。俺を怒らせるな。俺は人殺しだ、崖から落っこちた人間だ。こうなったのもみんなガキどものせいだ——。

だが、子供には必ず親がついている。親どもは彼が少しでも近づこうものなら、さっと子供を抱えて逃げていくのだ。防衛本能としかいいようがない。シャドウマンはもう警察に捕まるのは嫌だった。息の詰まるような刑務所暮らしで、しかも酒が飲めないなんて拷問に近かった。彼の暴力性は閉じこめられたことによって消えるどころか、圧縮されてより強いものになった。まるで詰めこみ過ぎの酸素ボンベのように。

ある日、シャドウマンは子連れの男を見た。そいつはホームレスのくせに誇らしげに赤ん坊を連れていて、それが気にいらなかった。彼の懐の中に守られていたのは、今まで見た中で一番気にさわる赤ん坊だった。

あいつはガキの中のガキだ、敵の中の敵だ——。

シャドウマンはその敵のことをときどき思い出した。何度か近づこうと試みたが、どうしても近づけない。敵の段ボールハウスのあたりにいくとなぜか気分が悪くなる。周りにはたくさんのホームレスがいて、いつも赤ん坊を護衛隊のように守っていた。

シャドウマンは今日も胸くそ悪くなるような街をさまよっていた。へべれけになっても、おもしろいことはひとつもない。人生は怒りと不満の連続だった。が、生への執着は人一倍強い。どんなやつが死んでも自分だけは最後まで生き残るつもりだった。

と、山姥のようなホームレスの女がたったひとりで、こそこそ隠れるように赤ん坊を連れていくのを見た。他には誰の姿もなかった。女は赤ん坊といっしょに、ぽつんとひとつ離れた段ボールハウスの中に姿を消していった。箱がかすかに揺れ、中から赤ん坊をあやす優しい声が響いてきた。

チャンスだ。血走った目であたりを見回し、シャドウマンの手は無意識にポケットの中を探っていた。冷たい鉄の手触りが心地よい、それは大きなタチバサミだった。頼もしい。俺の力、俺の裁き。思い知らせてやる――。

久しぶりにアナンとふたりきりになれて、ギリコは幸せな気分だった。

ずっと鬱状態で寝てばかりいた。その間に母乳は止まってしまったが、アナンはギリコの顔をちゃんと覚えていて、目があうとにっこり笑ってくれた。この世でギリコを見て喜ぶのは、アナンだけだ。それはなにものにもかえがたい幸福だった。アナンの笑顔はギリコに力を与え、頭にかかった霧を吹き飛ばした。

「アナン」ギリコはいった。「おかしいよ、裕之がどこにもいないんだ」

アナンはアーと声をあげた。ギリコは優しいまなざしで小さな顔をのぞきこんだ。黒い目がきらきら輝いている。ずっとアナンに会いたかった。会って話がしたかった。ギリコは耳の上の青い髪の毛に気づき、そっと触れてみた。

「……佐和子ちゃんの旦那はな、裕之が邪魔になったんだ」ギリコは急に悲しいことを思い出した。「裕之がいると、佐和子ちゃんはたくさん働けんから」

暗い座敷で赤ん坊を抱いている佐和子の姿が浮かんできた。りっぱな床の間に高価な壺や動物の剝製が飾ってある。だが、そこはこの段ボールの家より冷たかった。

「……あの男は、山猿だった」佐和子はいった。「知恵の足らん、女を殴るのが好きな、脳なしの山猿だった。あんなものは人間じゃない」


ウイスキーの瓶を傾けながらシャドウマンが物陰からうかがっていると、段ボールハウスからホームレスの女がそっと顔を突き出した。どこかに出かけるつもりらしい。シャドウマンは期待で喉を鳴らした。

いけ、どこかへいってろ。俺の敵を置いていけ——。

のっそりと女が全身を現した。と、そのコートに包まれた腹はもそもそと動いている。見かけによらず慎重な女で、赤ん坊もいっしょに連れていくようだ。シャドウマンはチッと舌打ちをし、よたよた歩く女の後を見つからないようにつけていった。

やがて、女は駅の片隅にある公衆トイレの女子用に姿を消していった。不便な場所にあるこのトイレは利用者が少ない、いわばデッドポイントだ。だからこそホームレスの女なんかが堂々と出入りする。閉まるドアの音を耳でたしかめてから、シャドウマンはそっと中をのぞきこんだ。

いた。おむつ交換用のベッドの上に寝かされ、敵はパタパタと小さな足を動かしている。まるでさらってくれといわんばかりに。シャドウマンはすかさず悪魔の手をのばした。ぷよん、と柔らかい皮膚の感触が伝わってくる。

俺の獲物だ、捕まえた――。

シャドウマンは背中がぞくぞくした。そのまま赤ん坊を横抱きにすると、隣の男性用トイレにすべりこんでいく。中は薄暗く、誰もいなかった。まるで『ここで犯罪をしなさい』といっているような場所だ。シャドウマンは汚れた洗面台に赤ん坊を置いた。冷たい陶器に触れても赤ん坊は泣きもわめきもしなかった。

シャドウマンはじっと敵を見つめた。小さな生き物がうごめく気配だけで興奮し、はあはあと息が荒くなる。ポケットから凶器をとり出した。ハサミの刃が鈍く光る。

ジョキン。狭い空間に凍りつくような音が響き渡った。柔らかい髪がはらはらと洗面所に舞う。シャドウマンはアナンの髪の毛をジョキジョキ切っていた。なにをされているかも知らず、赤ん坊は無垢な目で見あげてくる。青みがかった白目に縁どりされた、黒々とした星のような瞳で。

「……ヒグチミチオなんか殺してねえ。俺がやったんじゃねえぞ」

どこからどんよりした声がきこえた。シャドウマンは自分が話をしたことに気づいた。なにをいっているんだ、俺は――。

「なのに、俺を捕まえた刑事はさげすんだ目で、目撃者がいるんだといいやがった。子供たちはおまえがヒグチミチオを連れていくのを見たっていっている。ミチオのランドセルから指紋もみつかった、さっさと白状しやがれって」

シャドウマンのハサミを握った手がブルブル震えた。怒りと屈辱のために。

「だけどそれは、あのクソガキが俺に石投げたときついた指紋じゃねえか。あいつらは俺を棒でつつき回して、倒れると唾をかけた。運動靴で踏みつけやがった。俺は頭きてあいつらを追い回して、そのときランドセルをつかんだんだ。でも、誰も信じねえ、あいつらは学校じゃ優等生だったから」

誰にもこんな話をしたことはなかった。話したいと思ったこともなかった。だが、いったん話し始めたら止まらない。胸の中に渦巻いていた黒い憎しみが言葉とともにずるずると吐き出されていく。まるで催眠術をかけられたように。

「あのクソガキどもは泣きながら証言しやがった。恐いおじさんがミチオくんを連れていくのを見たって。たしかに俺に嚙みついた犬を殺したのは俺だ。でも、ミチオは殺してねえ。あんとき俺は酔ってなかったんだ。ミチオの首絞めて、ゴミみてえにドブに捨てた犯人は他にいたはずだ、なのに……」

シャドウマンは卑猥《ひわい》な落書きだらけの壁をドンと叩いた。何度も心の中で叫んだののしりが、今、言葉となって露出する。

「俺を信じてくれ。バカヤロウ、なんで誰も信じてくれねえんだよっ」

ドンドンドン、シャドウマンは壁をたたいた。

「みんなでよってたかって責め立てやがって、俺のいうことなんかに耳を貸すやつなんていやしねぇ。そのあげく、証拠がそろわねえで釈放だと？　そんときにはもう新聞にでかでかと載ってるじゃねえか。俺がやったっていう噂はずっと消えやしねえんだ。もう誰も仕事もくれねえ。だからって、俺にあやまってくれるやつなんていねえし、生活はめちゃめちゃになった」

ジョキジョキジョキ……。シャドウマンはいらいらと右手を動かし、ハサミの刃をうち鳴らした。

「それを、あの小汚ねえブタ野郎はへらへら笑っていいやがった。『おめえよ、ガキ殺したんだってな。最低の人間だぜ』。酔ってる俺にそんなことという方が悪いんだ。殺されたってしかたがねえんだよ、ブタ野郎。チクショウ、チクショウ」

シャドウマンは激しいめまいを覚え、洗面台に手をついた。

「……俺を笑いものにするやつは、みんなぶっ殺してやる。特に、ガキだ」

いつのまにか全身にびっしょりと汗をかいていた。急に力が弱くなったような気がする。まるで悪いものを食べたときのように。目の前に赤ん坊の柔らかい肌があった。赤ん坊の匂いがする。焦点をあわせると、澄んだ目がじっと自分を見ていた。

こいつが魔法使いみたいに俺の力を吸いとったんだ。やっぱり俺の敵なんだ――。

「チクショウ、俺を怒らせるとどうなるか……」

早くしないとなにもできなくなってしまいそうで、怖かった。今まで感じたことのない、自分の存在がくずれてしまいそうな恐怖。シャドウマンはよろよろと体勢を立て直し、力をふりしぼってハサミをふりかざした。

思い知らせてやる――。


ギリコの脳は爆発した。シャドウマンとアナンとハサミを見たとたんに。真っ白になった頭が恐怖の壁を超越する。そのときの彼女にとって、もはや自分の命さえ守るものではなかった。

「ギリギリーッ」

野獣の叫びをあげながら、ギリコはブリキのバケツをつかんでシャドウマンの後頭部にふり下ろした。

バコン。威勢のいい音がトイレに響く。ハサミをふりあげたシャドウマンの動きが一瞬止まり、ぐらりと膝から崩れ落ちた。濡れた床のタイルにべしゃりと顔を打ちつける。

アア、アア——赤ん坊が火のついたように泣き出した。アア、アア……。

ギリコは倒れた男をまたぎ、急いでアナンを抱きあげようとした。シャドウマンがその足首をぐいとひっぱった。

「ああっ」ギリコは宙をつかんだまま床に転がった。

はって逃げようとするギリコにわめきながら男がのしかかる。ギリコはハサミの攻撃を必死にかわした。タイルに刃がぶつかり、ハサミがガシッと音をたてる。ふたりは激しくとっ組みあったままゴロゴロと通路に転がり出ていった。

「な、なんだ……？」

たまたまトイレにやってきた若い会社員が、ぎょっとして立ちすくんだ。人間だ。ふたりのホームレスらしい人間がマングースとコブラのように闘っている。見れば、ひとりはなにか凶器をもっているようだった。恐ろしさに逃げ出そうとして、会社員はトイレの中からきこえてくる赤ん坊の泣き声に気づいた。

アア、アア、アア……。

「子、子供がいる……？」会社員は啞然となった。

女が顔をあげ、すがるように会社員を見た。その瞬間、ふりかざしたハサミが女の脇腹に刺さった。会社員は女の背中が糸でつられたようにくいっとのけぞるのを見た。

「わあああっ」

会社員は叫び声をあげながらも、夢中でトイレに駆けこんでいた。洗面台から今にも赤ん坊が落ちそうになっている。彼は必死にその子を抱きとめた。

トイレ前の通路は刺された女の血で染まり始めていた。刺したホームレスが赤い川の中でのたうちながら、必死の形相で彼をにらんでくる。その血と同じくらい真赤な目は、思いがけず涙で濡れていたが、見まちがいかもしれない。

「ぎゃあああ」会社員は叫びながら駆け出した。「誰か、誰か助けてくれ――」


ギリコの行方を探してトイレにむかっていた流が、男の絶叫をききつけた。その瞬間、アナンになにかあったのだと悟った。

「アナンッ」流は駆け出した。

ギリコの段ボールハウスは空っぽだったが、確かにアナンのいた形跡があった。さらに、すぐそばに転がっていた黒い酒の瓶。シャドウマンがいたのだ。頭が変になりそうになりながら、流はギリコの行く先を必死で推理したのだった。

あの女がどこにいく可能性がある？　アナンはミルクは飲んだばかり。そうだ、オムツが濡れたのか。ペーパータオルをとりにいったのだとしたら、トイレだ――。

流はまさにそのトイレから、ひとりの若い会社員が死に物狂いで走ってくるのを見た。恐怖で髪の毛を逆立てながらも、その手にはしっかりとなにかを抱えている。アナンだ。アナンは彼の胸にしがみついて大泣きしていた。

泣いている。ということは、生きている証拠だ――。

「アナンっ」流は夢中でアナンを受けとった。「だいじょうぶだった。おお――」

「は、早く警察に、それから救急車」会社員はガクガクと震えている手で携帯電話をとり出した。「もしもし、もしもし？」

流は恐る恐るトイレ前に近づいていった。まるでドラマのワンシーンのように、血だまりの中に女がひとり倒れている。

ギリコだった。脇腹にハサミを刺したまま、もう死んだように転がっている。そして、少し離れたところにはシャドウマンも倒れていた。頭を強打したのか、放心状態で天井を見つめている。うつろな目から涙を流し、唇からはよだれがたれていた。

「アナン……？」ギリコがか細い声で呼んだ。

流はおろおろとギリコに駆け寄った。だが、この状態ではどうしてやりようもない。ハサミは深々と刺さっていて、うかつに抜くと出血がひどくなりそうだ。

「しっかりしろ、ギリコ。アナンはここにいるぞ」流はアナンを近づけた。「おまえが助けたんだ」

ギリコの顔を間近に見て、アナンの泣き声がしぼむ。命をかけて殺人鬼と闘い、自分を守ってくれたこともわからないまま、アナンはアーと手をのばした。

「きいとくれ、アナン……」ギリコは泣きながらいった。「全部思い出したんだよ」

流はその目に理性の光が宿っているのを見た。負傷のショックがすべてを呼び覚ましたのだ。そこにいるのはもはやギリコではなく、知らないまともな女だった。

「……佐和子は……わたしは……自分の子を……裕之を殺したんだ」

なんだって——流は驚きの声を飲みこんだ。アナンはじっとギリコの顔を見つめている。まるでその話をきいているように。

「……旦那はわたしを虐待したあげく、裕之とひきはなそうとした。別れたら生きていけん。そんならいっしょに死んだ方がましだ。わたしは裕之を抱っこして……東京行きの電車に飛びこんだ」

流の胸にいつかの夜、陸橋の上に立っていたギリコの姿が浮かんだ。あのとき、彼女は思い出しかけていたのだ。いまわしい心中を。

「いっしょに死のうとしたのに、わたしだけ、ぎりぎりで助かって……そして裕之は……ぎりぎりで死んだ。裕之だけ……」

佐和子の目からどっと涙があふれ出た。流はあまりのことに口もきけなかった。

この女がどん底に落ちたのも、今なら理解できる。それほど残酷な出来事が他にあるだろうか。正気を失って以外、どうして生きていくことができようか。女はその地獄の記憶と自分を忘れようとした。佐和子はいつしかギリコになったのだ。

「アナン、どうしてだ？」佐和子は泣きながらいった。「こんなぎりぎりがどうしてあるんだ……？」

アナンはじっとギリコを見つめていた。静かなまなざしと、赤ん坊らしくない集中力で。流はギリコの話に衝撃を受けながら、アナンを注視していた。なにかを見ている。まるでそこに、アナンの興味をひくものでも見えているように。いや、流は急に目眩を感じた
この血の匂いのせいなのか、それとも——。

まただ。視界がゆらりと揺れ、アナンとの境界線が薄れていく。流は一瞬、自分がどこにいるのか、誰なのかわからなくなった。ギリコの顔が望遠鏡を逆さまにしたように遠く見える。その青白い顔から、霧のようなものが立ちのぼっていた。もわりとした、灰色の霧、あれは……？

「アナン……助かって、よかった」佐和子がそっとアナンの手を触った。

流は自分の手を触れられたようにはっと我に返った。異様な体験にまだ全身に鳥肌がたっている。

今のはなんだったんだ。あの霧のようなものは——。

アナンが悲しそうな声で泣き始めた。もうその霧はまったく見えなくなっていた。地上からは早くも救急車のサイレンが近づいてくる。悲鳴、助けを呼ぶ叫び声。騒ぎをききつけてあちこちから人が集まっていた。地上からは早くも救急車のサイレンが近づいてくる。

「早く逃げて……」佐和子は流にいった。「アナンをお願い……」

これだけの事件が起き、赤ん坊が目撃されてしまった。もう今までのような生活はできなくなるのだ。おそらく、アナンとギリコはもう二度と会えないだろう。

「アナン……話をきいてくれて」佐和子はいった。「わたしのオッパイ飲んでくれてありがと……」

流は胸がはりさけそうだった。あの初雪の夜、いつか暗黒星雲ギリコにこんな感情が起きるとどうして思っただろう。捨てられた赤ん坊に出会ったあの日まで、ギリコは死んでいるも同じだったのだ。だがあのとき、凍りついていた命はほころび、彼女は奇跡のように再び生き始めた。ギリコはアナンのために、ただそのためにどん底からはいあがってきた。彼女はアナンの、そして赤ん坊はギリコの命を救ったのだ。

それは、流も同じではなかったか。アナンをゴミ袋の底から救いあげたとき、同時に自分の命も救いあげていたのではなかったか。

もし、アナンが生きていなかったら。俺は今こうして、生きていない——。

「今度は、ぎりぎりでアナンを助けたんだ」流はいった。「それから、俺のことも」

「……流」佐和子はささやいた。「ありがと……」

それ以上なにかいえば涙になる。流は歯をくいしばって立ちあがった。心の中で、聖母ギリコに手をあわせながら。

集まった人の中から老婦人が進み出て、血まみれの佐和子の体に自分のショールをかけた。流は駆けつけた警官がシャドウマンを確保するのを後ろに見ながら、さりげなく通路を足早に歩き出した。一刻も早くここから立ち去らなくてはならない。

「うん、たぶんこれから事情聴取があると思うから、ちょっと遅くなる。うん」

柱の陰で携帯電話で話し終わった若い男がふりむき、流を見てアッと声をあげた。それは、アナンを助けてくれたあの会社員だった。

「ほんとにありがとう……」流は深々と頭をさげた。「なんとお礼をいっていいか。ありがとうございます」

「や、ぼくにもこのくらいの子がいるから、もう無我夢中で」会社員は恥ずかしげに白いハンカチで汗をぬぐった。

赤ん坊を前にして人は平等になる。老いも若きも金持ちも貧乏人も、そこには社会的地位や立場は関係なく、ただ小さな命にそそぐ愛情があるだけだった。流は感動を覚えて若い会社員を見つめた。

この、自分の息子でもおかしくないほどの男が、父親なのだ。我が子への愛情があるゆえに、人の子も助けずにはいられなかった。この歳になるまで流が知らなかったことをすでに感じ、さりげない勇気も持っている。いいやつなんだ、と流は思った。

そしてその質のよい人間に対して、自分は以前ほど卑屈にならずにすんでいる。

「あの……警察の事情聴取はいいんですか？」会社員は流に目をとめて、ちょっと不思議そうにたずねた。「あなたの子、ですよね……？」

即答しなければ、と流は思った。身なりは貧しいが、風呂にはいってヒゲもそったばかりだから、すれすれレベルのホームレスぐらいにはなっている。そうです、と返事をすればいい。少し歳がいっているけれど遅く生まれた子なのだ。だが、気がつくと、流はつい正直に答えていた。

「この子は拾ったんです、ゴミ袋に捨てられていたのを。俺とあの女がいっしょに育てたんですよ」

人のよさそうな会社員の顔から笑みが消えた。いうべき言葉を失い、みるみるうちに青ざめていく。その視線がちらりと遠くの警官に走った。

この男ならわかってくれる、と思ったのはまちがいだった。流はその常識人の目にありありと不審の色が浮かぶのを目撃した。

23

「おい、さっき警官がききこみにきたぜ」野々田が息せききって流の寝ぐらにすべりこんできた「ギリコのことだけじゃねえ。赤ん坊を連れたちょっと二枚目のホームレスを知らないかって。赤ん坊なんて見たこともねえってすっとぼけといたけどよ」

「ちょっと二枚目？　へえ、それ流のことかい？」メリーが目を丸くしていった。

「そういや確かに、この頃まともに見えるよね、流って」

「ど、どうしよう」電波青年が泣きそうになっていった。「おまわりしゃんがくるよ。アナンが連れてかれちゃうよぉ」

なんとかあの場をとりつくろって逃げ帰ってきた流は、唇をかんでうつむいていた。うかつに話した自分が大バカだったのだ。ストリートチルドレンがあふれ返っている発展途上国ならともかく、拾った赤ん坊をホームレスが育てるのを許す国がどこにあるものか。痛いほどわかっていたはずなのに。

だけど、たとえどんなに愛情をもって育ててもダメなのか？　捨てた本当の親より、俺の方がずっと愛情がある。乳児院にいくのが本当にアナンの幸せなのか……？

「ここは危ない。すぐに出よう」流は決断した。「アナンの荷物を全部運び出さなきや。急いで手伝ってくれ」

ホームレスの家宅捜索をするのに令状なんかいらない。この段ボールハウスが調べられたらおしまいだ。みんなはあわててペーパーバッグをかき集めた。幸いにも、メリーが整理してくれたばかりで荷物はまとまっている。数分後、アナンたちは無事に段ボールハウスを脱出することができた。

住み慣れた我が家を後にする。今度はいつ戻ってこられるかもわからなかった。アナンはだいぶ大きく成長し、もう胸元にはいりきらない。このまま街をうろついたら、『さあ捕まえてくれ』といってるようなものだった。

「頼む。ホテルかどっかでアナンをかくまっといてくれ」流は惣一郎に懇願した。

いつものように階段下で店を広げていた惣一郎は、むすっとした顔をむけた。真っ昼間に赤ん坊を連れて堂々と歩けるのは、このひねくれ男だけだ。

「あんたらな。わいのことなんやと思っとるねん？　社会とのかけ橋か？」

口ではぶつくさいいながら、惣一郎の手はいそいそとアナンにのびている。流の予想通りだ。たまにはこれくらいの計算をしないと、この窮地からは逃れられない。

「けど、ホテルはあかんで。警察の手が回っとる。あんたらがちょっとでもうろついたら通報されるわ。もっと適当なとこないか？　知りあいんとことか、空部屋とか」

「あっ、しょうだ」電波青年が声をあげた。「きのうね、この近くのマンションでお引っ越しあったんだよ。そりゃあいいゴミがたくしゃん出てねえ」

彼は拾い物の達人だ。このあたりのゴミ事情なら電波青年よりくわしい者はいない。めぼしい物はネズミよろしくどこかにためこんでいて、いつかフリーマーケットに参加したいとのたまっているほどだった。

「バカ、引っ越したばかりだってよ、部屋に鍵かかってんだろ」野々田がいった。

「でも、みーんな出ていっちゃったんでしゅ。そのマンションの人たち」

「なるほど、とり壊しか……」惣一郎がうなずいた。

「しゅぐしょこだよ、いこう」電波青年はうれしそうにいった。「なんだかぼく、楽しくなってきちゃった」

そのマンションは駅から徒歩十分、ラブホテル街のはずれにあった。ひび割れたマンションの周りにはすでに立ち入り禁止のロープが張られている。電波青年がするりとそれをくぐり、アナンを抱いた惣一郎、流、野々田とメリーがさりげなく後に続いた。廊下には生ゴミの匂いが漂い、粗大ゴミが乱雑に積まれている。電波少年は一階の一番奥のドアをパッと開け、そこの住人のようにおいでおいでをした。

「いらっしゃーい、アナンのお部屋でしゅよー」

日当たりの悪い2DKにはむっと湿気がこもっている。みんなが暗い玄関でたじろいでいると、野々田が慣れた手つきでブレーカーをあげた。

「まだ電源は切られてないはずだよ、ほら」

ホームレスたちは電気が一斉についた部屋をしげしげと見回した。壁ははげ、カーペットは黒ずんではがれている。掃除もしてないのでゴミだらけだ。がらんとした空間には人が消えた後特有の侘しさが漂っている。だが、段ボールハウスに住んでいた人間にとって、そこは天国のようなところだった。

「はあ……こんな所にじゅうっと住めたらいいのにねえ」電波青年が夢見るようにいった。「みんないっしょに」

一瞬、流には電波青年がつたない頭に描いた、その夢の生活が見えるような気がした。台所でかいがいしくたち働くメリー。野々田は大工仕事の後でひと風呂つかり、流はベランダで洗濯物を干している。部屋の中にはおいしそうな食事の匂いが漂い、そこにたくさんの拾い物をした電波青年が帰ってくる。

そして部屋の真ん中には、アナンだ。アナンが笑っている。思いきり自由にはいはいして、拾ってきたオモチャとたわむれ……。

「またここにビルが建つんや」惣一郎がそっけなくいった。「明日にでも業者がくるやろ。ま、ここにいられるのも一晩てとこやな。で、あんたらこれからどうすんのや？」

暗くなるのを待って、流はひとりで駅に戻っていった。

顔には惣一郎から借りた銀縁メガネをかけている。度がはいっているから最初はくらくらしたが、みんなは頭がよさそうに見えるといってくれた。地下商店街に降りていくとふたりの警官がパトロールしているのが見えた。流はさりげなくむきを変えてやり過ごし、人ごみにまぎれて通路を歩き出した。

行き先はもちろん、コインロッカーコーナーだ。そのポケットにはあの、神宮寺からもらった鍵がはいっていた。

こいつが最後の頼みの綱だ。中のものがアナンを助けてくれるかもしれない――。

流はずらりと並ぶ青いコインロッカーの前で立ち止まった。番号を確かめながら、ゆっくりと細い通路を奥へ奥へと進んでいく。1600……1700……1800。

もうすぐ中になにがはいっているかわかる。そう思うと、さすがに胸がときめいた。まるで宝の箱を開けるように。と、行く手に制服を着た男の姿が見えた。

一瞬、警官かとぎくりとしたが、どうやら駅を管理しているガードマンのようだ。男は鍵の束を手にし、コインロッカーの鍵を開けようとしているところだった。そのナンバーは、1826だ。

しまった、もう期限切れだったか――。

「すみません」流は声をかけた。「とりにくるのが遅くなってしまって」

今まさに鍵を開けようとしていたガードマンがふりむく。怪しまれたらおしまいだ。流はメガネに動揺を隠し、落ち着きを装ってその目の前に鍵をさし出した。

「ああ」ガードマンは事務的に鍵のナンバーを確かめた。「今度から気をつけてね」

「はい……」

ガードマンはのんびりと去っていく。姿が見えなくなると、流はほっとすわりこんだ。惣一郎に借りた小銭で超過料金を払い、緊張の面持ちで手で鍵をさしこむ。

カチリ。金属の音が胸の中まで響いた。流はドキドキしながら小さな扉を開けた。鉄板で囲まれた四角い暗闇。中には白いぺしゃんこの袋が置かれていた。スーパーの白いポリエチレンの袋。まるでゴミのように無造作に、それひとつだった。

なんだこりゃ。ここまで期待させてゴミはないだろう。頼む、神宮寺さん――。

流は震える手で袋を開け、拝むように中をのぞきこんだ。

24

広いスペースでアナンはころころと寝返りをうっていた。カーペットの上にホームレスたちはそれを囲むように輪になり、赤ん坊と目があうとニッコリした。だが、その視線にはかすかな哀愁が漂っている。そこに、流がむっつりした顔で帰ってきた。

「ど、どうだったでしゅ?」電波青年は流の足元ににじりよった。

流は黙ってアナンを見おろした。アナンがその顔を不思議そうに見あげてくる。メガネをはずすと、やっとダーと笑ってくれた。

「こいつは、おまえのもんだ」

流は懐から神宮寺のくれたものを出し、アナンの前にポンと置いた。まるでオークションにかけるように。それは、古い貯金通帳と一枚のカードだった。

「つ、つまり現金だったたってわけか」野々田がごくりと唾を飲みこんだ。「で、いくらだったたんだ?」

宝石だと換金するのに手数がかかる。どうせ残してくれるんだったら現金の方がどんなに助かるだろう。みんなはうかがうように流の顔をのぞきこんだ。

「ヒャクマンエンだ」流はいった。

「ひゃ、百万?」

惣一郎以外のみんながのけぞり、百万百万と口の中で唱え始めた。途方もない金額だ。これだけあれば、なんとか新生活を始めることができるだろう。やる気さえあれば。

「俺は道々よおく考えてきたんだよ」流がいった。「この中で誰かが、この百万円とアナンをもらえばいいんだ」

「なんだと」野々田がいった。

「もちろんまともに育てることが条件だ。どこか好きな土地にいって、一からやり直す。アナンを助けるにはそれしかないんだ」

部屋の中がシーンと静まり返った。きこえるものはアナンのダーダーいう声だけだ。野々田は腕を組み、電波青年はアホのように口を開け、メリーは眉を寄せている。惣一郎はしらーと天井を見ていた。誰も自分がやるといい出す者はいない。

「あたしは野々田がいいと思うね」メリーが推薦した。「いつもいってるじゃない。宝くじ買ってはずれちゃ『チェッ、金さえあれば俺だってやり直せるのに』ってさ」

「う、うるせぇ」

その金が今、目の前にある。だが、野々田は目をそらしてうつむいていた。

「どうしてさ？　腕のいい大工なのに。酒さえ飲まなきゃ」

「やめられねえ」野々田は即座にいった。

「立ち直るチャンスじゃないか」

野々田はいやが上にもつきつめられていた。酒に溺れて路上生活をしているのは、本当は金のせいではない。金のせいにしてただけだ。

「俺は」野々田の目が落ち着きなくアナンを見た。「呪われてるんだ」

「なんだと」流はいった。「まさか前にボウズがいってたことは……」

「ああ、亡霊がとりついてやがるんだ。俺は一生立ち直れねえ。弟子を屋根から落っことしちまったんだよ。若い、まだ新人だった」野々田は自分の右手をぐっと広げた。それはぶるぶると小刻みに震えている。「あんとき、俺はとっさにあいつの手をつかんだんだ。だけど、前の晩に酒を飲み過ぎて、力がはいらなかった。チクショウ、あいつの手はするりと抜けちまって……その感触がまだこの手に残ってやがる。仕事をしようとすると、あいつが決まって屋根の上に座ってるんだ。寂しい目で俺を見おろして。俺は酒に溺れて仕事ができなくなった。女房子供にも逃げられて……」

野々田は大きな手で自分の顔をつかんだ。絶望からくる投げやりな心がそこにあった。痛みを酒でまぎらわす、野々田にはそれしかできない。おそらく、これからも。

「俺は……惣一郎がいいと思うがな」流はいった。「この中で一番マトモじゃないか。頭もいいし、惣一郎なら安心できる」

「ま、わての場合は金の問題やあらへん」惣一郎はさらりといった。「わてはな、そういうホットな人間とちゃうんや。そりゃアナンはかわいいけど、ひとりで育てるなんていっくらなんでもかったるいわ。はっきりいってようやらん」

そういわれると身も蓋もないが、確かにこのタイプには不可能のような気がした。

惣一郎は自分の資質と限界がわかっているのだ。

「ぼくはダメでしゅ、ぼくはバカだから……」電波青年が涙ぐんだ。「じゅっとアナンといっしょにいたいけど……」

「そんなことないさ、がんばりなよ」メリーがいった。「子育てうまいじゃないか」

「ダメだよ。イジワルいわないでよ。ぼくは……メリーさんが一番いいと思う」

そうだ、そうにちがいない、とみんながメリーに期待の目をむけた。かなりのババアだがこの際歳のことなどいってられない。

「あたしは……」メリーは青くなった「ダメダメ。もう元なんかに戻れないよ」

「だいじょぶだよ、メリーは達者だから」流がいった。「まだ二十年は生きられる」

「そういう問題じゃないんだよ。あたしは……実は、指名手配されてるんだ」

突然の、強烈な告白だった。みんなは腰を抜かしそうになった。この一番まともそうに見えた老女が、実は逃亡中の犯罪者だったとは。

「ごめんよアナン、あたしがこんな悪魔みたいな女じゃなかったら」メリーは襟巻きで涙をぬぐった。「アナンはもう知ってるよ。あたしは、自分で経営していた旅館に火をつけたんだ。商売は繁盛してたけど、夫は女狂いで、子供たちはヤクザとつるんだあげくシャブにはまって。あたしはくたくたになりながら、先祖代々の家業をつぶしちゃいけない、つぶしちゃいけないってがんばってた。でも、ある夜、悪魔があたしに囁いたんだ。こんな腐った家はきれいに燃やしてしまえって。気がついたらあたしはマッチに火をつけてて……古い木造の旅館はそりゃあもうキャンプファイアーみたいによく燃えたさ。逃げ遅れた客から負傷者も出た。そして火事の翌朝、あたしは行方不明になったってわけ。それ以来、子供とも孫とも会ってないんだよ。孫はにゅーおりんずに留学できなくなっただろうねえ。あたしが悪かったんだ。あのとき、旅館をたためばよかったんだ。でも、もうみんな燃えちゃった。だから、ここで下手に動いて、この歳で捕まるのは嫌なんだよ」

　誰も動かない。誰も口をきけなかった。この重い過去を背負った老女の尻をたたいて、これから赤ん坊をひとりで育てろとはいえない。

「アナンのことは、そりゃあもう大事だよ」メリーはつらそうにいった。「それに……この子は普通の子じゃないし」

「どういう意味だ？」流はいった。

「流、わからないのかい？　この子には力があるのさ」

　力とは、いったいなんの力なのか。そういうメリーの方こそ魔女みたいな顔をしている。流がさらに質問をしようとしたとき、惣一郎が冷たい声でいった。

「流、なにふざけたことゆうとんのや。そもそもあんたが拾たんやから、最後まで責任とれや」

「しょうだよ、今まで育てて、ひきょうだよ」電波青年もいった。

　流はみんなの視線を避け、じっと床を見つめていった。

「……俺は、記憶がない」

「なんだよ、記憶ぐらいなくたっていいじゃねえか。そんなのいいわけになんねえよ」野々田が不満そうにいった。

「恐いんだ、自分が。まともな世界にいったらどうなるかわからない」

道々死ぬほど考えてきたが、それが結論だった。流は自分でもショックだった。こんなにもアナンがいとおしいのに、他の誰よりも絶対愛情があると思うのに、なぜ、動き出せないのか。ちょっとくらい無理しても、どうしてこの天使と飛び立とうとしないのか。

全員が自分のブラックホールとむきあっている。流はぼんやりと貯金通帳を見た。せっかく神宮寺が残したこの金にはなんの意味もないのか。

「こうなったらしょうがない、最後の手段だ」流はいった。「抽選しよう」

「ちゅ、ちゅーせん？」電波青年がいった。

「当たった者は文句をいわずアナンと百万を受けとる。これで平等だ」

それが果たして当たりなのかハズレなのか、むずかしい問題だ。惣一郎は口をとがらせた。

「そんなムチャクチャな。わいなんか、こんな百万ばかもろたって……」惣一郎はそういいながら、はらりと通帳を開いた。「あん？　なんやこれ……？」

みんながなにごとかと惣一郎を見た。彼はメガネをかけ直すと、貯金通帳に顔を近づけた。ずいぶんたくさんゼロが並んでいる。

「……アホか」惣一郎は流をじろりと見た。「これ、百万とちゃうで。一千万円や」

白いチョークの線が五本、キッチンの床におもむろにひかれた。

これから五人のホームレスの間で、人生をかけたアミダくじが行なわれようとしていた。賞金は一千万円、ただしそれはアナンの持参金として。その額の多さに、もはやアミダを拒否する者はいなかった。

「これでええわ。大当たりは、ド真ん中」

惣一郎は中央の線の下に、チョークで大きな花丸を書いた。

「ええか。ひとりずつ、好きなだけ横線いれるんや。せいぜい後悔のないようにな」

まず、惣一郎が無表情にサッサッサッと三本の線をひく。メリーは自分が当たらないように祈りながら、野々田はやけっぱちで十本以上、電波青年は泣きながらぐにゃぐにゃの横線をひいていく。最後に流がチョークを受けとった。

金なんか持ったことがないから、百万円も一千万円も区別がつかなかった。もう頭はパニック状態だ。震える手があちこち迷った。その手の行方をいちいちみんなの血走った視線が追う。

「で、できた……」流はいった。

やっとのことでひいたのは、たった一本だけだった。みんなの目が皿のようになって当たりを逆からたぐろうとする。流はあわてて新聞紙をかけて隠した。「ジャンケン、ジャンケンだぞ」野々田が目をひんむいてみんなを見回した。「ジャンケンで勝ったもん順に選ぼうぜ」

異様な緊張の中で、五人が丸く輪になった。ハア……電波青年が握り拳に息をふきかける。惣一郎の顔がマジだ。メリーは手をあわせて拝んでいるからそのままパーを出しそうだった。流はジャンケンのやり方をいっしょうけんめい思い出していた。

「ジャンケン、ポンッ」

大の大人の真剣なかけ声が無人のマンションに響き渡った。

「アイコデショッ」

25

サヨウナラアナン、さようならあなん、さようならアナン――。

最後の知らせが走った朝、ホームレスたちは無言でそれぞれの段ボールハウスからはい出した。誰が、いつ、どこへアナンを連れていくのかわからない。わかっているのは、しばらくの間心を明るく照らしてくれた、あの小さな灯火がこの街から消えるということだった。

明日からまた、あの子のいない日々が始まる。あきらめには慣れきっていた。こんなことで打ちのめされはしない。だが、せめて最後に赤ん坊に会っておきたかった。ホームレスたちは密やかに、早朝の駅の片隅に集まってきた。改札という名の境界線を遠くに見ながら。

自分たちの天使に別れを告げるために。


この日の冷えこみは真冬のようにきびしく、電波青年は小さな蒸気機関車のように白い息をふきあげて走ってくる。だがその足どりにいつもの元気はなく、無理矢理作った笑顔はひきつっていた。

「ほら、できたての駅弁でしゅよ。汽車ん中で食べて」電波青年は四角い包みをさしだした。「これ、ぼくからのおしぇんべね」

「お餞別だろ、ケッ」野々田はポケットから小さなものをとり出した。「俺は金は出せねえけど、これ記念にな。歯がはえ始めるとなんかかじりたくなるから」

野々田の手にちょこんと載っているのは、カマボコの板で彫ったウサギさんだ。ちょうど赤ん坊の手に持ちやすい大きさで、ていねいに磨きがかかっている。やはり忘れて欲しくないのだろう、しっかりと『野々田耕平作』とネームが彫り付けてあった。

「グータラオヤジ、いつのまにそんなもん作ったんや」惣一郎があきれていった。

「じぇんじぇん似あわなーい」電波青年がいった。

「でもやっぱり、神様はいるんだねえ」メリーがしみじみといった。「あたしはあのくじびきはまちがいじゃなかったと思うよ。ああ、ありがたやありがたや、ナムナムナム……ね、このお数珠、お守りにもらっておくれよ。ご加護があるからさ」

ウサギさんと弁当と数珠を持ち、そしてアナンを抱っこベルトで腹にくりつけてありがたく拝まれているのは、みごと大当たりをひいてしまった流だった。これからふたりはあの改札口を越えて、新天地に旅立つのだ。

「まあ、いいだしっぺは自分だからよ、文句はいえねえな」野々田はいった。

流は仏頂面で、次々と別れを告げにくるホームレスたちにアナンを最終公開サービスしていた。変装用に惣一郎のメガネをかけ、拾い物の中で一番いい革ジャンパーを着たため、けっこうマトモな人間に見えた。しかしジャンパーはサイズが大き過ぎ、肩には重たいリュックサックを背負って、さらに腹巻には札束と大金のはいったカードがはいっている。流はずっしりと重い責任にあえいでいた。

結局、天は流に親の役目を放棄させてくれなかったのだ。しかしこうして冷静にみると、流はどうして他の仲間が当たりをひかなかったのかわかるような気がした。個性豊かというより、あまりにも人間が偏りすぎている。自分の方がまだましだったのだ。

「ほなわい、そのメガネ餞別にやるわ」惣一郎はいった。「似おうとるで」

メガネをとったせいか、惣一郎の顔はいつもより優しそうに見えた。自分がアミダではずれたとき、彼の顔によぎった安堵と劣等感の交じった複雑な表情を、流は一生忘れることはできないだろう。

「で、どこいくことにしたんや」惣一郎がいった。

「……山」流は答えた。

答えはそれだけだった。流の頭には具体的な目的地はない。しかし、誰もそんな流を責めることはできなかった。絶対にいきたくない所はあっても、いきたい所はない。だからこそみんなずっとここにいたのだ。そしてきっと、これからもどこへもいかないだろう。また捨て子と一千万円でも拾わない限り。

「前途多難やな」惣一郎はつぶやいた。「ま、ずっと記憶喪失の上ホームレスやったんやから、とにかくまずは、マトモな人間であることに慣れんとな」

昨日、流もそう思い、意を決して郵便局でカードというものを使ってみた。暗証番号はどこにも書いてなかったので、コインロッカーナンバーを押してみたらドンピシャリ。ピピピの、スルンで百万円。流はあまりの簡単さに驚愕し、しばらく札に触れられなかったくらいだ。必死の思いで持ち帰ったが、昨夜は緊張で一睡もできなかった。

「しっかりしておくれよ、もう。大事なアナンを預けるんだから」メリーがいった。

「さ、ラッシュの前にたたなくちゃ」

カンコーン。時計のチャイムが鳴り、午前六時を告げる。メリーはしなびた手でアナンの小さな手を握った。

「とうとうお別れだねえ……おやアナン、どうしたんだい。これ、ぶつけたんかい？」

なんだ、と流は目を近づけた。人形のようなアナンの爪が三本、青く染まっている。まるでマニキュアをかけたようなきれいなライトブルーだった。

「またか……？」流は唖然とした。

アナンの体からまた青いものが出てきた。耳の上にはえた青いメッシュはシャドウマンに切られ、ザン切り頭にはメリーの帽子がかぶせられている。流はポケットからあの青い石をとり出し、爪と比べてみた。やはり同じ物質のようだ。

「アナンが熱を出したのは」流は考えこみながらいった。「神宮寺と会った直後だったな。それから、この青い石が口から出たんだ」

「それがどうしたい」野々田がいった。

「ちがっているかもしれないんだけど……俺は、誰かとふたりきりで話した後に、アナンのどこかが青くなるような気がするんだ」

「なにゆうてんねん」惣一郎がいった。「そんなアホなこと」

「いや、電波青年が話した後は毛が青くなってさ、昨日はギリコと野々田とメリーが過去の話をした。そしたら、この三本の爪だ。そうだ、惣一郎と話した後には、手に青い砂を握ってた」

「おまえ、やっぱあんとき立ちぎきしとったな。そやけど、それで体のどっかが青るなんて」

不思議というより、ほとんど怪奇現象だ。みんなは顔を見あわせた。

「だからぼくいったでしょ。アナンは吸いこんでるって」電波青年はいった。「心ん中の悪い電波が消えてく感じがするんでしゅよ」

流は半信半疑ながらも、昨日ギリコの顔から立ちのぼっていた灰色の霧を思い出していた。ひょっとしてアナンは、ああいう普通の人間に見えないものが見えるのだろうか。それを本当に吸いこんでいるのだろうか。

神宮寺の場合は、死ぬ直前の切羽詰った告白だった。例えれば、胃にもたれるヘビーな食べ物のようなものだ。それを吸いこんだために高熱が出たのかもしれない。だから、青い石として体外に排出したとたんに治ったのではないだろうか。

その後は、一度も熱は出ていない。だんだん体が慣れ、すぐに悪い物を外に出せるようになったのだ。しかし、なぜ青い奇妙な物質なのか。

「そんなバカな」流はつぶやいた。「ろ過……っていうより、これじゃまるで浄化じゃないか」

みんなは吸い寄せられるようにアナンを見つめた。きれいで、無邪気で、狂おしいほど愛らしい。そしてその静かな黒い目は今、かわるがわるみんなの顔を見回している。まるで別れがきたことがわかっているように。

「アナンは普通の子じゃないさ」メリーはいった。「神様のくれた赤ん坊だよ」

「あ……」電波青年がいった。「ぼくにも今、ピピッて電波きました。アナンはそういう子だから、ぼくたちのところにきてくれたんだって」

「いいよなあ、おまえの頭は単純で」いつも電波をバカにする野々田が、このときばかりはうらやましそうにいった。「俺もすんなり、そう信じてみたいよ」

ホームレスたちは誰も手をふってくれなかった。ぞろりと並んで無言のまま流とアナンの出発を見守っている。まるでもうすぐ終わるとわかっている映画でも見ているように。終わったとたん、もう観客とは関係なくなるのだ。あとはそれぞれの心の中に思い出の残像が残るだけだった。

「じゃ……いくよ」流はベビーグッズでいっぱいのスポーツバッグを持った。「野々田、あの中古の段ボールハウス、返すから。すごくあったかかった」

「クソッタレ」赤い目をした野々田がいった。「二度と帰ってくんなよ」

「電波青年……バケツの墓つくってくれてありがとう」

「ぼくしゃびしくないよ」電波青年はべろべろに泣いていた。「しゃびしくないからね」

「メリー、体大事にしろよ」

メリーは石地蔵のように拝んだまま時が止まっていた。

「惣一郎、詩集が出たら、絶対買うからな」

惣一郎はまったく無表情だった。

もういうことがなくなって、ここにいる理由が尽きた。流はホームレスたちに背をむけると、まだ人のまばらな改札口にむかってゆっくりと歩き出した。

大丈夫だ、堂々といけ……。

銀色のゲートのむこうには、自分の知らない世界がある。流はそこにむかって、ある種の流れがあるのを感じた。まるでダムの入り口に吸い寄せられていくような感じ。巻きこまれるのが恐い。流は改札口から目をそらし、胸元のアナンを見た。

アナンは下からじっと自分を見あげていた。わかるはずがないのに、まるで旅立ちを感じているように。黒い瞳を見ると、流は急に胸が苦しくなった。

不思議な感覚。生理的欲求に近い。ああ、なにかいいたい――。

「……俺は十年前、この改札口で倒れてた」流はつぶやいた。「みんなはおまえにいろんな話をしたけど、俺はだいじょうぶだ。話したくても記憶がないからな」

改札口がだんだん近づいてくる。流はうっすらと汗をかいていた。本当にそうなのだろうか。だいたい、自分は思い出そうとしたのだろうか。ギリコはとうとう記憶が戻ったが、その過去にはやはり胸がえぐられるような出来事が隠されていた。他人事ではない。自分の記憶にもなにかが隠されているかもしれない。

ヒルヒルヒル……胸の中で冷たい北風の音がした。

「……ほんとは、思い出したくないんだ」流は声を絞るように告白した。「恐い。なにひとつ思い出したくない。過去に戻るのは、嫌だ」

アナンの星の目が静かに見つめていた。拒絶せず、あるがままを受けいれるように。その告白にショックを受けたのは、流自身だった。

自分でも知らない本心だった。今までずっと記憶喪失という暗闇が彼を包んでいたのではない。一方的な被害者ではなかったのだ。その暗がりに逃げこんでいたのは、自分の方だった。なぜならその薄暗さや悲壮感が心地よかったから。自分の愚かさのようなものにフィットしたから。そして、自分を守ってくれたから。改札はもう目の前に迫っている。そこを越えたらおしまいだ。流は切符をぎゅっと握りしめた。

ダメだ、俺にはできない。帰ろう。みんなにあやまって、金を返して――。

「あら、原田さん？　原田さんじゃないですか……？」すぐそばで女の声がした。流は立ちすくんだ。誰かに話しかけられた？　まさか――。まちがいではなかった。自動改札から今出てきたばかりの女が、驚いたように目を見開いて自分をはっきりと見つめていた。

アナンがいってしまうと、集まったホームレスたちはマイペースに散り始めた。一言も言葉を交わすこともなく。電波青年はまだ泣きじゃくり、メリーはまだ拝んでいる。誰もがアナンとの別れに心を奪われ、ひとりの警官が近づいてきたのに気づかなかった。

「おい、おまえら、こんなところに集まってなにをやってるんだ」

突然、太い、威圧的な声がした。電波青年がはっと泣き声をのみこむ。はらはらしながら改札口の方をうかがっていた野々田が、男をふりむいて幽霊でも見たような顔をした。

「い、生きてたのか」野々田はいった。「牛窪のダンナ」

松葉杖をついてゆらりと立っているのは、ホームレスたちの間では至近距離から腹を撃たれてとっくに死んだことになっていた牛窪のダンナだった。やはり牛窪は並みの人間ではなかったらしい。足が片方不自由になったようだが、それだけの重傷を負ったにもかかわらず、巨体はまったくダイエットされていなかった。

「おう電波、久しぶりだな」牛窪が電波青年に目をとめていった。「おまえ、なんか俺に話したいことないか？　ん？」

「え、なに？」電波青年はせいいっぱいバカの演技をした。「なんのことでしゅ？」

パシン。牛窪はいきなりその頭をはりとばした。牛窪の手は暴力むけに出来ていて、軽くやっただけなのに電波青年はタンポポの綿毛のようにふっとんだ。本気でやったときの威力なんか考えたくもない。

「隠すとためにならないぞ」牛窪はまるで悪役のおかっぴきのようにいった。「ギリコが刺されたとき、現場にいたのはどいつだ？」

「ギ、ギリコはどうなったんですか？」野々田はせいいっぱい頭を低くしていった。

「フン、こっちの質問に答えないと、あの世でギリコに再会することになるぞ。そう、シャドウマンといっしょに一生ぶちこんでやってもいい。あの悪魔もとうとうヤキがまわったな。こわれた水道みたいにずっと泣きっぱなしだそうだ。で、不幸のフキダマリで生まれた問題の赤ん坊はどこだ？　俺のいない間にガキ育ててたとは、おまえたちもずいぶんえらくなったもんだ」

「知らない」電波青年は震えながらいった。「なんにも知らないよぉ」

「そうか。じゃ、こいつはなんだ」

牛窪はさっと自分の警察手帳を出した。水戸黄門の印籠じゃあるまいし、そんなものをホームレスたちに見せてどうするのか……と思ったら、よく見るとなにか小さな四角い物がはりついていた。

プリクラの写真だ。ハートマークの中で幸せそうに微笑んでいるのは、電波青年とアナンだった。動かぬ証拠はとてもかわいらしかった。

「……赤ん坊はどこだ」牛窪は低い声でいった。「こっちにわたせ」

ヤバイ。牛窪の後ろの方に立っていた惣一郎は、ちらと改札口をうかがった。

流とアナン、間にあったか――。


流と目があうと、女はまじまじとその顔を見つめた。ベージュのルージュを塗った口元は、流にはわからない理由でこわばっていた。

「ずいぶん久しぶりですね、原田さん。お元気でした？」

コノオンナハ　オレヲ　シッテイル――。

自動改札機の手前で、流は石のように硬直していた。上品で頭がよさそうな、三十歳ぐらいの女性。顔も名前もまったく、一ミリも一文字も思い出せないが、スーツをきりりと着こなしたこの女にきけばわかるのだ。

オレハ　ダレナンダ——。

なぜ、今頃になってこんなことが起きるのか。なぜよりによって旅立ちの日に。流の全身からどっと汗がふき出した。彼は自分でも気づかないうちにじわじわと女から後退りしていた。

「原田さん、今どこにいらっしゃるの」女が探るようにいった。「その赤ちゃんは？」

くるな、こないでくれ——流は突然、激しい恐怖を感じた。俺には耐えられない。知りたくない。頼むからほっといてくれ。ダレモ　オレヲワカッテクレナイ、コンナノハ　モウイヤダ——。

意識が混乱した流は死に神をよけるように女から逃げ出した。自動改札機に切符をつっこみ、あっという間に境界線を越える。前方にはたくさんの階段が迷路のように並んでいた。あっけにとられている女を残し、流はぎくしゃくと歩いた。自分の過去の秘密をそのままにして。

「もしもし、お客さん、切符をとり忘れてますよ」駅員の注意の声がきこえた。

悲しいかな、流はあまりにも電車に乗り慣れていなかった。ハッとふりむいたその目の隅に、置いてきた仲間たちが映った。惣一郎が祈るようにこちらを見つめている。

様子が変だった。流はメガネをずらし、目をこらした。電波青年がそばに倒れていた。もうひとり大きな男がいる。

警官だ。流の全身がギンと硬直したそのとき、大きな警官がふとこちらをむいた。

「あっ」牛窪は大声で叫んだ。「流……っ」

牛窪のダンナだ、と流は気づいた。生きてたのか。肝心なときにチンピラに撃たれて役に立たなかったくせに、なんで今頃のこのこと——。

「そこを動くな、流」牛窪は凄味のある声で怒鳴り、走り始めた。「バカヤロ、てめえだったのかっ」

改札口でたたずんでいたさっきの女がぎょっと身をひく。流は刑事に見つかった凶悪犯罪者のようにダッと走り出した。

今までいうことをきかなかった体がめちゃくちゃに動く。激しく揺れる体にアナンがコアラのようにしがみついた。だが、牛窪はどんどん追いかけてくる。松葉杖なのに異様なスピードだ。牛窪は警察手帳を広げながら改札をするりと抜けた。

「警察だ。待て流っ、逮捕するぞ」

流は血走った目でふりむいた。逃げ切れない。もうダメなのか——。

「チクショウ、流、逃げろーっ」

そのとき、改札のむこうから野々田が真っ赤な顔で走ってくるのが見えた。そして、電波青年も泣きわめきながら、その後ろから惣一郎までが。ホームレスたちはあれほど敬遠していた改札を次々と飛び越えた。そして、牛窪の背後から襲いかかっていく。半ばやけくそで。

「な、なにしやがるんだっ」牛窪は叫んだ。

牛窪は松葉杖を奪われ、三人のホームレスの突撃であえなく倒れた。公務執行妨害まちがいなしの狼藉《ろうぜき》だ。駅員があわてて笛を鳴らす。野々田がもぎとった松葉杖を投げる。すかさずそれをメリーがキャッチし、必死で駆けていく。捕まったら放火犯として逮捕されるというのに。

「逃げてくだしゃいっ」電波青年の悲鳴に近い叫びが響いた。「流、アナンーッ」

流は逃げた。がむしゃらに逃げた。涙が止まらなかった。みんながアナンのために自分を捨てているのだ。いっしょに生きていくことはできなくても。

もう戻れない。いくしかないんだ――。

どこかで出発のベルが鳴っていた。耳を頼りに階段を駆けあがる。白地に青いラインの特急電車が、今まさに出発しようとしているところだった。流は閉まりかけた白いドアにむかって走った。

そのとき、足下のホームがぐらりとかしいだ。白いラインがぐにゃりとゆがむ。流はゆらゆらとゆらめく風景の中で必死に走ろうとしていた。目の前の白いドアがかすみ、だぶるように黄色いドアが現れる。それは特急電車ではなく、どこかの古い普通電車のドアだった。

閉まる、閉まる、ドアが俺の前で。俺ひとり電車からはみ出る、乗り遅れる、みんなにとり残される、永遠に。おしまいだ——。

流は目の前で黄色いドアが閉ざされるのを見た。ガチャン。頭の中で牢獄の鍵がかかる。目の前が真っ暗になった。恐い闇。無音、孤独、虚無の世界。

これは過去だ。流は必死に暗闇をふりはらおうとした。

ドアを開けてくれ、頼む、俺を乗せてくれ、もう一度——。

視界が遠くから戻ってきた。まるで彼の悲痛な叫びに呼ばれたように。ぐわっと空間がうねり、目の前に白いドアがあらわれた。まだそれは開いている。人ひとり通れる隙間がスローモーションで狭くなっていく。流はぐにゃりと歪んだドアに手をかけ、必死に体をすべりこませた。

「あ……っ」彼は声をあげた。

スポーツバッグがひっかかった。あわてて手を離すと、チャックが壊れて中身がホームにぶちまけられた。次々にホームに散らばるアナンの服、帽子、オムツ。ふわふわと風に舞いあげられていく。流は走り出した電車にへたりこみ、放心状態でその光景をながめていた。

見たことがある。これと同じ光景を。俺は、あのとき――。

足下から電車の規則正しい振動が響いてくる。騒音、客車の匂い、流れる車窓の風景。どっとなだれこんでくる刺激が流の記憶を押し流した。流はひきつるように息をつぎ、デッキの手すりにしがみついた。

住み慣れた駅が、街が遠くなる。仲間はもういない。すべてがもう走り始め、後戻りはできない。頭上から響いてきた車内アナウンスに驚き、アナンがびくりと体を震わせた。

「だいじょうぶだよアナン、もうだいじょうぶだ……」

なだめるように背中をたたきながら、流の方がアナンにすがっている。ぼんやりした耳に到着駅の名がきこえてきた。飛び乗った電車はどうやら海方面行きのようだった。

ヒルルルル……。また胸の中で風が吹いた。いつもの、冷たく体が切れそうな北風。

知らなかった。これは海風だったんだ――。

「……嫌だ」流はつぶやいた。「海は嫌だ、恐いよ……」

流は初めてひとりで電車に乗った子供のように、心細さで震え出した。葬られていた記憶が動き始めている。アナンをひしと抱きしめたが、抱いているのか自分が抱かれているのかわからなかった。

俺は誰だ。原田という名前なのか？　あの女は誰だったんだ？

俺はなんで海が恐いんだ……？

第二部

1

その日、坂ノ上早苗は人生最悪の午後を迎えていた。

二週間前、急に体調を崩して入院した夫の広太郎は、ただのヘルニアかと思っていたら再検査が必要になった。昨日、担当の医師から『一応の検査に過ぎない』というなぐさめと、『最悪の場合』の説明を受けたが、いまだにその意味は早苗の頭に浸透していない。なにがなんだかわからないでいるうちに、今朝、たったひとりの従業員がやめるという知らせがはいった。

『坂ノ上アートタイル』に他に人手はない。だが、建て売り住宅建築現場では、監督がバスルーム工事を今か今かと待っている。それはアート志向が強くて経済観念のない広太郎を説得し、会社存続のためにやっともらった仕事だった。さらに、最悪の場合の入院手術費ときたら、まさに最悪の額だ。こうなったら自力で仕事をするしかない。早苗が看病で疲れた体にむちうち、従業員が運ぶはずだったタイルの箱をバンに積みこもうとした、そのときだった。

ガクンと、腰が割れたかのような激痛が走った。あっというまに箱が手からすべり落ち、あたりに赤と白の角タイルが散乱する。なにが起こったかわからないまま、早苗はうめき声をあげてタイルの海にうずくまった。

一ミリも動けなかった。息をするだけで激痛が走る。これがギックリ腰というものなのか。早苗はだらだらと脂汗を流しながら事務所前のアプローチに横たわってい た。自分の肉体まで使って『悪いことは重なる』を証明したいと思った覚えはない。

なんでこんなことになったの。こんな重たいタイルの箱なんか、女じゃ運べない。どうして広太郎が病気になるの。どうしてこんなときにひとりぼっちなの――。

事務所のデスクで電話が鳴り始めたが、おそらくタイル工事の催促の電話にちがいない。どうせ出ることもできないのだ。早苗は絶望的な目で庭越しに母屋を見た。助けを呼ぼうにも、家には誰もいない。娘の千草が小学校から帰ってくるまでにはまだ三時間もある。早苗はすがるように通りの方を見た。

『坂ノ上アートタイル』の看板がはずれかけ、バタバタと風に揺れている。店舗兼住居は事業主の名の通り坂の上にあり、海の見晴らしは最高だが、駅から遠くて人通りは皆無に等しかった。今頃こんなことをいってはなんだが、ペンションではないのだから商売をするならもう少し考えて土地を選んでほしかったものだ。

カア、カア……。カラスが悠然と鳴きながら大空を飛んでいく。地面にへばりついた身としては、その自由がとてつもなくうらやましかった。日頃、早苗は決してバイタリティのない女ではない。前むきなタイプだし、行動力もあった。だからこそ広太郎とふたりでこの店を経営してこられたのだ。だが、頼りの夫はあっけなく病に倒れた。この困難と激痛の中で、早苗はもうなにもかも放棄したくなった。

ああ情けない。広太郎とは大恋愛でいっしょになったのに。わたしのせいでも、広太郎のせいでもない。でももうダメ、限界。なにもかも捨てちゃいたい――。はりつめているくせに、ずっとはりつめていないふりをしていた感情が崩れそうになる。思わず涙がこみあげたそのとき、看板の下にちらりと黒いものが見えた。ぼさぼさの髪。やめるといった従業員の気が変わったのかもしれない。早苗ははっと背すじを伸ばしてしまった。

「イタタタ……」

じんわりにじむ涙のむこうで、男がその声をききつけてふりむく。見たこともない男だった。驚いたように口を半開きにして近づいてくる。

そりゃあ、誰だってびっくりするだろう、と早苗は情けなく思った。女がひとり、銃で撃たれたみたいに地べたに転がってるんだから――。

「だ……だいじょうぶですか」

男の額から汗がぽとりと落ちた。だいじょうぶのわけがない。だが、早苗は痛みも忘れ、しげしげと男を見あげていた。

　変な男だった。バス停から急な坂を歩いて昇ってきたらしく、顔中が汗だくだ。男の態度は妙にぎくしゃくしていて、浮き世離れしているというか、人慣れしていない野生の熊のような感じだ。しかし、それよりなにより奇妙だったのは、その男が抱っこベルトで腹に赤ん坊をくりつけていたことだった。もちろん、父親の子育て姿は特に珍しいものではないが、目の前にいる男はくたびれ果てた中年で、子連れ狼というよりは孫連れ狼のような悲哀が漂っていた。

「これ運んでたら、いきなり腰がぎくっときて」早苗は苦しい声で説明した。

　男は自分の足下に散らばっているタイルに気づき、びくりとして足をひっこめた。タイルを怖がる人なんて見たことがない。早苗がじっと観察していると、男はそろそろと割れた赤いタイルを一枚拾い、すっと光にかざした。

　男の額にぽっと赤い光が灯った。早苗はタイルの反射を目で追い、男の痩せた横顔を見つめた。やつれてはいるが、どちらかというといい男系かもしれない。

「五十角タイル……」男がつぶやいた。

「ええ、よく知ってますね」早苗はいった。「ああ、じゃあタイルのご注文に……イタタタ……すみません、お客さんに申し訳ないんですけど、ちょっと手を貸してくださいませんか？」

変な男にはちがいないが、警戒心を起こさせないのはやはり子連れのメリットだ。早苗は知らない男に手を差し出した。男は恐ろしい物体のようにそれを見ていたが、やがて意を決したようにつかんだ。

それは、思いがけず力強い手だった。ゆっくりと早苗の体を起こし、そばのベンチへと誘導する。玉のような汗をかきながら、早苗はやっとのことで人間らしいポーズをとることができた。

「ありがとうございます。なんとかすわることはできるみたい」

ほっとして目をあげると、男の胸に抱かれた赤ん坊の顔が見えた。すやすやと眠っている。濃いまつげ、なめらかな肌。

「きれいな子……」早苗は腰をさすりながらいった。「今、何ヵ月なんですか?」

男は困ったような視線を赤ん坊の顔にそらし、答えなかった。いかにも事情がありそうなムードだが、やはりあるらしい。

「で、どのような工事のご注文でしょうか?」早苗はいった。

「実は……」男はぼそりといった。「家を借りたいと思って」

家? なにかのまちがいじゃない、と早苗は思った。ここには貸すような家はない。部屋探しならタイル屋でなくて不動産にいくべきだ。だがそこで、早苗はついつい個人的事情を考えてしまった。

この人、新しいお部屋にこの赤ちゃんとふたりで住むのかしら。奥さんはどうしたのかしら、甲斐性がなさそうだから、やっぱり逃げられちゃったとか——。

「家賃はなるべく、まけて欲しいんだが」男はそういいながら、おどおどと敷地の隅に目をやった。

その意味がやっと飲みこめたとき、早苗は驚いてもう一度腰が抜けそうになった。草ぼうぼうの裏庭。そこにあるのは、家なんかではない。

「あ、あれは物置きよ」早苗はいった。「人なんか住めないわ」

窓がひとつきり、木造のボロ小屋だ。床が抜けるから重い物はいれられないので、たいした荷物もはいっていない。戦争中じゃあるまいし、今どきどこの世界にこんな小屋に住もうという人間がいるのか。しかも、赤ん坊といっしょに。

「や、あれでいいんだ」男はいった。「迷惑はかけないから、貸してくれませんか。一ヵ月でもいい。いや、一週間でも」

ここまでいうのは、よくよくの事情があるのだろう、と早苗はあきれながら考えた。金がない、仕事がない、保証人がない。きっとその三拍子揃いだ。デスクの電話がまたプルプルと鳴り始め、早苗は焦った顔でそちらを見た。

そして今、こちらもよくよくの事情がある。

「……こういうのはどうかしら」早苗は考えながらいった。「その落っこってるタイル、今すぐ運ばなきゃならないんです。できたら荷物の積み降ろしを手伝ってくれませんか？　そしたらあの小屋は貸すわ。ええもう、家賃なんかなしで。運転はわたしがするし、連れてってくれれば、タイルの貼り付けもわたしができるから」

いきなり大胆な提案をし始めた早苗を、男はあっけにとられて見つめていた。困ったように手の中のタイルをいじくり回している。

やっぱりダメか——早苗はがっかりした。そうよね、こんな変な男が天の助けのわけない。初対面の子連れ男にこんなこと頼んだ自分がバカだった。ああ、もううちの会社はこれで倒産——。

「オムツ、とり代えてからでいいですか？」男がぼそりといった。

え、と早苗は男を見た。男は返事をきかずにベンチに赤ん坊を寝かすと、手慣れた感じで下半身を開いた。見れば、赤ん坊の紙オムツはめいっぱい尿を吸ってパンパンにはりつめている。ずいぶん長時間とり代えていないらしい。八の字型に開いた足の間には、ちょこんと小さなつくしん坊がのぞいていた。

「男の子……」早苗は思わず微笑んだ。

なんでもいってみるものだ。早苗はよろよろと立ちあがり、急いで現場に電話をかけた。戻ってくると、男は赤ん坊を背中におぶい直していた。

「……これでよし、と」

男はさっそく散乱したタイルを拾い始めた。見かけによらず力仕事には慣れているようで、タイルの箱はあれよあれよという間にバンの荷台に積まれてしまった。これは頼りになる、と早苗が感心して見ていると、最後に男は無表情のまま、早苗という大荷物を運転席におしあげてくれた。まるでタイルの箱のように。女の扱いには全然慣れていないらしい。それにひきかえ、赤ん坊の扱いは国宝級だった。

「よちよち」男は全然似あわない言葉を発した。「さあアナン、こっちにおいで」

赤ん坊は男の膝の上にガラス細工のようにそっと寝かされる。早苗は横目でその別格の愛をながめていた。嫌な光景ではない。娘の千草はもう大きくなっているから、こんな小さな赤ん坊がいる雰囲気は久しぶりだった。目をはっきりと開けた赤ん坊は、黒々とした目で早苗を見つめてきた。

どきん、と胸がときめいた。この変な男には手を握られても平気だったのだが。

「アナン、ていうの」早苗はそっけなくいった。「変わった名ね。お父さんの方は？」

「俺は……流」

「ながれ？　それって、苗字なの？」

「ええと……原……原野、流です」

男は膝の上のアナンに目をそらし、それ以上しゃべろうとしなかった。どこからきたとか、仕事はなにかとか。早苗もそれ以上きかずに車を出発させた。バンが急な坂道をゴトゴトと下り出すと、三人の前方に遠く海が光った。

原野流とアナン。ちょっと怪しい親子——早苗は思った。でも、ああ、この人見かけによらず、天の助けだったんだわ——。

2

とりあえず、今夜寝るスペースだけは確保しなくてはならなかった。その日の夕方、工事現場から帰ってくると、流はアナンをおぶったまさっそく物置き小屋の掃除を開始した。収納されているのはほとんどが古道具で、亡くなった先代がつっこんだきりになっていたらしく、早苗はまったく中身を把握してなかった。

「あら、すてきな鎌倉彫り……」

古い鏡台に触れると、ほこりの中から足の長い黒蜘蛛がツツーッと飛び出してきた。早苗はすさまじい悲鳴をあげ、あっという間に十メートルも走っていった。

「こ、腰の痛みも忘れたわ」ギプスをさすりながら早苗は姿を消し、それきり二度と小屋に近づこうとしなかった。

かえって気を遣わずにすむ。流はほっと息をつき、まだ壁にへばりついている蜘蛛に礼をいった。まともな人間とは話し慣れていないから、ボロが出ないようにいちいち台詞を考えなくてはならない。早苗とはまだ一度も視線をあわせていなかったから横顔しかわからないが、まあまあの美人のようだった。

流はひとり黙々と三畳ほどのスペースの掃除を続けた。古いタンスや火鉢はそのまま使える。ありがたい、とつくづく思った。小屋だろうが物置きだろうが、段ボールハウスと比べたら天国だ。屋根と壁があって、床がある。雨露がしのげる。ああ、こんなところにアナンとただで住めるなんて、俺ってなんて運がいいんだろう――。

知らない街でやっと、ささやかな生活が始められようとしていた。逃げるように東京を出てきてから三ヵ月間、流はなにをすることもできず、迷子のように街から街をさまよい歩いた。不動産を見つけては立ち止まったが、『要住民票、保証人承諾書』の但し書きに中にはいることすらできなかった。一千万円も持ってるのにホテルは通報が怖くて泊まれない。夜はマンションやビルの階段の踊り場で眠り、誰かの足音がするたびにびくついて目を覚ました。うとうとすると、夢の中に捨ててきたホームレス暮らしが現れる。電波青年やメリーが留置場で泣いている夢、ギリコの死に顔。だが、もはや仲間たちの消息を知る手段もない。流はつらい思いにひとり耐えていた。

ようやく落ち着いてきた頃、ふとバスに乗ろうと思いたち、終点の手前でなんとなく降りたった。天気がいい。空はくらくらするほど青く、カラスが気分よさそうに飛んでいく。東京とはちがうなあと思いながら目で追っていくと、丘の上でバタバタと音をたてている看板が目にはいった。坂ノ上アートタイルに続くぐにゃタイル、という文字が暗号のように心に響いた。ぐにゃぐにゃの上り坂は、まるで自分の気持ちのようで、導かれるように上っていくと、ぽつんとこの小さな家が見えて、あんなところにアナンと住めたら夢のようだと思ったら、そこの庭に微力な自分でも力になれるほど困った女が転がっていたというわけだ。

早苗には悪いが、流はギックリ腰に感謝した。

「アー、だーだー」

小屋の天井には工事用ランプが風に揺れ、アナンのあどけない声が響いている。その夜、流は久しぶりに豊かな夜を過ごした。火鉢で湯をわかしてアナンはミルク、流はカップラーメンの食事をすますと、あとはもうすることがなかった。ふたりは早苗に借りた布団の上にごろんと横になり、互いのぬくもりで暖めあった。

これ以上人生に望むものがあるだろうか。流は後先考えずにこぢんまりした幸せにひたった。アナンは傍らでころころと転がり、木彫りのウサギをなめている。近頃はなんでも手にあたったものを口にいれるようになったが、どうやら歯がはえてくる頃で歯茎がかゆいらしい。そんな人間初期の感触など、流はそれこそ記憶になかった。

「ぐふ、ぐふん」眠くなったらしく、アナンが少しむずかり始めた。

流は赤ん坊を抱えてのっそりと立ちあがった。ここでなら表で堂々と寝かせることができる。これこそ逃亡の果てに手に入れた自由の醍醐味ではないか。ガタガタの板戸を開けると、自然の暗闇が目の前に広がった。ネオンも店の明かりもない。流は木木のざわめきに新鮮な感動を覚えながら、ぶらぶらと庭を歩き出した。

母屋に暖かそうなオレンジの明かりが灯っている。一般生活の営まれているそのエリアは、流にとって第二の国境だった。流は光を避け、ゴキブリのようにこそこそと庭を通り抜けていった。まだ、マトモな人間の仮面をかぶった自分に慣れない。今日のところはごまかしがきいたが、明日はだいじょうぶだろうか。こんな日がこれからずっと続くと思うと、流は少し気が重かった。

「あー」アナンが声をあげ、なにかを求めるように手をのばした。

月明かりに照らされた地面にぽつぽつと光る物がある。タイルだ。タイルが地面のあちこちにめりこみ、淡い星のように光っていた。流は身をかがめて楕円形の大きなタイルを拾いあげた。アナンが欲しそうに小さな手をのばす。

「待ってろ」流はささやいた。「今、きれいにしてやるから」

事務所のトイレ、水道は自由に使っていいといわれている。流は流しでタイルをキュウキュウと音をたてて指でこすった。その特有の手触りを確かめるように。濡れた指先の下から鮮やかなトルコブルーの陶器の肌が現れる。それから湯沸かし器をつけ、熱湯をタイルにかけて消毒した。もうもうとあがる白い湯気が彼を包む。

ああ、まちがいない、と流は思った。昼間タイルを拾ったときも感じた、懐かしいような悲しいような感じ。やっぱり俺は昔、タイルに触っていたんだ——。

人生が激動したおかげで脳も動き出したのか。旅に出たときから、流は少しずつ十年間封じこめられていた過去を思い出しかけていた。だんだん思い出したら、そのうちいつか終点にたどりついてしまうかもしれない。ハルマゲドンがやってくるかもしれない。自分を押しつぶす記憶の大洪水が——。

「……嫌だ」流はふりしぼるようにいった。「思い出したくない」

「なにを？」

突然、後ろからつっこみがはいった。背後霊の声ではない。ふりむいた彼は、思わず声をあげた。

「わっ、出た、アチチッ」

座敷わらし——という言葉は悲鳴にかき消された。薄暗い事務所の中、異様な目つきのオカッパの少女が、じーっとアナンを見つめている。その人間離れした垂れ目、インパクトのある目鼻の配列。しかし、よく見ると、座敷ワラシはピンクの猫の歯ブラシをもってピンクの猫のパジャマを着ていた。こんなカラフルな妖怪はいない。どうやら早苗の娘らしいが、どこも似ていない。たぶんお父さん似なのだろう。

「ねえ、この赤ちゃん、爪青い」少女はいった。

「アナンていうんだよ」流はほっとしていった。

どういうわけか、流は子供が相手だと話しやすい。人は社会性がなくなると、そのうち動物や植物としかしゃべれなくなる。

「アナンちゃんのヘア、誰がカットしたの？」少女はいった。「ださい」

「いろいろ事情があってね」流はいった。

いきなり変質者に切られたというのは、いくらなんでも子供にはショックが強すぎるだろう。少女はぐい、とアナンの足をひっぱった。

「じゃあ千草、アナンちゃんのお世話してあげる」

「千草ちゃんていうのか」

見れば、その腕には筋肉がついて太くたくましい。女の子にしては肩幅も広く、足腰もがっしりしていたが、そういうと本人は傷つくかもしれない。

「なんかスポーツやってんのか」流はいった。

「スイミング」千草はいった。「おじさん、トイレにきたんじゃないの？」

見抜かれている。本当はその辺で立ちションしてすませたいが、マトモ人間としてはそういうわけにいかない。住む家がみつかった瞬間から、自分はもう自堕落なホームレスではないのだ。流はしかたなく千草にアナンを渡してみた。抱き方を教えたわけでもないのに、千草はすんなりと赤ん坊を抱いてゆらゆらと揺さぶった。アナンはどうかと見ると、これまた機嫌よくニコニコと笑っている。やはり安定感があるのだろうか。

「助かったよ」

流がトイレから出てくると、千草は神妙な顔でアナンをのぞきこんでいた。見れば、アナンは小さな両手で青いタイルを宝物のように握りしめ、いっしょうけんめい吸っている。チュウチュウ……。なんともいえないかわいい音が事務所に響き渡った。

「わあ、かわいい」千草は目を輝かせてその光景にみとれた。「アナンちゃんはタイルが大好きなんだ」

「小さいのは飲みこむからダメだな。とがったのも」流もみとれながらいった。

「ふうん。ねえ、おじさんてビンボ？」

「そうだなあ……いや、案外そうでもないかも……」

「あ、千草悪いことききいちゃった。ビンボに決まってるよね。あんなボロ小屋に住んで、こんな拾ったタイルをオモチャにしてるんだもんねえ」

千草は勝手に結論を下すと、アナンの頭をさもいとおしそうになでた。同情が愛情に発展する日は近いかもしれない。流が目を細めてその光景をながめていると、千草がくるりとふりむいた。

「でさ、おじさん。なにを思い出しくないの？　ねえねえねえ」

ああ、これだから子供はもう。流が頭を抱えていると、風にのって母屋から早苗の呼ぶ声がきこえてきた。

「千草、千草ちゃーん。どこにいるのー？」

「あ、おかあさんだ」千草はぺろんと舌を出した。「いかなくちゃ」

千草はなごり惜しそうにアナンを流に返すと、もう一度その顔をじっとのぞきこんだ。まだサンタクロースやコウノトリが頭の中に住んでいる年頃だ。たまたま家にきた赤ん坊も、神様の贈り物かなんかに思えるのだろう。

「……ね、おじさん、運命って信じる？」

まったく顔に似合わないことをいう。千草はニッと笑い、忍者のようにこそこそと暗闇を走り去っていった。

その日、アナンは坂ノ上千草に出会った。まるで偶然のように、さりげなく。ときにアナンは生後六ヵ月、千草はまだ十歳、まだ色気のかけらもないほんの子供だった。

3

丘のふもとに三軒並んだ建て売り住宅は、いかにも新婚むけのかわいい輸入住宅風だった。ドーマー、白い出窓、黄色いドア。まるでお菓子の家のようで、流など住む所というリアリティを感じない。こんな家こそ坂ノ上アートタイルの出番だ。風呂場とキッチン、洗面所もユニットは使わずカントリーっぽく仕上げる予定で、早苗は腰痛をおして忙しく働いていた。

流の仕事はもっぱら荷物運びだが、これは苦にならなかった。長いこと肉体労働はしていなかったが、日々重くなる赤ん坊を抱くということはウェイトリフティングを続けているようなもの、知らず知らずのうちに筋肉が鍛えられていたらしい。以前にはもっと重い鉄パイプを一日中運んでいたこともあった。現在ホームレスになっている高齢者の多くは、高度成長期にビルやマンションの建築にたずさわっており、流も建築業者にたくさん仕事をもらっていた。そうした文明の功労者が、自分の建てたビルのそばあたりで路上生活を余儀なくされている……それが厳しい現実なのだ。

そんな都会の現場は規模が大きく、流もいっしょに働いている関係者の顔をあまり覚えないことが多かった。だが、こうした小さな現場では家族的なまとまりがあるようだ。職人たちは赤ん坊をおぶったよそ者が現れたときには驚いた顔をしたが、流は奇異の目の中で淡々と仕事と子育てをこなしていった。

「そろそろミルクの時間じゃないの？」

風呂場のタイルを貼っていた早苗が、コテでモルタルをこねながらいった。流はタイルと道具を運び終わるとあまりやることがない。これであの小屋に住めるなら安いもんだと思っていた。

「ええ、でも……」流は口ごもり、早苗に一枚タイルを渡した。

早苗は変わった女だが、頭の回転は悪くない。ところがその作業ときたら、丁寧過ぎて異様に遅いのだ。後ろで見ていると、この時間を気にしない流がはらはらするくらいだった。当然、工期は遅れている。流は一枚ずつタイルを手渡しているが、焼け石に水だった。

そこへ、ヒゲ面にくわえ煙草の大柄な男が、ドスドスと床を鳴らしながらやってきた。その足音すらも威圧的にきこえる、現場監督、鬼《き》頭《とう》勇夫《いさお》だ。節分の鬼そっくりな上にガラガラの大声だから、みんなから鬼監督と呼ばれていた。彼は流のすぐ横にやってくると、じろりと風呂場を見回し、汚れた黄色い歯の間からブワーッと煙を吐いた。

「だめだな、こりゃ」鬼監督はいった。「全然ダメ」

その口調にはすでにイビリがはいっている。早苗がきっとふりむき、気の強そうな顔で鬼監督を見あげた。

「なにがダメなんですか」

「あんたひとりじゃダメだっていってんだよ。作業がとろ過ぎて」鬼監督は不機嫌にいった。「なにやってんだよ、もう。あと二軒残ってるんだぜ。早くしないと間にあわない。旦那やもっとマトモな従業員はどうしたんだ?」

鬼監督はそういいながら、マトモでない子連れ従業員をじろりと見た。

「主人は急病なんです」早苗はいった。

「このまんまじゃ俺の方が胃潰瘍になりそうだ」鬼頭はいった。「で、旦那様はいつ退院なさるんだ?」

「それはまだ……」早苗は口ごもり、視線をおとした。

やはり重病なんだろうか、と流は思った。仕事が終わると毎日、早苗は病院へ見舞いにいっている。重労働の疲れもあって、その顔は日に日にやつれていくように見えた。

「納期が迫ってんの、バカじゃないんだからわかるだろ」鬼監督は容赦なくいった。「予定変更してユニットにするって手もあるんだ、今日の進行具合いを見て、ダメだったら他のところに頼むからな」

物事を進行させていく力は、一方で切り捨てを見極める力でもある。この非情で傲慢な男は、自分のようなタイプがいないと現場が回らないことを自覚していた。

「そんな」早苗は青くなった。「キッチン用の輸入タイルは、もう発注してるんです」

「仕方ないだろ。おたくが遅れたんだから。悠長なこといってらんないんだよ」

現場監督は最終宣告をすると、太った腹を突き出してぷいといってしまった。後にきつい煙草の匂いを残して。

早苗は打ちのめされた顔で桃型のコテを手にすると、流と目もあわせずに壁にむかいあった。いつもの作業は乱れた人の心をなだめる。機械的にモルタルをこね、ものもいわず白い角タイルを一枚ずつ貼りつけていった。一定間隔で赤いタイルがアクセントにはいっていく。まるで彼女の心の痛みのように。その後ろで、流はなにもできずにぼーっと突っ立っていた。

この人は本当に困っている。なのに俺は役たたずだ。いや、本当にそうか――。

アア、アア、アア。背中にくくりつけられたアナンが身をよじり、泣き出した。

「……ミルクの時間、とっくに過ぎてる」早苗が背中をむけたままでいった。

「で、でも……」流はとまどった。

「いいのよ。気にしないでやってちょうだい。あなたのせいじゃないんだから」

そういわれても、顔をこちらにむけてくれなければ気にしないわけにいかない。流は居心地の悪い思いをしながら、黙って早苗の作業を見守っていた。壁に塗ったモルタルにクシ目をつけ、タイルの裏にもモルタルをつけて一枚ずつ丁寧に貼りつけていく。

「……セミ圧着」流はつぶやいた。

早苗が驚いたようにふりむいた。流はその目にいっぱい涙がたまっているのを見てしまった。

「ど、どうして知ってるの?」早苗はあわてて涙をぬぐいながらいった。「あなた、そんな専門的な用語を」

流は自分でも答えられなかった。なんとなくふっと言葉が浮かんだまでだ。そしてまた、次の言葉が喉元までこみあげてきそうになる。流は怪訝そうな早苗の視線から逃げ、あわててバンに戻っていった。座席でアナンのためにミルクを作ってやりながら、流はうろたえていた。今までこれほどはっきり言葉が浮かんだことはない。

なんなんだ、これは。俺にどうしろっていうんだ——。

「チェッ、なに考えてんだよ」どこかから声がきこえた。「仕事場にギャーギャーうるせえ赤ん坊なんか連れてきやがって。やる気なくすぜ、まったく」

大工のひとりがぶつぶつ文句をいいながらそばを通り過ぎていく。面とむかって抗議はしない、そこがこの種のイビリの妙だ。流は黙ってアナンの口をミルクの乳首でフタをした。泣き声がぴたりと止まると、その瞬間アナンが哀れになる。こんなところでしか育ててやれないアナンが。

アナンを冷たい目にさらしたくない。ここは危ない人間も、危ない物もいっぱいだ。こんな環境が子供にいいわけないのに。ゴメンよ、アナン——。

と、大工の前にぬっと大男が立ちふさがった。大工がぎくりとしてその顔を見る。

「やい、半人前。いうことだけは一人前だな」鬼監督はくわえ煙草でいった。

「なんだと」大工が顔色を変えた。「そりゃ、どういう意味だ」

「そんな二日酔いじゃや、そりゃあ赤ん坊の泣き声が頭にガンガン響くだろうよ」

短気と短気の口論は激しく、短かった。数分後、大工は悪態をつきながら仕事をおりて帰ってしまった。鬼監督は舌打ちし、ぼりぼりと頭をかいた。

「しっかたねえなあ……」

これでまた仕事の進行が遅れるのは目に見えている。嫌な男だが、決して自分は損をしないタイプ、というわけでもないらしい。流がぼんやりと見ていると、鬼監督は恐い顔でずんずんと近づいてきた。きっと嫌みの十や二十はいわれるにちがいない。

「おまえ……」鬼監督は流の顔をじーっとにらみつけて、いきなりボンと頭をたたいた。「頭打ったな?」

乱暴な男だ。本人は力を抜いているつもりだが、大きな手の力はゴリラ並みだ。

「……え」流は頭をくらくらさせながらいった。いったいなんの話だ。

「図星だろ。俺の知りあいによ、落っこってきた鉄板で頭打ったやつがいるのよ。おまえ、そいつにそっくりだ。そのぼけーっとしてる感じが」

そんなことを突然いわれ、流はぽけーっとした顔で鬼監督を見つめた。記憶を失った当時、医者に診察してもらったが外傷はなかったはずだ。しかし、もしかしたら強打に匹敵するショックがあったのかもしれない。それにしても、流の異常を一目で見破ったとは、鬼監督は油断のできない男かもしれない。

「で、どっちなんだよ」鬼監督はいった。

「……は？」流はいった。

「そいつだよ。ボウズか？　おっといけねえ」

鬼監督は煙草を捨て、急いで足でもみ消した。赤ん坊の健康を気づかっている、と流が気づくのに時間がかかった。

「こりゃあ色男だなあ。ベロベロバー？」

鬼監督は顔面を崩してアナンをあやした。しかしなにぶんにも顔そのものが恐いので、アナンはニコリとも笑わない。流はあっけにとられてそのバカ面を見つめていた。

もしかしてこの男は、子供好きなのか。本当に人は見かけによらない――。

「男の子はかわいいぞ」鬼監督はいった。「うちのは高校生だからもうクソ生意気で、毎日バイク乗り回してるけどな。やっぱ男手ひとつで育てたからガサツになっちまいやがった。や、俺がこんなだから女房に逃げられちゃってね。よくある話だよな、若い男つくってさ。けっ、そのせいかこの歳になっても女ってやつが苦手でね」

鬼監督はききもしないことをべらべら自分からしゃべり、流の肩をバンとたたいた。

「やっぱ、あんたもその口かい？　図星だろ？　まだこんなちっちゃいのにたいへんだな、同情するよ。もうそろそろ離乳食の頃だな」

「……え？」流はいった。「りにゅうしょく？」

「知らないのか？　最初はどろっとしたもの食わすんだ。おかゆとかスープとか。おいおい、だいじょうぶか父ちゃん」

知らなかった。赤ん坊は三歳ぐらいまでミルクと果物ぐらいで育つものだと思っていた。そういえば近頃アナンは、流がそばでなにか食べていると欲しそうにヨダレをたらしていた。しかし、自分の食事だってままならないのに、赤ん坊の離乳食とは。そんなもの逆立ちしても作れるわけがない。

「いきなり大人のご飯をあげたら……？」流はおそるおそるいった。

「死ぬだろ、やっぱり」鬼監督は断言した。

流は動揺しながら、倒したシートにそっとアナンを寝かせてやった。こちらの心配も知らず、ミルクを飲みながらもうとうとしている。

「ま、しっかり働いていっぱい食わしてやんなよ」鬼監督はいった。「あんなとろい女の下じゃ、たいした仕事も覚えられないかもしれないけどな」

鬼監督はまたバンと流の背中をどやした。痩せた体がウッとつんのめる。そのとたん、さっき思い出しかけた言葉が、まるで喉に詰まっていた小骨のようにとび出した。

「……セ、セミ圧着は密着度がいいけど、ひと手間かかるんだ」流はいった。

「なんだと？」鬼監督は目をむいた。

流はぽかんと口を開いていた。今のはなんだ、今しゃべったのは自分の中の別な誰かだ——。

「……こい」鬼監督は恐ろしい声でいうと、いきなり流の腕をむんずとつかんだ。

「な、なにをするんだ。イテテテ」

もがく流を鬼監督は無理矢理座席からひきずり出し、そのままものすごい力で家の中に連れていく。

「た、助けてくれ」流は叫んだ。「誰か……っ」

こんな乱暴狼藉はホームレスのときにもされたことはない。他の職人たちはあっけにとられてふたりを見ている。早苗はトイレにでもいったのか、肝心なときに姿が見えなかった。

「ここだ」鬼監督はドンと風呂場に流を突き飛ばした。まるで奴隷商人のように。

壁のモルタルがぺしゃりと流の顔につく。早苗のタイル貼り作業はまだ半分も終わっていなかった。

「いいか」鬼監督は叫んだ。「頭じゃなくて、体が覚えているはずだ。コテをつかめ」

「い、嫌だ」流はいった。なにも思い出したくない。ふりむくな、逃げろ——。

「うるせえっ。俺はなあ、てめえみたいにやってみないでグズグズしている野郎が一番嫌いなんだよっ。技術を出し惜しみするな、早くコテをつかめっていってんだよ」

鬼監督は悲鳴をあげる流の手に、無理矢理コテを握らせた。握り手の木の感触。そのとたん、流の頭がくらりとした。

「この感触を手が覚えてる。図星だろ、え？」

鬼監督はそばにあったモルタルをこね、流のコテにつけさせた。

「貼れ」彼は命令した。

「そ、そんな、できるはずない」流はいった。

「うだうだいわずにやれ。まず一枚だ。やらないと今度は角材で頭ぶちかますぞっ」

これはもはや、リンチだ。なんでこんなことをやらされなくてはならないのか。流は泣きながら、しかたなくタイルの裏にモルタルをもった。やけくそでペタッと壁に貼る。これで勘弁してもらえるか——。

と、体の中にコツンと響くものがあった。

「な」鬼監督がいった。「いいからいいから、なにもいうな。次、いけっ」

もう一枚、そしてもう一枚。流は黙々とタイルを貼り始めた。なにも考えず、なにも感じずに。ただただタイルを貼るという単純作業に没頭していく。

「いいぞ、働け」鬼監督は奴隷にはっぱをかけた。「その調子だ、ばしばし働けっ」

流の手が魔法のように動き、スピードがどんどんあがっていく。世界が四角の連続になっていった。四角、四角——。

「ちょっとあんた、うちの従業員になにすんのよっ」

あわてて駆けこんできた早苗が、アッと声をあげて立ちすくんだ。風呂場のタイルは美しく貼られ、もうほとんど終わりかけていた。

「どうだ」鬼監督は胸をはった。「頭のスイッチのいれ方、教えてやったんだよ。こいついい腕だぜ。おまえの百倍ぐらい手早いぞ」

「まさか……どうして……」早苗はつぶやいた。

「まあ、礼はいいって」鬼監督は満足そうな顔でいった。「マトモな従業員、調達してやったな」

いじめられ、罵倒され、流は情けなかった。だが、前むきになりたくてもひとりでは進めないことがある。今の自分に必要だったのは、多少痛くても強引な最後の一押しだったのかもしれない。現に結果は目の前に現れているではないか。

流は早苗をちらりと見た。できるならどうしていってくれなかったのよ、とその目が訴えている。流はいいわけすら思いつかなかった。

「いいのよ、いいたくないんなら」早苗は物わかりよくうなずいた。「人には知られたくない過去って、あると思うから」

いや、誤解だ、と流は思った。俺はいいたくないんじゃなくて、いえないんだ。知られたくないけど覚えている過去と、ほんとに思い出せない過去とは段違いだ——。

「それじゃ、月十五万に食事付き。これで勘弁して。ここ、あとはまかせたわ」

早苗はさばさばした口調でいうと、あっさりと背中をむけて歩いていった。流の返事もきかずに。流があっけにとられて見送っていると、鬼監督がおい、と声をかけた。

「なによ」早苗はきっとふり返った。

「ついでに、赤ん坊の離乳食付きな」鬼監督はいった。「それで手を打ってやるよ」

4

アナンの前においしそうな野菜スープが湯気をたてていた。そのヨダレが光る口元に、千草はいそいそとスプーンをさし出した。

「はい、ああん」千草は自分も口を開けた。「千草、今日からアナンちゃんのマンマ係になったの。お母さんが、将来に役立つといいねって。五種類の有機野菜をことこと煮てミキサーかけたんだよ」

かわいい唇がスープをピチャピチャとすする。アナンの食べ方をじっと見守り、千草は一秒のすきもなく次をさし出した。まるで手乗りブンチョウの餌づけだ。お手製のスープがよほどおいしいのか、栄養不足だったのか、アナンは長々と飲み続けた。

「千草、自分の朝ごはんもちゃんと食べなさい」早苗はいった。「今日はお仕事休みだから、千草もお父さんの病院にいくのよ」

「アナンちゃんもいっしょにいく?」千草はいった。

「いきません」

「お父さん、いつ退院?」

「もうすぐよ」

さりげなくいったが、まるでホームドラマの母親役のように明るい声だった。身を縮こまらせて食事をしていた流は、思わず早苗の顔をちらりと見た。だが、夫の病状どころか、今日のお天気の話もできない。流はガチガチに緊張しまくっていた。無理もない。アナンのためとはいえ、ついに一般家庭という名の国境を越えてしまったのだから。

普通の家、普通のダイニングキッチン、味噌汁とごはんと目玉焼きの普通の食卓。そのすべてが流にとってはスペシャル豪華版だった。彼はまるで生まれて初めて高級レストランにきた貧民街の少年のように硬直していた。こうなると果たして食事付き待遇がありがたいのかどうかもわからないが、やはりアナンに離乳食は必要だった。

「昨日は助かったわ」早苗がいった。「あの建て売り住宅の工事、もし切られたらうちの会社アウトだった」

「そういうの、渡る世間にお船ありっていうんだよね」千草がいった。「おじさん、ごはんならどんどんおかわりして。セルフサービスでね」

早苗は気をきかせたのか、さりげなくダイニングルームから姿を消した。流の萎縮していた胃がほぐれ、やっと舌に味がいき渡ってくる。

「お父さんとお母さんはね、赤ちゃんが結婚させたんだよ。つまり千草のことだけど。ふたりとも東京の美術学校を千草のためにやめて、このド田舎に住むことにしたんだって」

どうやら千草は子供なりに坂ノ上家の情報を教えてくれているらしい。居候は食べながらきくともなしにきいていた。

「お父さんはカッコつけちゃって、実家はインテリア業だって話してたんだけど、実はただのタイル工事屋だったの。ふたりでがんばってここまでオシャレにしたんだよ。でも、こんな田舎じゃ外国のタイルなんか使う人あまりいなくて。千草はタイル大好きだから、見本をいっぱい集めてたんだ。はい、これ、食後のデザート」

千草は食事がすんだアナンの前に、色とりどりのタイルがてんこ盛りになったドンブリを置いた。

「マンマー」アナンは赤いタイルにいそいそと手をのばし、ぺろんとなめた。よく見ると、タイルはちゃんと大きくて丸っこいものが選ばれている。千草の愛情は本物のようだった。

「ありがとう。アナンすごく喜んでるな」流はいった。

「でしょ。千草ね、あのときピンときたの。アナンちゃんはタイルをもっとほしがってるって」千草は興奮で顔を赤くした。「おじさん、ピンときたことある？　もう超わくわくするんだけど……ああ、うまく説明できない」

流の場合はピンとくるというよりも、過去からの記憶がビリッとくる。このスリルと恐怖はとても人には説明できない。千草はね、人に便利なやつだって思われているときが一番ノリノリでハッピーなの」

「それをいうなら……人の役にたってるとうれしい、じゃないか？」

「似たようなもんでしょ」

千草はアナンのタイルをかきまわしながら、幸せそうにグフフと笑った。

母娘が車で病院にでかけていくと、流は久しぶりにアナンとふたりきりになった。彼は小屋からゴザを出し、ずるずると日当たりのいい庭にひきずっていった。日なたぼっこ──怠惰な元ホームレスにはこのくらいの娯楽しか思いつかない。

「うう一ん」アナンは四肢を広げ、一人前の伸びをした。

仕事の間中ずっとおぶわれてるから、赤ん坊も筋肉が萎縮するのだろう。そうやって伸びをするたびに一ミリずつ背が伸びていくようだ。アナンは千草にもらったタイルを両手に持ち、カチカチ打ちあわせて遊び始めた。まるでゼンマイ仕掛けのオモチャのようだ。流はその音をききながら、ぼーっと流れる雲をながめて寝転がっていた。

たしかに、タイル仕事には充実感はあった。思い出したことに興奮もした。あの鬼監督は苦手だが、どこかでちょっと感謝もしている。なによりも早苗に恩返しできたのはラッキーだった。

だが、正直いってくたびれた。働き者は働いていないと気がすまないが、流はただただ過ぎていく時間に身をまかしても全然苦痛にならないタイプだった。

「ふわーあっ」流は思いきりあくびをした。

カチ、カチ……。アナンのたてるタイルの快い音が、流に催眠術をかける。地べたに寝転んだ流はついホームレス気分に戻り、気持ちよくうとうとし始めた。

腹いっぱいで、暖かくて、金の心配もなくて、アナンがいる。ああ、この時が永遠に続けばいい――。

ゴザが魔法のじゅうたんのようにふわりと浮きあがり、流はアナンとふたりふわふわと雲の中を漂っていった。脳天気な夢の中で、流は久しぶりに青い龍を見た。雲の間から首をにゅっと出し、じっとこちらを見ている。なにかをすごくいいたげな様子で。怖そうな龍の顔なのにそんなニュアンスが伝わってくるから不思議だった。ふと横を見ると、アナンが今にもゴザから転がり落ちそうになっていた。

「あっ」

あわてて両手をのばしたところで、目が覚めた。夢でドキンとした心臓がまだ高鳴っている。いったいどのくらい眠ってしまったのか。流は異様な静けさに気づいた。

いつのまにかタイルの音がやんでいる。眠ってしまったのか、と思いながら、流はおそるおそる横を見た。

アナンが消えていた。まるでゴザから落ちたように。

「アナン……?」

なにが起こったかわからなかった。泣き声もきこえない。誰かがそばにやってきたら、いくら流が鈍感でも気づくはずだ。流はあわててあたりを見回した。

土の上にかすかに、なにかをひきずったような跡がついている。その意味するところに気づいたとき、流は愕然とした。なんというバカ親だ。知らないうちにアナンはハイハイができるようになっていたのだ。おんぶばかりしていた上に、究極的に狭いところに住んでいるから全然気づかなかった。

アナン、どこへいったんだ——。

流はあわてて走り出した。ハイハイの跡は庭を横切り、門の方へ続いている。赤ん坊としては大胆な長距離遠征だ。どれくらい時間がたったか見当もつかないが、これを追っていけば最終的にアナンのところにいきつくに決まっている。流は門から小道に出ていき、十メートルほどいったところで立ち止まった。

ハイハイの跡が消えている。忽然と。流は呆然とし、思わず空を見あげた。アナンに羽根がはえて飛んでいったのか。まるで天使のように。それともまさかＵＦＯにさらわれたとか。焦り狂った頭に、今度はどっと現実的不幸のビジョンがなだれこんでくる。事故、誘拐、犯罪、そして白骨死体。

ああ、なんでこんな小さいうちに二度も三度もいなくなるんだ。もしアナンになにかあったら、俺は死んでも死にきれない——。

そのとき、流は目の隅できらりと光るものをとらえた。上り道の真中に、なにか落ちている。流は赤い丸タイルを拾いあげた。まちがいない。アナンが失踪の直前まで遊んでいたものだ。つまり、誰かがこの道をアナンを連れて上っていったらしい。

流は血相を変えて走り出した。この小道の先には野原と林しかない。いったいなんの目的があって乳児をそんなところに連れ去ったのか。

ウォン、ウォン。どこかから犬の鳴き声がした。誰かを呼んでいるような、その声がやたら不吉に響く。丘の上の野原を大きなシベリアンハスキーが走っているのが見えた。林の中の方に怪しい男がいる。ハンチングを後ろむきにかぶった男は、なにかを抱えているようだった。

「待てっ」

アナンか。生きているのか。追おうとしたとき、流の足下からすっと地面が消えた。

くらい落とし穴だ。誰かが掘ったばかりらし

「うわあっ」

流は大きな穴の中に尻もちをついていた。落とし穴だ。誰かが掘ったばかりらしく、まだ土の表面が湿っている。うめき声をあげて腰をさすっていると、上からぬっと犬がのぞきこんだ。

ウォン、ウォン。尻尾をふって盛んに誰かを呼んでいる。まるで獲物をとらえたように。

もうダメだ、と流は思った。アナンを連れ去られた上、こんな落とし穴にかかってしまった。もう追いかけられない。俺はここに生き埋めにされてしまうのか——。

ハンチングをかぶった男がぬっと顔を出した。薄いサングラスをかけた、いかにも得体の知れない老人。なにもいわず、怪しむように流を見下ろしている。その胸に小猿のようにしがみついているのは、アナンだ。

「そ、その子を返せ」流は叫んだ。「アナン……ッ」

その声をききつけ、アナンが顔をあげた。首を回して流を発見すると、アーと手をのばしてくる。流は必死にその手をつかもうとした。

手は届いた。あっさりと。流はあたりを見回した。よく見ると、落とし穴は流の胸ぐらいの深さしかなかった。

「だ、だいじょうぶかい」老人はいった。「やあ、あなたのお子さんじゃったか」

流は立ちあがってアナンをもぐように抱きとった。赤ん坊の顔は土で汚れて、黄色いロンパースは大きく破れていた。この老人はいったいアナンをどうするつもりだったのだろう。誘拐犯には見えないが、とっさにとぼけているのかもしれない。

「よかったよかった」老人はいった。「実は、うちの子がさっき拾ってきたんじゃ」

「うちの子……？」流はいった。

「ええ、このキンゾウが」

キンゾウ、と呼ばれ、犬はウォンと一声吠えた。目つきも歯も鋭く、狼の血をひいていることが一目でわかる。老人の方はなにをやっている人なのか、のほほんとした雰囲気だがご隠居さんには見えない。年寄りがこんな丘の上までわざわざ犬の散歩にきたのだろうか。

「もうびっくりしたなんてもんじゃないよ」老人はいった。「赤ちゃんの服の背中のところ、パクッとくわえてな。いつもなんでも拾ってきちゃうんだが、赤ん坊なんて。まさか、道に落っこってたわけじゃあるまいに」

流は冷や汗をかいた。いやおそらく、道に落っこちていたのだ。そしておそらく、賢い犬は人命救助をしたにちがいない。イルカが海でおぼれている人間を本能的に助けるように。自分の不始末を棚にあげ、助けてくれた人を誘拐犯とまちがえるなんて。穴があったらはいりたいが、もうすでにはいっている。

「すみません。い、いや、どうもありがとうございます」流は素直に礼をいった。

「ありがとう、キンゾウ」

キンゾウはウォンと返事をした。よく見るとどこかひょうきんな顔で、右目が金色、左目が青みがかった銀色と色がちがう。

「珍しい目だ」流はいった。

「金銀の目といってね」老人は自分の子を誉められたように、うれしそうにいった。「この犬は金運を運んでくるんじゃよ。ま、ときには赤ん坊も運んでくるが」

「ほんとに助かりました。それにしても……なんなんだろう、この穴は」

流は人騒がせな穴の中に立ったまま、あたりを見回した。落とし穴にしては深さがない。水道などの工事にしてはそれらしい機具もない。なんだか目的のわからない穴だった。

「さあねえ」老人は首をひねった。「誰か山イモでも掘ってたのかな。いやね、実は今、この子をタイル屋さんに連れていこうと思っていたところじゃ。あなた、あそこに看板の出てるアートタイルの人でしょ?」

「え、どうして……?」流は首をかしげた。

数は少ないが、近隣には他にも家が建っている。どうして赤ん坊の身元がわかったのだろう。と、老人は笑いながら、ほら、とアナンの手を開いた。

その手にはしっかりと、身分証明書の丸い青タイルが握りしめられていた。

「千草、今日からアナンちゃんをお風呂にいれる係」

泥んこのアナンを一目見ると、千草は嬉々としていった。どうやらいつそれを切り出そうかタイミングを狙っていたようだ。

「ええ」早苗は機械的にうなずいた。「いいわよ」

車から荷物をおろすのを手伝いながら、流はちらりと早苗の顔を見た。

明らかにうつろだった。暗くなってから病院から帰ってきたが、早苗はどこかぼんやりしている。おそらく夫のことでなにかあったのだろう。だが、千草は母親の変化をまるで感じていないように、ワーイワーイと無邪気にはしゃぎまくっている。

「あ」早苗は気づいていった。「流さんもどうぞ。わたしたちの後でよかったら」

「俺は……」けっこうです、といいかけて口をつぐんだ。

マトモな人間になったのだから、面倒でも風呂ぐらいはいらなくてはならない。流は黙って頭をさげ、女子供の入浴を邪魔しないように小屋へ戻っていった。

寒さはだいぶ和らぎ、夜がつらくなくなってきた。小屋の明かりをつけると、風にのって千草のはしゃぎ声がきこえてくる。流は誘われるように小窓から外をのぞいた。

母屋の裏、北側の窓に黄色い明かりがついていた。そこが風呂場になっているらしい。なにも考えずにぼーっと見ていると、すりガラスにぼんやりした影が映った。美しい流線形から両手がのび、うなじの毛をかきあげる。

早苗だ、と流が気づくのにかなりの時間がかかった。入浴中だから、つまり裸ということだ。ぼやけた体のラインというのは実物のヌードよりも色っぽい。流はしばらく美しいシルエットをながめていた。それを見たとたん、冬眠中だった彼の男の性がにわかにいろめきたった――などということはまったくなかった。乏しい生命力は仕事と子育てで消費され、残念ながら下半身までいきわたるほど余りはない。だが、微動だにしないというほどでもなかった。

まずい。こんなところから流がのぞき見していると知ったら、早苗はどう思うだろう。夫が病気入院中の女に家を借してもらって、雇ってもらって、子供の世話をしてもらって、その上万が一にでも欲情でもしてしまってはいくらなんでも申し訳ない。流は今のは見なかったことにして床の上にすわりこんだ。

だが、扇情的な影絵はしっかりと頭のスクリーンにこびりついている。こんなときこそ記憶喪失になってもらいたいが、世の中うまくいかないものだ。流はしかたなく、なにか読むものを探そうとした。ホームレス時代には街中に刺激があふれ、元気なときには雑誌や新聞の見出しぐらいは読んだものだ。だが、ここにはなにもない。

流は古ダンスの一番上の引き出しを開けてみた。

なにやらいわくありげな巻き物が三本はいっていた。もしかしたらけっこうなお宝かもしれない。流は昔の武士のようにしかめ面になりながら一本をひもといてみた。茶色い虫食いだらけの古紙がころころと転がっていく。

「なんだこりゃ」流はつぶやいた。

ミミズののたくったような字。汚くて読めないし、だいたい読む気もしなかった。素人目にも達筆でないことは明らかだ。流は見ているだけでだんだん眠くなってきた。

なんだつまらん――。

流はあくびをしながら巻き物を元に戻した。こんなイタズラ書きでは、アナンのおしりふきにもならない。引き出しを閉じたとたん、トントンと戸を叩く音がした。

「おじさん、アナンちゃんお風呂あがったよ」

千草だ、と思って心の準備をしないで開けると、その後ろにアナンを抱いた早苗も立っていた。濡れた髪にガウン姿。工事現場とはちがうその風呂あがりの風情に、流は思わず緊張してしまった。

「や、やあ」流はぎこちなくいった。

「ねえきいて、アナンちゃんのことなんだけど」早苗はなにも気づかずにいった。

「見て。こんなものが出てきたの。わきの下から」

え、と流は差し出された早苗の手を見た。青い小さなきらめき。見覚えがある、あの青い砂だ。以前に手の中に握っていたものとそっくり同じだった。

「よくわからないけど、かなり純度の高い石の粉だと思うわ」早苗はいった。「工事現場でもあんな石は使ってなかった。どうして服の中にはいっちゃったのかしら？」

「はいったんじゃなくて……」流はいった。「体の中から出てきたんだと思うが」

早苗はまじまじと流を見た。なにバカなことをいってるの、と笑いとばせるほど、ふたりの関係はまだくだけていない。居心地の悪い間ができた。理解不可能な出来事を流は説明しようとしないし、早苗も追及しようとしない。その平行線の間で、千草がパチン、と手を叩いた。

「わかったぞ。血と汗の結晶……にしては、ブルーだよねえ」

「や、この子はそういう体質なんだ。でも心配ない。気にしないでくれ」

これ以上は説明できなかった。だいたい本当のところは流にもわからないのだから。しかし、彼はそのとき、アナンの不思議な体質が一時的なものでないことを悟った。まだ続いているのだ、アナンの青い現象は。あの苦しい生活から脱出しても。

あどけなく笑いながら、知らない間に人の秘密を受けとってしまう。かわいそうなアナン。しかし、誰がいつ、いったいなにをアナンに話したのだろう……？

小さな名もない丘に色とりどりの花が咲き始めた。世界に春がきて、流とアナンにも新しい季節が訪れたようだった。流とアナン、そして千草は丘に散歩に出かけるのが日課になった。

5

ずっと陽のあたらない地下で暮らしていた流にとって、光とパステルカラーに満ちた自然は気後れするほど美しかった。そして、ふとかたわらを見れば、親バカかもしれないが花よりも美しい赤ん坊がいる。アナンは初めて見る野の花を不思議そうに嗅ぎ、アーアーと話かけた。まるで人間に対するのと同じように。だが少なくとも、花や樹や蝶々は、いたいけな赤ん坊にややこしい悩みをうちあけたりしない。流は人間から離れて自然に囲まれていると心が休まった。

新生活は順調で、なにもかも恐いくらいうまくいっていた。流はそれもこれもすべてアナンの力が呼び寄せたような気がしていた。ただひとつ気になるのは、例の青い砂だ。アナンのわきの下は毎日あの青い物質を生産し続けていた。

いったいアナンは誰の、なにを受けとっているのか。それだけはアナンにきいてみないことにはわからなかった。

カラン、カラン、カラン……。

夕食後、小屋の中には軽やかな金属音が響いていた。アナンは相変わらずタイルがお気にいりだが、もうおしゃぶりは卒業し、今はホーローの洗面器に投げこむ遊びに夢中だ。洗面器の前にちょこんとおすわりし、単純な動作を飽きずにくり返していた。

「安あがりな赤ちゃんでほんとによかったねえ、ビンボなおじさん」千草はいった。

この口の悪さはいったい誰の遺伝なのか。千草は学校から帰るとアナンにぴたりと密着し、完璧にベビーシッターをこなしていた。その情熱はおとろえるどころか、ますます高まっているようだ。もはや千草の私生活はアナンを中心にして回り、学校の友だちと遊んでいるところなど一度も見たことがなかった。

「ほらこれ、千草が作ったんだよ、よだれかけ」

千草は手作りのよだれかけをアナンに結んでやった。タイルに始まった貢ぎ癖にもだいぶ磨きがかかってきたようだ。よほど流が貧乏だと思っているのだろう、お古のベビー服、オモチャ、菓子など、思いつくものはなんでもプレゼントしてくれた。こんな女がいたら男は一生困らない。

「おや？　……おい千草、見ろよ」流はいった。「ほら、洗面器の中」

「ありゃりゃ」千草は声をあげた。「お花ばっかし」

バラ、チューリップ、ラン、ユリ……洗面器の中はタイルの花園と化していた。輸入タイルには絵が描かれているものがたくさんあるが、アナンが選び出したのは花だけだ。動物や魚などの絵柄は一枚もまじっていなかった。確かにアナンはその日、さんざん花ばかり見ていた。だが、推定年齢がまだ一歳にも満たない赤ん坊に、果たしてちゃんと絵柄がわかるだろうか。

「偶然かな」流はいった。

「ちがうよ、アナンちゃんもう一度やってみな、ほら」千草ははっぱをかけた。

アナンはたくさんのタイルをかきまわしていたが、やがて中からすっと一枚を選んだ。タンポポの絵だ。くんくんと鼻を近づけ、洗面器にカランとほうりこむ。

「すごい」千草は興奮した。「ちゃんとわかってるよ、匂いかいでるもん」

「なあ、赤ん坊って、みんなこういうもんなのか?」流はいった。

「ちがうよ、この子きっと天才だよ」千草は流より親バカだった。「すごい、アナンちゃんすごい――」

ガツン。千草は狭い所で拍手しようとし、思いきり手を板壁にぶつけた。

「いたっ」千草は自分の指をくわえた。「皮むけちゃった」

「バカ、なにしてんだ」流は傷を見てやろうとした。

だが、千草は自分の傷など顧みなかった。まだ血の出ている手で、壁ぎわにいたアナンをさっと抱きかかえる。

「アナンちゃん、ここの壁あぶないよ。釘が出てるから」

流は思わず感心してしまった。そのたくましい姿は、まるでアナンの守護神だ。千草がそばにいれば、たとえ嵐の真ん中に放り出されてもアナンは生き残るだろう。

「千草……」流はいった。「なんかおまえって、りっぱだな」

「アナンちゃんが痛いと、千草もほんとに痛いような気がするの」千草は親も顔負けのことをいった。「あーあ、こんな気持ちもう知っちゃったよ、この歳にして」

次の日、流は仕事から帰ると、さっそく板壁の前にすわりこんだ。今まで気にしたこともなかったが、よく見ると古い板は汚れてささくれ立ち、あちこちに錆びた釘も出ていた。大人にとってはなんでもないことが赤ん坊には命とりになることがある。

こいつでアナンが破傷風にでもなったらたいへんだ。さて、どうするか——。

これがもし自分のことなら面倒で、いつまでたっても体が動かず、そのまま平気で一年や二年過ぎていく。が、アナンのためだと別人のようにとりかかりが早かった。

カラン、カランカラン……。アナンは庭先でいつものタイル遊びに熱中している。その姿に目をやったとき、ふと流にひらめくものがあった。

そうだ——。

流はさっそく庭の隅に放置されていた割れタイルを運んできた。カットしたあまりで色も形もバラバラだが、これならここには山ほどある。流はモルタルを練ってぺたぺたとタイルを貼り始めた。はじの方から手当たり次第、形も色もかまわない。アナンのかわいいお手々にトゲが刺さらないようにするには、これで充分だった。

「わあ、おじさんてさ、安あがりなことはすぐに思いつくんだね」見ていた千草が感心していった。「ほんと、リサイクルの天才」

なにせおじさんは元ホームレスだからな、などと流も本当のことはいえなかった。

アナンの遊ぶ軽やかな音を楽しみながら、流は黙々と作業を続けていった。

タイル貼りもかなりうまくなり、早苗は上機嫌で給料をあげてくれた。それもこれも『坂ノ上アートタイル』の仕事が順調に続いているおかげだ。もっぱら建て売り住宅の工事だが、仕事を回してくれているのはあの、鬼監督だった。鬼頭のにらみのおかげで、もう誰も現場で流の悪口をいう者はいない。流は子連れ狼スタイルでアナンをおぶって仕事をし、バンの中で昼寝させるのが日課になっていた。

『おい、流。いつもしけた面してんな、まったく』

とかなんとかいって、鬼監督は現場で流を見つけると必ずすりよってくる。目的はもちろん、アナンだ。

『な、そのボウズ、ちょっと俺が預かってやろうか？』鬼監督は猫なで声でいった。冗談じゃない、と流は思った。これだけ強烈なバイタリティのある男だ、内部にどんな豪快な秘密を抱えているかわかったものではない。流はアナンが汚染されないよう、なにかと理由をつけてひき離していた。

「あ、お母さんが帰ってきたよ」千草がうれしそうに叫んだ。「おかーさーん」

うねる坂道をゴトゴトとバンが上ってくる。運転席の窓から母は娘に手をふった。早苗はどんなに疲れていても、仕事が終わるとすぐに広太郎の病院に見舞いにいく。一日として欠かさず。ときにはこの家を思い出すようにと、庭に咲いている野の花をつんでいくこともあった。まさに、愛の見本だ。しかし、流がここにきてからずいぶんたつが、広太郎は今だに退院できないでいた。

いくら気がつかない流でも、この状況は心配だった。病院から帰ってくるたびに早苗の印象はどんどん強くなっている。

なにか隠しているに決まってる、と流は思っていた。誰にもいえないから、もたれかかることは許されないから、もう自分が強くなっていくしかないんだ——。

「まあ、いいアイディアじゃない」早苗はいやに明るい声でいった。「モザイクね」

モザイク？　流は自分のしていることに名前があることも知らなかった。車から下りてくると、彼女はしばらく腰に手をあてて流の横に立っていた。まただ、と流は思った。作業を見ているふりをして、実は早苗の魂はここにない。ぼんやりと別のことを考えている。それがわかるのは、ホームレス時代の自分がまさにそうだったからだ。

こんな状態がずっと続いたら、この人はどうなってしまうのだろう。まさか俺みたいにホームレスになるわけないだろうが——。

「わっ。おかあさん。これ見て」と、そのとき、千草がアナンに目をとめて叫んだ。早苗はその声ではっと我に返り、いったいなにごとかと流もふりむいた。千草はアナンの前に並べられたふたつの洗面器を指さしている。

「……なにこれ。千草ちゃんがやったの？」早苗がいった。

「ちがうちがう、アナンちゃんがひとりでやったんだよ」千草は興奮していった。

一目瞭然だった。洗面器のひとつには青っぽいタイル、ひとつには赤っぽいタイルばかりが集めてある。偶然にしては数が多い。

カラン……。

三人はしっかり目撃した。アナンがまたスカイブルーのタイルを選び、ちゃんと青の洗面器に放りこむ瞬間を。

「うそ」早苗が驚いていった。「信じられない、暖色と寒色に分けてる。こんなに色彩感覚の発達が早いなんて。この子、もしかしたら天才よ」

テンサイ、てんさい、天才……？　流の頭の中でその言葉がぐるぐる回った。ばかばかしい。そう思いながら、急に頭がぼうっとする。

こんな赤ん坊に天才もなにもあるか。親バカもいいところだ。でも、ちょっとうれしい――。

「それにひきかえ」早苗は流がタイルを貼っていた壁を一瞥し、冷ややかにいった。

「お父さんの方は、芸術的センス、ゼロね」


せっかく芽生えかけたアナンの芸術感覚を、伸ばすのもメチャクチャにするのも環境次第だ。流の責任は重大だった。早苗のアドバイスにより、モザイクはまず同系色ごとにまとめ、それを十センチ四方の市松模様に貼っていくことになった。

「これなら流さんにもできるでしょう」早苗はいってくれた。

プランさえ決まればあとは考えることはない。流はただひたすら、暇つぶしにちょこちょこと作業をすすめていった。そして気がつくと、アナンの手の届く腰の高さまでタイルを貼り終えていた。

なかなかの出来だ。アナンもモザイクの色と手触りをとても喜んでくれた。これで安全対策はばっちり、色とりどりのモザイクに彩られて、個性的空間もできあがった。だが、最初の目的は遂行されたというのに、どういうわけか流の手は止まらなかった。彼はそのままタイルを貼り続けた。上へ上へと。

「おじさん、なんでそんなところまで貼るの？」千草はいった。

「……そこに汚い壁があるから」流は答えた。

たった一本の釘に端を発した流のモザイクタイルは、こうしてどんどん増殖を続けていった。とにかく、モザイクに集中していると、時間が飛ぶように過ぎていく。編み物や織物、彫刻など、手先を使う細々した作業にはある種の魔力があるらしい。集中しているうちに人はトランス状態におちいるのだ。世の中にはどうやって作ったかと感嘆するほど緻密な美術工芸品があるが、今の流はこう解釈していた。

要するにあれは、中毒になったたってことだ——。

流のモザイクはついに壁一面に貼り尽くされ、天井にまで及んだ。それが終わると、今度は床。床には少しでも暖かみがあるように、釉薬《うわぐすり》をかけていないテラコッタタイルを選んだ。これで室内は完了だ。

モダンな空間、というより、わけのわからない空間ができあがった。だが、おかげで雨漏りも隙間風もなくなったし、壁が厚くなった分かなり保温性もあった。

「そうだ」流はいった。「冬に備えて外もやればあったかいかもしれないな」

「いつかそういい出すと思ってたよ」千草はいった。

流はいそいそと外壁に着手した。この果てしない作業がいったいいつまで続くのか。それは流自身にもわからなかった。

カラン、カラン、カラン……。

タイル中毒の男の横では、アナンがひたすらタイル遊びに興じていた。こちらもある種の中毒かもしれない。モダンで安あがりな空間は、果たして赤ん坊の早期教育に効果があったといえるだろうか。

赤、青、黄、白、黒――驚異的なベビーの色分けは、すでに五色を数えていた。

6

早苗はぼんやりとダイニングルームから庭を見ていた。千草と流、そしてアナンが大中小と一列になって歩いているのが見えた。いつから赤ん坊は歩くようになったのだろう。早苗は霞がかった頭を押さえた。

いつのまにかアナンがよちよち歩いている。いつのまにか紅葉が散り、冬が訪れている。そして、ケバケバしい変な小屋が裏庭に出現していた。すべてが、あっという間の出来事だった。早苗はこんな心の状態は生まれて初めて経験した。

絶対に娘にだけは悟られたくない。その思いだけで日々を過ごし、時間が苦しい夢のように過ぎていく。幸い、千草は朝から晩までアナンに夢中になっていて、母親のことは気にしていないようだった。

「アナンちゃんとお散歩にいってくるね」千草がふりむいて叫んだ。

早苗はひらひらと機械的に手をふった。そういえば、あの仲良しトリオは毎日散歩ばかりしている。流はよい意味で人畜無害だから、娘がいくらなついても気にならなかった。広太郎がいなくてもあまり寂しがらないのも、あのミステリアスな父子のおかげにちがいない。

いや、ちがう。と早苗は思った。千草は本能的に避けているのだ。広太郎の病気を話題にすることを。お父さんはただのヘルニアだという説明を、千草は拍子抜けするほど素直に信じた。質問もしない。さそわれなくては病院にもいかない。早苗としても、入院、手術、再手術と続いて消耗した父親の姿はあまり娘に見せたくなかった。

だが、千草は無意識になにかを感じているはずだ。おそらく千草にとってアナンと流は、心の微妙な空白を埋める特別な存在にちがいない。あのふたりの現実離れした感じに安らぎを覚えるのだ。

この状態がいつまで続くのか。広太郎も入院が長引き、さすがに家に帰りたがっている。せめて一時退院でもさせてやりたいが、それすらままならない。早苗にできることは、ただ黙っていることだけだった。どんなに重くても、どんなに心が爆発しそうになっても。でも、それも限界にきている。抱えこんでしまった秘密が自分を蝕んでいる。もしも寝言でなにか口走ってしまったら……早苗は自分の精神状態に不安を抱き始めていた。

いつものように学校から帰ってきてからずっと、千草はアナンと庭で遊んでいた。流はそばにすわってふたりをながめている。一度迷子になってからというもの、彼はアナンから決して目を離さなくなった。

「アナンちゃん、お散歩いこうか」千草はいった。

早苗は洗濯物をたたみながら、ニコニコしてうなずいた。最近、いつもこんな風にニコニコしているような気がする。明るく幸せそうなお母さんの顔。娘にはこの顔をむけていないと、自分が不安だった。

と、流がもじもじしながら早苗を見た。同じ釜の飯を食う、つまり少しでも生活を共にすると、人は自然に通じてくるものがある。

「なにか？」早苗は水をむけた。

「……今日は、アナンと散歩にいってくればいい」流はぼそりといった。

「え？　わたしが？」早苗はめんくらって流を見つめた。

なぜ急にそんなことをいいだしたのだろう。真意がわからない、とはこのことだ。

「そういえばさ、お母さんはあんまりアナンと遊ばないよね」千草がいった。

「それは……」早苗はいった。「忙しいから」

「いっておいでよ。すんごく気持ちいいんだよ。お洗濯物は千草がたたんどいてあげる」

千草までが、なぜそんなことをいうのだろう。どうして自分もついてくる、といわないのだろう。早苗は全然わからなかった。

「いってらっしゃい」流は静かにいった。

ここまでいわれると、なんだかいかない方が悪いような気になってくる。気はすすまなかったが、ふたりのよくわからない好意を無駄にしたくはなかった。早苗はスニーカーをはき、アナンのそばにいった。

「まあ、すごいわね。十二色もある」

すわりこんだアナンの前には、色ごとにタイルが列になっていた。いつのまにこんなことができるようになったのか。アナンの顔も、もう幼児に近くなっていた。

「おいで」

ずっとアナンを抱くという気持ちの余裕などなかった。早苗が手をさし出すと、アナンは珍しそうに早苗の顔を見つめ、小さな手をそっと首に回してきた。

「それじゃあ……いってくるわ」

赤ん坊の体温がふわりと優しく自分を包む。たまには散歩も悪くないかもしれない

——庭から小道に出る頃には、早苗もなんとなくそう思い始めていた。

考えてみたら、アナンとふたりきりになったのはこれが初めてだった。

すでに陽は落ち、空は暗くなり始めている。薄暗さにかえって落ち着きを感じながら、早苗は丘の小道をゆっくりと歩き出した。家の明かりが見えなくなると、急に静寂がふたりを包んだ。早苗はなにもいわずにどんどん歩いた。

人工物が視界から消え、自然の存在が大きく迫ってくる。大きなものの中に溶けこみ、自分の存在が小さくなってくる。抱いているもっと小さな命に危うさを感じる。しっかりと抱いて、手を握って、守ってやりたくなる。だが今、どうしようもない不安を抱えているのは自分の方だった。

広い野原に出るとアナンは見覚えがあるらしく、自分からするりと早苗の腕を下りていった。とことこと草原を歩き出し、歩けないところまでいって、くるりと早苗をふり返った。

「こっちよ」早苗は手をさしのべた。

アナンはまたとことこと、早苗にむかってまっすぐに歩いてきた。早苗は不思議なもののようにその光景を見つめた。空の星が瞳に映っているのかと思うほど、それは美しいまなざしだった。

「アナン……」

アナンは黙って早苗を見つめ、動かなかった。さわさわと草原を風が渡り、葉の落ちた木々を揺らしていく。早苗はなぜかアナンから目が離せなくなった。

ドキドキした。急に胸にこみあげてくる。今までしまいこまれていた思いが。どうしようもなくせりあがってきて、我慢できない。

だいじょうぶ、相手は小さな子供だから。それに、ここなら誰にもきかれない――。

「……広太郎は、死んじゃうの」早苗はつぶやいた。

心の中で何度も繰り返した言葉が、初めて声になる。早苗は自分の声を不思議なもののようにきいた。ひとりごとをいうのと同じだと思っていったのに、壁にむかって話しているのとはちがう。なにかが、どこかに吸いこまれていく。

「広太郎は、もうすぐ死んじゃうの。進行性のガンで……手術したけど、もう手のほどこしようがなくて。長くて、あと、一年の命だって」

人は告白することによって自分の思いを知る。しゃべっているうちに心が整理され、なにを自分が求めているかを確かめられる。だがそれは、相手にそれなりの理解力がある場合だ。早苗は自分の行動にめんくらった。

いくらなんでもこんな子供に話したって。なにやってるのわたしは――。

「ずっといっしょにいられると思ってたのに」なのに気がつくと、早苗はまた口走っていた。「なんでこんな目にあわなきゃいけないの？　わたしがなにしたっていうの？　千草になんていったらいいのよ。こんなことになるんだったら、あのとき赤ちゃん生まなきゃよかった？　ここまでがんばってきたのに。ひどいよ、こんなのひどすぎるよ……」

苦しい思いはとぎれとぎれの言葉になり、つたない言葉が涙になる。早苗はほろほろと泣いた。医師の宣告をきいても泣けなかったのに、アナンを見ていると子供のように泣けてきた。抱きしめると信じられないくらいたくさんの涙が出た。

苦悩は決して全部心から放たれることはない。しかし、口にすることが、涙にすることが、それを解き放つ道を作る。早苗は腫れた顔をあげた。心がぽかんとしていた。風穴が開いて、そこからぎゅう詰めだったものが飛んでいってしまったように。

「広太郎はもう治療はいらないっていいだしたの。ホスピスの受けられる病院に移してくれって。そのときには自分勝手だって責めたんだけど……あの人は、もう、わたしとはちがうものを見ているような気がする。だから、あの人の好きにさせてあげたい……ああ、そうよね……」

アナンは静かに風に吹かれていた。黒い星の目で、じっと早苗の顔を見つめていた。まるでその目にはなにかが見えているように。

「ええ、わかってるの。心がしがみついてて次に進めないんだって。苦しかったの。

すごく苦しかったの」

誰も自分のことはなぐさめてくれない。だが、話しているうちに、早苗の一部が過去になっていった。苦しんでいた自分が少し客観的に見える。焦点が変わったのだ。ほんの少し新しくなって、早苗は自分の求めているものを探った。

「わたしの望みは」早苗はつぶやき、夜空を見上げた。「もう、せめて苦しまないでほしい、それだけなのかもしれない。あの人のいうとおり、ホスピスをすすめます」

ごめん、アナン。こんなことにおまえを使って。俺を許してくれ——。

黒い丘の稜線を見つめながら、流は苦い後悔を味わっていた。小屋の屋根にタイルを貼る手がいつしか止まっている。早苗とアナンが小道に姿を消してから、もう長い時間がたっていた。流はどこかでひっそりと流されている早苗の涙を思い、それを見つめているアナンを思った。

こうなることはわかっていた。わかっていて流はアナンをひき渡したのだ。彼は初めてアナンの力を意識的に利用してしまった。やってはいけないと思いながらも。だけど、俺は耐えられなかったんだ、あんな苦しそうな人を見てることに。ごめん、アナン、おまえなら心を軽くしてやれる。助けてやれる。ああ、俺はひどいやつだ——。

幼い者をただ守りたければ、安全に囲っておけば安心なものを。流はアナンを守るより、その力を信じようとした。だが、そうする方がはるかに難しいのだ。

「遅い……」流はつぶやいた。

すでにあたりは真暗になっている。かたわらで千草は黙々と割れタイルを選り分けていた。なにを考えているのか、単純作業に集中してなにもいわない。だが、アナンの守護神のような千草が、今夜に限っては手放している理由を、そのときの流は深く考えられなかった。

「……お母さん？」千草はタイルを捨て、ハッと立ちあがった。

かすかな門の音がしたらしい。急いで迎えに走っていく後ろ姿を見ながら、流はやはり千草も母を待ちかねていたのだと知った。

「お母さん、おかえり」千草の声ははずんでいた。

早苗はアナンを抱き、門のところにすらりと立っていた。月明かりの下、早苗の顔は生まれ変わったように白く、柔らかくなっていた。流はこみあげる感情をこらえてアナンを受けとった。なにもいわずに。

アナンはいい匂いがした。淡い花の香り。名も知らない小さな白い花が一輪その手に握られている。この季節に咲く花をつむために、早苗はどこまでいったのだろう。

「……ありがとう」早苗は囁くようにいった。誰にともなく。

ああ、これでよかったのだ。と流は思った。つらく、そして少しだけ誇らしい気持ちでアナンを見つめた。

その夜、流は普段より注意してアナンの様子を見守った。なかなか寝つけずに、暗がりの中でアナンの横顔ばかり見つめていた。やっとうとうとした明け方、流は久しぶりに青い龍の夢を見た。

空を堂々と泳ぎながら、青い龍はまっすぐに流を見ていた。その目に射すくめられるような気がして、流はいっしょうけんめい小さくなってあやまっていた。

ごめんなさい、ごめんなさい、許してください——。

龍は流をみつめたまま、ゆっくりとまばたきをした。と、目からぽろりと涙が落ちた。流は両手をおわんのようにして、空から落ちてくる龍の涙を受けとめた。すると、涙は手の中で、鮮やかなブルーの楕円形のタイルになっていた。

ああそうだったのか。俺がここの庭で拾ったのは、龍の涙だったんだ——。

などと変なことを思っていると、低い泣き声で目が覚めた。

「どうした、アナン」

アオウ、アオウ……。アナンはもがきながら、はっきりと目覚めない状態で泣いていた。まるで恐い夢から逃れられないように。急いで抱きあげると、体が熱っぽいような気がした。

しまった、熱だ。ああやっぱり、もしも、またこいつの体になにかあったら——。後悔の念にかられながら、流は泣きぐずるアナンを抱き続けた。そのまま一時間もたっただろうか。腕もしびれ、体もつらくなってくる。だが、その苦痛を流は進んで受けいれた。まるで自分に課した罰のように。

こんなことになったのは自分のせいなのだ、と流は涙ぐんだ。子供の力を利用するなんて、たとえ親でもやっていいことではない。自分の身を切られる代わりに、子供の体をさし出したようなものだ。流はアナンの涙を見た。今まで見たたくさんのアナンの涙の中でも、一番尊い涙のような気がした。この子には自分の行動が選べなかった。だが、もし選べたら、早苗から逃げてきただろうか。流を責めただろうか。

そういう子であるはずはない。だからこそ、アナンはこんな力を授かって生まれてきたのだ。苦しんでも苦しんでも、それとひきかえに誰かの苦しみを解き放つために。そんなバカげた話を、流は今、心から信じることができた。そのとき、彼はこの子になにかあったら自分も死ぬだろうと思った。悲壮感もなく、気負いもなく、まるであたり前のことのように。

ああ、そうなんだ。だから、俺はおまえを渡せたんだ。おまえのことを信じ、すべてをひき受けてやれるから——。

胸をきしらせていた罪悪感がすーっと消えた。流は腕の中の宝物の重みと暖かさに感謝した。そのうち、泣き声がだんだん弱くなり、うめき声になった。かと思うと、アナンはことりと眠りについた。今まで泣いていたのが嘘のように。

翌朝、熱はすっかりひいていた。

流はアナンの体をくまなく調べ、胸に小さな青いアザができているのを発見した。それは左胸、心臓の近くに青い花のように咲いていた。

7

「おまえさ、ハデハデのシュールな小屋に住んでるんだって?」鬼監督はいそいそとやってくると、アナンの頭をなでながらいった。「俺のダチが感動してたぞ」

推定年齢、一歳半になったアナンは、もう仕事中に背中におぶいきりというわけにいかない。現場に連れていってそばで遊ばせているが、ちょこちょこと歩き回るので流も苦労していた。まさか首に縄をつけておくわけにもいかない。

「いや、ただの廃物利用ですよ」流は本当のことをいった。

「あんなもんをほめるなんて、おかしいんじゃない」早苗はいった。

「そういう変わりもんもいるんだよ」鬼監督はいった。「一度おまえに会わせてくれっていわれてるから、今度紹介するよ」

いったいこの世の中のどこに自分なんかと会いたがる人間がいるのか。流は初めてそんなことをいわれ、面食らってしまった。

「そいつもある意味でおまえとおんなじというか、俺はどこにも属しませんってやつで、そういうのが世間じゃ一番困るわけよ。人は理解できないもんが嫌いだから」

鬼監督は流がうとい『世俗』というものを教えてくれる。ときには暴力的に、ときにはずけずけと。おかげでなにかと助かっているのは事実だった。しかし流の場合、属するも属さないも、ただ思い出せないだけだ。かといって記憶喪失であることを正直に白状したら、ますます無気味がられるのがオチだろう。

「あ、アナンちゃん、危ないっ」

そのとき、早苗の鋭い声がした。ふりむくと、いつのまにかアナンが釘抜きをふり回していた。工事現場には危険物がゴロゴロしている。流も注意しているつもりだが、早苗はそれより早くアナンの危険に気づいて、釘抜きをさっととりあげた。

あの夜以来だ、と流は気づいていた。彼女の視線が大量にアナンに注がれるようになったのは。ときには切なげに。だが、必要以上に近づこうとはしなかった。

「ダメだ、アナン」

流が注意すると、アナンはこくんとうなずいた。ききわけがいい子なので助かっている。乾いたばかりのキッチンの床にすわりこみ、アナンはまたいつものタイルで遊び始めた。今では洗面器の代わりに空缶がずらりと並んでいる。

「その色分け遊び、まだ飽きないんだな」鬼監督はいった。「何色になった？」

「二十五色」流はいった。「こうなるともう中毒だ」

「特殊な環境で育った才能よね」早苗はいった。「アナンは他の子みたいにテレビもビデオも見ないんだもの。普通の環境じゃとてもできないわよ」

「ふうん、貧乏にもメリットがあるんだな」

よけいなお世話だ。流は目を細めてアナンの色分けを見ていた。今、アナンはグレイとモスグリーンの混じった缶をじっと見つめている。この二色は区別がつきにくいらしく、今までは同じ缶にはいっていた。と、アナンは突然モスグリーンのタイルを空っぽの缶にほうりこんだ。そしてまた、もうひとつ。

カラン、カラン……。

「やった……」流はつぶやいた。「これで二十六色めだ」

アナンの脳のどこかの配線がつながった瞬間だ。流は小さな感動をもってアナンを見つめた。こんなふうに世界のひとつひとつがこの子に感じとられていく。純粋に、新鮮な気持ちで。そしてもっと知ろうと手を広げていく——。

「将来はアーティストね」早苗がいった。

「でもこいつ、相変わらず口が重いな」鬼監督はいった。

「色彩感覚がすごーく発達しているせいよ。子供の脳の成長の速度には限界があるの。どこかがひとつ発達すると、どこかが遅れるのはあたりまえ」

「ていうよりもさ、なんか話す必要を感じてない、って気しないか？」

「べらべらおしゃべりな男よりましよ」

早苗はそういい捨てると、さっさと荷物をとりにバンの方へいってしまった。

「ちぇっ、相変わらずクソ生意気な女だな」鬼監督はぶつぶついった。「あんな女のどこがいいんだよ？　おまえも趣味が悪いぜ、チクショウ」

流は意味がわからず、ぼんやりと鬼監督を見た。彼はニヤッと笑い、流の背中を布団たたきのようにバシンバシンとたたいた。

「やるじゃないか、この無所属男。噂になってるぜ。おまえと早苗ができてるってさ」

まったくもって、鬼監督は世俗というものをよく教えてくれる。

その夜、流は家に帰ってきてからも、すごく居心地が悪かった。普段のように接してくる早苗の顔が妙に見づらい。食事中、食べ方もぎくしゃくしてしまい、醬油《しょうゆ》さしをとろうとした早苗の手と手が触れあうとあわててひっこめた。

「あ、ごめん……」

などと純情にも口ごもっているのは、流だけだ。早苗は蚊がとまったほどにも思っていない。どうやら無責任な噂はまだ彼女の耳にはいっていないようだった。

亭主の病気入院中、住みこみの子連れ男とできてしまう寂しい若妻。ああ、なんと俗っぽい田舎町のスキャンダル。流はあまりのことに反論もできなかった。そんな情事の気配もないし、できるものならやりたいくらいだ。たったひとつ、誰にもいえないちょっとした秘密はあるにはあったが。

今夜もバスルームからアナンと千草のはしゃぎ声が響いてくる。流は意地になってモザイク小屋の床にすわりこんでいた。いつもならこっそりと小窓に顔を近づけていたのだが。いじましい。彼は毎晩、窓に映る早苗のシルエットを見るのが日課になっていたのだ。最初は月見のようなものだった。そこに美しい風景があるから鑑賞する、それだけだ。そのうち、月の出を楽しみにするようになった。そして、月が出ない晩はちょっとがっかりする。どうってことない、ただ毎晩見ているだけだ。毎晩、毎晩……。

ああ、こんなこと早苗に知られたらどうしよう。それより旦那がこの根も葉もない噂をきいたら。変な嫌疑をかけられる覚えは、ほんのちょびっとしかないのに――。

流はひとり当惑し、気をもんでいた。そんなある日、早苗が病院から帰ってくると、ニコニコしながら千草に告げた。

「来週、おとうさんが退院することになったわよ」

千草はエッ、と立ちすくんだ。流はぎくり、と立ちすくんだ。

「え、お父さん、病気治ったの？」千草はいった。

「まだ一時退院なんだけどね。しばらく自宅にいて様子を見るの」

ニコニコ、ニコニコ、その顔には笑いが貼りついていてなにも読めない。喜び駆け回る千草の横で、流もあいまいな薄ら笑いを浮かべていた。

たいへんだ。いったい俺は、どんな顔をして坂ノ上広太郎に会えばいいのか——。

どんな顔もこんな顔もひとつしかない。いつものようにぼーっとしているうちに、とうとうその日がやってきてしまった。


モザイク小屋の小窓から外をのぞくと、点滴をつけた背の高い男が、早苗と千草につきそわれて車を下りてくるのが見えた。広太郎だ。退院したといっても痩せ細った体は弱っているらしく、その足下はよろめいている。顔は千草を男らしくしたような感じで、妖怪っぽいというより芸術家っぽく、どこか線の細いところが魅力だった。

「おとうさん、千草、すっごいごちそう作ったんだよ」

千草は小犬のように父親の周りをぐるぐる回っている。早苗が夫に肩を貸し、三人は寄り添って家にはいっていった。ここは他人の出る幕ではない。ましてや悪い噂のある男が出る幕でもない。流はアナンとひっそりモザイク小屋にこもり、退院祝いの巻き寿司をふたりでつまんでいた。

なにも考えたくなかった。こんなとき、モザイクはうってつけだが、なにしろもう貼るスペースがない。隙間なくモザイクを貼った手作り空間は、まるで自分が糸を吐いた繭の中にいるように生理的に気持ちがよかった。センスはともかく、流はこの小屋がなかなか気にいっていた。だが今、急にその場所が居心地が悪くなったような気がした。なんとなく、身の置き所がないような気がする。

「うーうー」アナンはいつものように千草と遊びたいらしく、しきりに戸をたたいた。

「今日はダメなんだよ」流はいった。「千草はナイナイ」

アナンはあきらめず、ぐずり続けた。この子にも生活の変化がわかるのだろうか。流はしかたなくアナンを連れ出し、なるべく長い時間かけて野原を歩き回った。家に帰るのは気が重かった。自分を男だと意識したことはないが、これが雄の本能というものだろうか。どういうわけか、別の男が同じテリトリーにいると思うと落ち着かなかった。

あの男は俺のことをどう思うだろう——。

帰ってくると、その問題の男が小屋の前にひょろりと立っていた。まるで自分の帰りを待っていたみたいだ、と流は思った。いや、きっと待っていたのだろう。広太郎は青白い、指の長い手で流の貼ったモザイクタイルの外壁をなでていた。

やばい、と流は焦った。そこから風呂の窓が見える。のぞきがばれたか——。

と、広太郎はふりむいてこういった。

「イジドールの家みたいだ」

子供を連れてぼうっと口を開けている男は、一目で悪い人間でないとわかった。ただ、たしかに変わっている。こんな小屋に住むのはどんな人間かと思うが、実物を見ると『ああ、なるほど』と納得してしまう、そんな男だ。

「イジドールっていう、ひとりでモザイクハウスをつくったフランス人がいるんです」広太郎はいった。「イジドールはあるとき、道端できれいな陶器の破片をひとつ拾って、それを壁に貼ったらやめられなくなって。いつしか家中全部、外壁や、庭や、家具までモザイクで埋め尽くしていった。それはもうすごいもんで、ミシンとか、暖炉の煙突までびっしりと」

「家具……」流はいった。「なるほど」

「イジドールは墓守をしながら、三十三年間タイルを貼り続けたそうです……や、よけいなおしゃべりをしてしまって。ぼく、坂ノ上です」

広太郎は顔に笑みをつくり、流をまっすぐに見た。影のある男だ、と誰かがいっていたが、影にも二種類ある。セックスアピールのある影とない影。広太郎の目にはない方の影に映った。

「は……原野流です」流は頭をさげた。「い、いつもお世話になってます」

「やあ、これがアナンちゃんか。早苗からいつも話をきいていて、一度会いたかったんだ」

体が痛んだが、広太郎は身をかがめてアナンに目線をあわせた。手に花を持ったアナンは女の子のようで、想像していたよりずっと美しく、だがどこかはかなかった。男の子らしい活発さがない。初対面の広太郎が珍しいのか、印象的な黒い目でじっと見つめてきた。彼は妻がアナンのことを話すとき、様子が少し変なのを感じていた。だけど、ただちょっときれいな、普通の子じゃないか――。

「ずいぶん長い間留守をしてしまって」広太郎はいった。「急に退院したのは心境の変化というか、ま、そんなところです。原野さんはどちらからいらしたんですか？」

「……東京からです」流はいった。

「東京といっても広いが」

「新宿区……です」

「今までどんなお仕事をしてたんですか。早苗はああいう女だから、なにもきかずに雇ったそうだが。あいつの話だと、タイル仕事は忘れていたようですが、ずいぶん昔に習ったんですか？」

広太郎はなるべくこちらの誠実さが伝わるように話した。だが、じんわりと汗をかいた流の顔がみるみるまにひきつっていく。

「や、今さらこんなことをきかれるのは、いやかもしれません。でも、ぼくには妻子を守る責任もある。どういう事情があるのか知らないけど、どうか話してください。ここだけの話にしておきますから」

寛大な態度をとっているつもりだった。広太郎はどんなことをきいても許せる自信があった。だいたい父子といっても、顔がまるで似ていないではないか。

やっぱり本当の親子じゃないんだ、と広太郎は思った。早苗の話じゃ誕生日もあやふやだといっていた。自分の息子の誕生日を知らない親がどこにいる――？

流はなにも話そうとせず、黙ってうつむいている。隠したくないが、話してわかってもらえるとは思えない、そんな態度だった。

「まるでこちらがいじめているみたいだな」広太郎は苦笑した。「……あ、そうだ。アナンちゃんにおみやげをもってきたんだった。タイルを集めているんだって？」

広太郎はポケットから小さな丸い物を出し、はい、とアナンにさし出した。それは、金色のタイルだった。輝くゴールドのタイルにアナンの目が釘付けになる。小さな手がおそるおそる伸び、宝物をつかんだ。

指先と指先がふれあうと、不思議な感触があった。アナンが自分をじっと見あげてくる、そのまぶしそうなまなざしがやけに新鮮だった。

「きれいだろ？」広太郎はいった。「きみはほんとに生まれたばっかりなんだね。自分が生きてることとすら知らないんだ。ぼくにもそんな頃があったのに……もう忘れてたよ。ぼくは……病気をするまで、いつ死んでもいいと思ってるつもりだった」

おや、と広太郎は思った。ちょっと口がすべったようだ。そばで流がきいているというのに。広太郎はちらりと彼の方をうかがった。

いない。流はいつのまにか、煙のように消えていた。

子供をほったらかしにして、いいかげんな男だ。第一ぼくに失礼じゃないか――。

風が吹いた。それは病院の消毒剤の匂いではなく、野の草の香りのする風だった。

広太郎はゆっくりと深呼吸した。流はまだ、帰ってこない。

「……でも、現実に死が迫ってるとわかったとき、なんか急に恐くなった。ぷつんと先がなくなってしまうような気がして。ぼくは、運命と……死と戦おうと決意した」

広太郎はぼそぼそと話し続けた。別に、誰にいうともなく。強いていえばアナンにきかせているのかもしれないが。

「一日でも長く生き延びるように最後まで戦うことが、妻子と自分のためだと信じた。死を理解するとか、そんなの逃げだと思ってた。早苗もいっしょうけんめいにぼくを励ましてくれた。つらい治療も、手術ものりきってきた。だけど、だんだん考えが変わってきて……ああ、しゃべり過ぎだ。ぼくはどうかしてる」

広太郎はアナンを当惑の目で見つめた。自分が愚かな子供になってしまったような気がする。だが、もう離せない。このぽっかりと授かった時間を。

「死ってなんだろう。それはもしかしたら通過点みたいなもので、そのむこうになにかあるんじゃないか。あの世とか、天国とか、霊界とか……健康なときには頭からバカにしてた考えだ。きっかけは、同じ病室の男が死んだことだった」

自分よりもずっと若い、茶髪の男の顔が浮かんだ。真面目そうには見えなかったが、けっこうデリケートなやつで、やはり広太郎と同じ病に冒されていた。

「そいつはずっとあの世の話ばかりして、『魂は永遠だ』って力説してたんだ。ぼくは正直うんざりしてた。『残された時間が少ないから、もっと大事なことを考えたい』とはっきりいったんだ。でも、そいつはこういうんだ――『これが一番大事なことさ』。不謹慎だけど、亡くなったときはほっとしたくらいだった。家族はベッドをとり囲んで号泣していた。ぼくは薬で意識朦朧としながら、ああいつか自分もああなるんだなあと思って見てた……ところが、ふと窓の外を見ると、死んだ男がいたんだ。いっしょうけんめいぼくに手をふってる。こりゃあ薬の幻覚だと思って、黙ってた」

強い薬の作用で時間の感覚がなくなったり、光や影のようなものを見ることもある。だが、所詮麻痺した脳の見せた幻覚だ。そのときまで彼は気にしたことはなかった。

「だけど、あんまり幻覚がしつこいもんだから、ぼくはついその男の妹に話しかけたんだ。『あの、あそこに』って。と、妹は真赤に泣きはらした目を外にむけて、『あ、見て』って叫んだんだ。みんなが一斉に外を見た。そのとたん、男はうれしそうにニッと笑って消えた。妹は目を輝かせてみんなにいった。『あそこに今、真っ白い鳩がいたの。ぴかぴか光ってた。あれは、絶対お兄さんよ』」広太郎はそのときのことを思い出し、深いため息をついた。「……誰も信じなかったけどね。見えたのはその娘だけだったから」

だが、妹が喜んでいたのも、ほんの一時のことだった。みんなに「そんなことあるわけない」と否定されるうちに自信がなくなり、とうとう最後には泣き出してしまった。

「体験って偉大だ。ぼくはなぜ自分には男に見えて、彼の妹には鳩ポッポにしか見えなかったか、ずっと考え続けた。それで、受信感度の問題だと気づいたんだ。ぼくは正確にキャッチしたにちがいない。つまり、発信源は確実にそこに存在してたんだ。そう思ったら、死について考え直すことはいっぱいあるような気がしてきた。こっちは締め切りが迫ってるから切実な問題だ。あいつは自分が死んだとき、それをいっしょうけんめいぼくに教えてくれようとしてたんだ」

どこかで早苗が娘を呼んでいる声がした。自分が残していかなくてはならない家族、家、仕事、美しい世界。今まで信じていた現実はそう簡単に崩れるものではない。

「ぼくは残していく家族のためにも、命が永遠のものだと信じたい。死は悲惨な結末じゃなくて、その瞬間から新しい生が始まる。そう信じられたら……」

広太郎は目頭をおさえた。もはや感情が隠せなくなっていた。アナンは黒い目で自分を見ている。話のわからない幼子に涙を見つめられるのは、どこか心地よかった。

「もうすぐだ。医者ははっきりとはいわないけど、ぼくにはわかるんだ。家族に苦しむ姿は絶対に見せたくない。朝晩の鎮痛剤は欠かせない。死はきれいごとじゃない、だけど……」広太郎は囁いた。こんなことは子供相手にしかいえないか。いや、いってみればわかる――。「ぼくはもう信じてる。死は、おしまいじゃないと」

そういうと、広太郎の目になぜか涙があふれ出た。悲しいのではなく、ボロボロの体で、残った体力と知力をふりしぼり、やっとのことでハードルを乗り越えたような感動がこみあげてきた。彼は痩せた両手で顔をおおった。

と、アナンが緊縛を解かれたように動き出した。

広太郎ははっとふりむいた。流だ。いったい今までどこにいたのだろう。父は両手を広げて我が子をむかえ、無言で抱きしめた。まるで何日も会っていなかったかのように。広太郎は我に返って父子をしげしげと見つめた。

奇妙な感じがした。まるで催眠術をかけられた後のように。ある種の気恥ずかしさと、そして、今まで感じたことのない満足感。広太郎は極力感情を抑え、流とむきあった。冷ややかな言葉を投げつけることもできた。いい子になることもできた。だがそのとき、彼の口をついて出たのは、正直な思いだった。

「ぼくは……もうすぐ死にます」広太郎はいった。「最後の日々を、家族だけで過ごしたい。すまないが、ここを出ていってほしい。お願いします」

アナンを抱いたまま、流はゆっくりと目をつむった。まるでその視界に黒い幕を閉じるように。

8

下手をすればまたホームレスに逆戻りだった。

なんとかして次の住まいを探さなくてはならない。だが、他のどこに自分たちを受けいれてくれる奇特な人間がいるのか。広太郎と話をして以来、流はもう不安でいてもたってもいられなかった。次の休みがくると、流はさっそくアナンといっしょにバスで街に下り、駅前のさびれた商店街をうろついた。

海が近い、といっても観光地になるほどオリジナリティのある街ではない。この街に居ついたのは、凡庸な雰囲気が逃亡者の安心感をさそったからだ。通りには昔ながらの小売店が並び、コンビニエンスストアとハンバーガーショップが一軒ずつ、スーパーマーケットに毛がはえたようなデパートも一応あった。流は古い不動産屋の前でおそるおそる立ち止まった。

はいってみようか――。

ガラス越しにのぞくと、ちょうど客が契約書にサインしているのが見えた。書類の束を並べ、何ヵ所も印鑑を押している。はいアウト、という光景だった。『原野』の三文判を買っても、印鑑証明がなければ意味はない。早苗のくれる給料のおかげで、あの一千万円はほぼ手付かずで残っているが、世間的信用だけは金で買えないのだ。こうなったら偽造書類をつくってくれるヤクザでも探すしかなかった。

どこかちがう街にいくか。せめて、悪い噂のないところへ――。

ブロロロ……。道幅の狭い駅前通りを空っぽのバスが走っていった。『海岸方面行き』。流の背中にぞくり、と寒気が走った。ここにきてから遠く海をながめることはあっても、決して海岸に近づこうとはしなかった。

目の前で波なんか見たくない。海風の音なんかききたくない。生活も神経も安定していたここ一年ほど、記憶の復活はほとんどなかった。だが、心がまた不安定になった今、遠くの方でまた風の音がきこえ始める。

ヒルヒルヒル……。嫌だ、またなにか思い出したくない。ヒルヒルヒル……。

「おい、おまえなにやってんだ」メランコリックな気分を破壊してくれる、ガラの悪い声がきこえた。

飛びあがってふりむくと、ヤクザっぽい男がくわえ煙草で立っていた。普段着の鬼監督はまるで街のならず者のようだ。パチンコで圧勝したらしく、両手にいっぱい景品のはいった袋をぶらさげている。アナンの顔を見て反射的に煙草を捨てた。

「ほらよ、アナン」彼はチョコレートをアナンにわたした。「なんだよ不景気な面でぼーっと立っていやがって。あの小屋、旦那に追い出されたのか。え、図星だろ？」

不動産屋の前に困った顔で立っていれば、誰にでもわかる推理だ。鬼監督はうれしそうに人の不幸をガハハと笑ってくれた。悪い噂の発生源はこの男かもしれない。

「ふうん。そりゃ困っちゃったねえ」鬼監督はアナンの頭をなでながらいった。「お父さん、このままじゃホームレスになっちゃうよ」

どうしてそんなことまでわかるのだろう。流は顔に反応が出そうになり、ぐっと筋肉をひきしめた。

「うーん。さて、これからどうするか」鬼監督は腕を組んだ。

「……これからどっかいくんですか？」流はいった。

「バカヤロ。おまえの行く末を案じてるんだよ」鬼監督はいった。

いやに親身だが、流よりもアナンの行く末を案じているのは明らかだった。しかし、仕事を紹介するのとちがい、住むところなんか紹介しても一文の得にもならない。ことによると、鬼頭は本当にいい人なのかもしれなかった。

「よしっ。おい、ついてこいよ」鬼監督は流の背中をバンと叩いた。「いいか、よーく覚えとけ。今日から俺はおまえの神様だ」

この世には考えられないくらい根暗な人間もいれば、考えられないくらいハイテンションな人間も存在している。サイケデリック・伊東は赤く輝くビューティフルヘアをなびかせ、ショッキングピンクのジャケットに、真赤なパンツを見事に着こなしていた。そのホロホロチョウのような男の隣で、鬼監督は全身グレイ系のみごとなオジンファッションだ。友人としては極めて珍しい組みあわせだった。

「アー」アナンは伊東の頭を指さし、パチパチと手をたたいた。

カラフルなカラーを賞賛しているらしいが、伊東の解釈はちがった。

「きっとぼくのオーラを感じとってるんだ」

「こいつは俺のダチでさ、元々おかしいやつだったんだけど、ロンドンで強烈なドラッグやって頭がいかれちゃったんだよ」鬼監督はいった。

「いかれてなんかないよ。眠っていたマインドが目覚めただけ」

「ほら、完璧におかしいだろ。こいつなんだよ、おまえのハデハデ小屋をほめたのは」

ほめられてうれしい人間と、そうでない人間がいる。流が無理矢理連れてこられたのは伊東のアパートで、古い和室の二間続きはみごとに赤ペンキで塗りたくられていた。マネキンや人体模型、招き猫など、わけのわからないオブジェが散乱していて、ただすわっているだけでものすごい刺激だ。この男に色彩感覚があるとはとても思えない。アナンはまるで異次元空間にきたようにしげしげと部屋中を見回していた。

「前から紹介してくれって頼んでたんだ」伊東の目はらんらんと輝いていた。「会えてすっごくうれしいよ」

若作りをしているが、伊東は三十歳はとうに越していそうだ。どう見ても同居は不可能なタイプだった。流はちらりと鬼監督をうかがった。

まさか、この男と、ここで暮らせというんじゃないだろう。いくら行くところに困ってもそれだけは——。

「ぼく、店を開きたいんだ」伊東はいった。「そのリフォームをぜひ流ちゃんに手伝ってほしい」

「リ、リフォーム……？」流はいった。

「ずっとそのことで悩んでたら、偶然にタイル屋の前を通りかかったんだ。あのモザイクハウスを一目見たとたん、ハイこれよ、ってサインが出てたのがわかった」

「サイン……？」

「うん。ものごとはよーく見てると、ちゃんとサインが出てるわけよ。あっちにいった方がいいとか、ここはやめておけとか。スピリチュアルな世界からくる標識みたいなもんだけどね。それ見逃すとたいへんなことになっちゃうわけ」

流は目の前の男ふたりをじーっと見つめた。この男たちとつきあうのはやめておけ、というサインは見えないだろうか。

「ぼく、元床屋だったボロっちい店持ってるんだけど、リフォーム業者なんてとても頼めなくて。このオヤジに頼んだらセンスもなにもないでしょ」

「悪かったな」鬼監督はいった。「でも、あの建物は壊すにゃもったいないぞ」

「外壁と店舗の中、全部モザイクで決めたいんだ。流ちゃん、どう、やってくれない？　材料はこのオヤジが調達するから」

「おいおい」

「大きな店じゃないから、まあ三年ぐらいでなんとかなると思うんだけど」

なんという気の長い話だ。こんな奇っ怪な依頼は受けたことはない。流がなんと返事していいかわからないでいると、鬼監督がぐっと身を乗り出してきた。

「まあな、やってやれないこともないぜ。でもひとつ、条件がある」

「条件？」伊東はいった。

「あそこさ……確か、二階空いてたよな」

「うん、物置きになってる」

「そこに住んでもいいなら、その仕事ひき受けてやるよ」

なんという男だ。いつから彼は流の、いやアナンの辣腕マネージャーになったのだ。

「別にいいよ」伊東はあっさりといった。「自分で片づけてくれるなら」

「よおし、決まった」鬼監督はバシバシと流の背中を叩いた。「ガハハ、やったぜ」

ああ、自分の人生がどんどん赤の他人に翻弄《ほんろう》されていく。だが、またホームレスになるかどうかの瀬戸際で、流に選択の余地はなかった。流は半分不安を抱えながら、半分ほっとしてアナンを見た。

これでこの子にみじめな思いをさせずにすむ。ああ、ありがたい——。

「でも……」伊東がさりげなくいった。「実はひとつだけ、問題があるんだ」

「問題？」流はいった。

「その店、幽霊が出るんだよ。アハハハ」

こうなったら幽霊と同居でもかまわない。屋根のある家に住めるんだったら――。

そう答えたものの、流は実はひそかにそれも伊東の幻覚にちがいないと思っていた。自慢じゃないが放浪生活十年間、幽霊なんか一度も見たことはない。記憶に残っていることの中で一番不思議だったのは、ゴミ袋の中でアナンを見つけたことだった。

流はさっそく伊東たちに連れられて物件の下見にやってきた。駅前商店街のはずれ、駅まで徒歩十五分とロケーションは申し分ない。引っ越すとなると食事や買い物の心配もしなくてはならないが、このあたりなら親子ふたり飢え死にすることはないだろう。伊東は堅牢な石作りの建物の前で立ち止まると、くるりと流をふりむいた。

「ゴーストハウスへようこそ」

カアア、カアア……。屋根の上でカラスが、まるでホラー映画の効果音のように鳴いてくれる。流はおそるおそる古びた洋風の二階家を見あげた。昭和初期に建てられたものらしく、いかにも見よう見真似で西洋文明をまねており、建築当時はモダンだったのだろうが、今は石にへばりついたツタの葉がいかにもわびしかった。下が店舗、上が一部屋だけの、なるほど小さな建物だ。伊東は鍵もかけていない錆びたシャッターをガラガラと開けた。

ひび割れたガラス越しに、古い床屋の椅子がホコリをかぶっているのが見えた。くすんだ鏡はなにも映していない。クモの巣、はがれかけたポスター、床に落ちている古い雑誌と誰かの手袋。ホラームードは満点だ。

「ぼく、幽霊なんか怖くないんだよ。だって、人は死んでから霊になるんじゃないもん」伊東はいった。「生きているときからリッパに霊的存在なんだから」

「どうして俺の周りはこう、いかれたやつばっか集まるのかな」鬼監督がいった。

「波動が一致するんでしょ。家も人を呼ぶんだよ。人が住めるのはその人に似あいの場所だけ」

「確かに、ここは流にはお似あいかもな」

ギギギギギ……。きしみながら古い扉が開き、密封されていた空気がひんやりと顔に当たる。流はアナンの手をひいて、そっと店に足を踏みいれた。こぢんまりとした空間で、分厚い木でできたカウンターが周囲にめぐらされている。流は店を見回し、奥のじとじとした廊下に進んだ。洗濯場、台所、トイレ、そして二階への階段が並んでいる。

「そのボロっちい台所はどうする?」鬼監督はいった。「システムキッチンにするか?」

流は三畳ほどの広さの台所を見回した。黒ずんだ木の配膳台、タイル貼りの流し、錆びたガスコンロ。隅にはカマドまであった。昔はハイカラだったかもしれないが、もはや歴史的遺物の哀愁が漂っている。

「ダメダメ、このレトロっぽさが最高なの」伊東がいった。

「ふうん、そういうものかね。じゃあな、俺はこれでいくから、あとはよろしく」

鬼監督はアナンにバイバイをすると、背中を丸めてそそくさと去っていってしまった。幽霊が逃げていきそうな顔をして、どうやら恐いらしい。流はさらに奥へと進み、すりガラスの引き戸を開けた。

「おお……」思わず感動の声がもれた。

風呂だ。アンティークタイル貼りの小さな浴槽で、薪《まき》を使ってたくゴエモン風呂形式だ。だがこれで、まがりなりにも風呂つきの一軒家に住めることになったのだ。段ボールハウスに比べたら、ここはまさしく豪邸ではないか。

「アナンよかったな、お風呂があるぞ」流はアナンをふりむいた。

と、後ろについてきたはずのアナンがいなかった。見れば、薄暗い廊下の隅にぽつんと立ち、じっと天井を見あげている。流はなんだ、と自分も上を見た。

なにもない。そこにはクモの巣ひとつなく、流の目にはただ天井の板が見えるだけだった。後ろからやってきた伊東が、そのアナンの様子を見ておもしろそうにいった。

「……ほうらね。この子、インスピレーションありそうだから。どうする流ちゃん、ほんとに幽霊と同居する?」

9

その朝、早苗はいつもより早く物音で目が覚めた。反射的に隣のベッドの広太郎をはっと見る。なにか異常があったのか。

だが、夫はまだぐっすりと眠りこけていた。重病人の隣で寝ているため、神経が相当張りつめているらしい。朝の痛み止めの薬を飲ませるにはまだ時間があった。

「あら?」早苗は耳をすませた。

表で車の音が聞こえたような気がした。今日は仕事も休みなのに、いったい誰がきたのだろう。二階の窓のカーテンをめくった早苗は、門のところに鬼監督が立っているのを発見した。なにをしにきたのか、なにやら大きな荷物をバンに積んでいる。そこへ、両手にバッグをもった流がやってきて、アナンを座席に乗せるのが見えた。アナンは千草のお下がりの赤いジャンパーを着ている。

まさか。早苗はガウンをはおり、あわてて階下に駆け下りた。どうして、勝手にどこにいくの。わたしはなにもきいてない——。

玄関のドアを勢いよく開けると、流がはっとこちらをふり返った。早苗を見て困ったような顔をしていたが、やがてアナンと連れだって庭を横切ってきた。

「や、起こしてすまなかった。そっと出ていくつもりだったんだが……」流は頭をさげた。「長い間お世話になりました」

「なによ、どこにいくの？」早苗は自分の声がうろたえているのがわかった。

こんなに大事なことを黙っていられて、まるで親友に裏切られたような感じだ。

「……遠くにいくわけじゃない」流はおどおどといった。

距離の問題じゃないわよ、と早苗はいいたかった。こんなに長くいっしょに暮らしていたのに。この薄情な裏切り者——。

「広太郎さんには全部、話してあるから」流はいった。

ああ、やっぱりそうだったのか、と早苗は肩をおとした。おそらく、広太郎がないしょで流と話をつけたのだろう。早苗としても、たとえ会社がどうなっても、今は少しでも長く広太郎のそばにいたかった。残された時間はなにものにも代えがたい時なのだ。

だけど、アナンと流さんがいなくなることが、こんなにもショックなんて——。

「いろいろありがとう」流はぼそりといった。「千草によろしくいってほしい。うまくいえなかったから」

黙っていくことが、この気のきかない男のせいいっぱいの思いやりだったのだろう。早苗は最後にアナンを抱きしめたかったが、それをしたら自分が崩れそうで怖かった。

「さようなら」早苗は無表情でいった。

そのとき、早苗の胸によみがえってきたのは、あのアナンを貸してくれた夜だった。あの夜のアナンの目と、流のなんともいえない顔。あのとき、早苗は救われたのだ。救われるということがどういうことか知ったのだ。そして、本当の優しさを教えられた。無口で、シャイで、得体の知れない、このひとりの男から。

流はふりむかなかった。鬼監督が人さらいのようにふたりをバンで運んでいく。後には使いようのない派手なモザイクハウスがぽつりと残された。

きたときと同じように、突然、男と子供は去っていった。

きたときとちがったのは、そのふたりが早苗にとって、かけがえのない存在になっていたことだった。

二階の窓から外をながめると、今まで住んでいた丘が遠くなっていた。よく見ると、米粒のような『坂ノ上アートタイル』が見える。新居がみつかったおかげで、広太郎によけいな恨みを残さずにすんだ。流はほっとして新しい部屋をふりかえった。

新しい、といっても古畳はみごとにすりきれている。サッシでない窓は隙間風がひどいし、明かりは裸電球ひとつだ。だが、その侘《わび》しい六畳間が流には大広間のように見えた。アナンは回り階段が珍しいらしく、上り下りを黙々と楽しんでいる。二歳近くになり、その足元はだいぶしっかりしてきた。

大掃除は伊東とふたりがかりで一ヵ月かかった。店の方は床屋の椅子を撤去し、壁紙をはがしてしまうとなかなかの雰囲気があった。うまくいけば心地いい空間がつくり出せそうな気がする。

「ところで、大事なことをきき忘れたんだが」流はいった。「なんの店にするんだ？ブティックか？」

「流ちゃん、こんなド田舎でぼくのハイセンスが受けいれられると思う？」伊東はいった。「コーヒーショップだよ。小さな居心地のいい空間で、香り高い一杯のコーヒーと、日常から離れたリラックスのひとときを味わってもらう……これがぼくの夢だったんだ」

本当に人は見かけによらないものだ。しかし果たして、伊東を前にして客がリラックスできるものだろうか。さすがの幽霊もこのサイケな男には恐れをなしたのか、大掃除の間中ちらりとも姿を現わさなかった。

「じゃあね、落ち着いたらモザイクにとりかかろう。バイバーイ」

ハンバーガーで引っ越し祝いをすると、伊東はせかせかと帰っていった。新しい家でやっとアナンとふたりきりになった流は、さっそく玄関にしっかり鍵をかけた。疲れていたが、どうしてもやらなくてはいけないことがあった。流は数少ない荷物をほどき、一番下からビニールバッグをとり出した。中身は例の現ナマ、一千万円だ。フリーになったこれからは、いつ何時金が必要になるかわからない。盗まれないよう隠さなければおちおち眠りにもつけない。流は家の中をうろうろと歩き回った。

どこにしようか。畳の下……ありきたりか。屋根裏……出すのにめんどくさい。そうだ、台所の床下なんてのはどうだ。なんかの映画で見たことがあるぞ——。

さっそく流は小さな台所にうずくまった。伊東の話によると、こういう味わいのある場所でいれたコーヒーがうまいそうだが、豆がバクテリアで発酵でもするのだろうか。流は床板をはがそうとして、意外にも頑丈に打ちつけられているのを発見した。

「なんだこりゃ」流はつぶやいた。

よく見ると、そこだけ釘が比較的新しい。いつ、誰がこんなことをしたのか、とても簡単にはがせそうになかった。流は台所をあきらめ、札束をもってうろうろと廊下に出ていった。階段を上り下りして遊んでいるアナンが目にはいる。それをながめているうちに、五段目のはめ板が少しずれているのを発見した。

ここだ。流は隙間からバッグをつめこんで、しっかりと釘で打ち付けた。アナンは階段にちょこんとすわり、彼の作業を不思議そうにながめていた。

「さあすんだよ。アナン、お風呂にはいろう」

流は風呂に水を張り、カマドで廃材を燃やし始めた。ちろちろと燃える炎をアナンが無心に見つめる。表の風の音をききながら、その揺れる横顔に流はいつまでも見とれていた。新生活の不安も、将来の展望のなさもみんな、アナンの顔を見ると消えてしまう。パチンと薪がはぜるとアナンは驚き、大きな目を開いて流をふりむいた。

「あー」

まだほとんどしゃべれない。コミュニケーションを言葉でとらない分、アナンはその美しい目でじっと相手を見る。流はいつもやきもきしていた。また、よけいな身の上話を受けとってしまわないかと。

気をつけなくては、あの伊東の秘密なんて想像しただけでも発狂しそうだ――。

湯が沸くと、狭く湿っぽい脱衣場でアナンの服をぬがした。いつものようにわきの下がざらついている。流は手の上の青い砂粒に目を近づけた。きらきら光る、真っ青な結晶。彼はそれを早苗の悲しみだと解釈していた。

これもきっと、今日でおしまいになる。アナンはずっとそばにいて、早苗のこしらえた料理を食べていた。その悲しみを知らず知らずのうちに受けとってたんだ——。

ザアアアア……。流は湯で砂粒を流した。薄暗い風呂場に早苗の悲しみが消えていく。アナンを抱いて勢いよく湯船に飛びこむと、はねあがる飛沫にアナンが笑い声をあげた。ああ……流は快感のうめき声をあげた。

早苗のことはもう、忘れよう。たくさんの親切やドジ、さりげない優しさ、そして夜毎すりガラスに映る影も——。

風が吹き、風呂場の窓ガラスがガタガタ揺れた。気がつくと、アナンが静かになっていた。湯船の中に立ったまま、じっと一点を見つめている。入り口のすりガラスの方を。流は視線を追って、ゆっくりとふりむいた。

なにかが立っていた。すりガラスのむこうに、白い人影が。

まさか。流は湯船の中でもらしそうになった。全身の感覚がなくなり、自分がどこにいるかわからなくなる。得体の知れない存在、それがこんなにも恐いとは。

嘘だ。幽霊が本当にいるなんて。これは、目の錯覚だ——。

白い影がゆらりと動いた。じわりじわりと引き戸が開き始める。

「や、やめてくれ」流は叫んだ。

「よ……く……も……」幽霊がいった。女の声だ。

アナンが無邪気にも小さな手を伸ばした。まるで、幽霊を誘うように。隙間から女の黒髪が見える。流はもう風呂でおぼれ死にそうになっていた。

「よくも黙って……」ぬうっ、と妖怪の顔が現れた。

ギャアア、と流は悲鳴をあげた。オカッパの座敷わらし。だが、それはあまりにも見慣れた妖怪だった。

「一生、恨んでやるから」千草はものすごい形相でいった。「よくも、よくも千草に黙って出ていったな」


千草の機嫌を直すために、流はハンバーガーショップでアイスクリームを五個おごらされた。明るい店内をアナンは珍しそうに見回し、ああんと口を開けて千草にアイスをねだった。

「わあ、かわいい。お人形さんみたい」

隣にいたカップルの女が、アナンに目をとめて感嘆の声をあげた。男の方はコーラを飲みながら、そんな子供好きの恋人に目尻をさげている。やがてカップルは立ちあがると、ゴミ箱に大きな紙コップを捨てていった。

ジャラジャラ……。その氷の音に思い出が蘇る。流はちらりとゴミ箱を見た。

昔、あんな氷を必死に拾ったホームレスがいた。それで赤ん坊の頭を冷やすために。その男は今も、俺の中で眠っている。こうして金を払って席に座れるようになった今でも――。

「でも、すごいとこに引っ越したね」千草はいった。「あそこ幽霊屋敷でしょ」

「知ってるのか」流はいった。

「有名だよ。血だらけ女の幽霊が窓からこっち見てたとか、夜中に悲鳴きいたとか」

「そんな話、いくらでも作れるさ。こういう小さな街には刺激が必要なんだよ」

「信じてないの？　じゃあ、なんで千草をそんな幽霊とまちがえるのよ。千草の顔って、そんなに恐い？」

子供だった千草もいつのまにか少女になり、来年は中学生だ。ここで下手なことをいったら千草に一生消えないトラウマをつくってしまう。

「かわいくてついみとれてしまう」流は神妙な顔をしていった。

「嘘つけ。ものすごい悲鳴あげたくせに。千草、一生忘れないから」

「く、暗かったんだよ」

「今度はおじさん、あの幽霊屋敷をリサイクルすることになったの？　なんだか仕事とはいえないような仕事だけど、おじさんにぴったり。でも、どうしてこんなに急に決めたの？」

父親の病気のことだけは口が裂けてもいえない。流は黙って苦いコーヒーをすった。あのとき、広太郎がアナンに打ち明け話を始めたとき、流は気をきかせてそっと身を隠した。が、アナンの保護と安全のため、しっかり立ちぎきしていたのだった。

「いいのわかってる」千草はいった。「ゴメンネ、お父さんが追い出したんでしょ？」

「追い出したんじゃないさ」流はいった。「いろいろ事情があったんだ」

「ううん、お父さんはね、おじさんにいてほしくなかったんだよ。お父さんね、おじさんのこと病気だっていうんだよ。でも変だよね。お父さんだって病気なのに」

ピカピカのハンバーガーショップが、ふっと暗くなったような気がした。

ビョーキ。流の心に、そのひと言は深くつき刺さった。それはもちろん肉体の病気のことではない。

広太郎のいっているのは、心の病気のことだ。あの人は俺を病的な、どこか異常な人間だと思ったんだ――。

10

思いあたるふしは、いっぱいあり過ぎて数えきれなかった。第一、記憶喪失はりっぱな心の病気だ。だが、もし記憶喪失でなかったら、流は健康的な男だろうか。例えば、エネルギッシュな働き者で、社交的で頭がよくて弁舌さわやかな男だったか。

答えは、ノーだ。変わった男だとよくいわれるが、それを記憶喪失の後遺症のせいにはできない。元々の性格という可能性も十分あるのだ。それが今、アナンのためにマトモ人間のふりをしている。事実であるだけに、広太郎の言葉は流を傷つけた。

「あ、ひらめいたぞ」

見れば、目の前にはまた別種のビョーキ男がいる。伊東は今日は全身ビタミンカラーで決め、歩く柑橘類のようなファッションだ。壁を前にして半日も瞑想していたと思ったら、やおらチョークをとりあげ、さらさらと幾何学模様を描き出した。

「うん、いいぞ。インスピレーションびんびん」伊東は興奮していった。

流はしげしげと壁の絵を見つめた。わけがわからなければすごい、というものでもないだろう。芸術というよりは、宇宙人のイタズラ書きのようだった。

「なあ、伊東」流はいった。「……おまえって、病気か?」

「なにいってんの、ぼくは極めて健全な人間だよ」

こいつにたずねた自分がバカだった。流がため息をつくと、伊東はくすくす笑った。

「だって、ぼくなんかほら、全然ストレスないし」

「それであったら恐いよ」流はいった。

「病気っていうのは、肉体と精神と魂の間の連絡がうまくいってないときに起きるんだよ」

「あのさ、基本的質問なんだけど……精神と魂って、ちがうのか？」

「そういってる人はやっぱ病気になりやすいかも。魂は永遠の生命そのもの……流ちゃんにもひとそろえあるけど、自覚してないでしょ？」

流はぼーっと伊東を見た。実感はない。なくても全然支障ないと思っている。

「まあ、ぼくはそういうこと、いっしょうけんめい力説するつもりはないけどさ。ぼくが病気から遠いってことは事実。でも、肉体と精神と霊が完全に一体化してるって人も、地上ではめったにお目にかかれないけど」

「おまえ、会ったことある？」

「あるよ。背中に白い羽根がはえてた」

流は質問を中止した。このままいくと、頭が伊東的に破壊されて本物のクルクルパーになってしまう。彼は現実に返って、さっそくモザイクタイルの作業を開始した。

「色指定は書いてあるよ」伊東はいった。「そこはブラック、その下はオレンジね」

考えなくていい方が楽だった。流はいそいそと黒いタイルを手にとり、モルタルを塗りつけた。ぽつん、と最初の黒い点が一個貼られると、あとはもう忘我の世界だ。

伊東の描いた下絵に沿って、流は黙々とタイルを貼っていった。一センチ、ときには数ミリ刻みに。店全体をこれで埋め尽くすなんて、よほどの暇人しかできない途方もない作業だが、その暇人がここにいる。

「ほら、アナンちゃん、ぼくたち注目の的だ。おーい」

伊東は店の外にかたまっている数人にむかって、ホイホイと手を振った。だが、みんな眉をひそめ、じーっと皿のような目でこちらを見つめている。無理もない、わけのわからない男たちが幽霊屋敷で妙なことを始めた上、怪しげな子供まで連れているのだから。この商店街という小社会において、よくない話題性は充分だろう。

アナンは店の外は見ようとしなかった。普通の男の子のようにバスや車にも興味をしめさない。流の横に立ち、ひたすらその手元を見つめていた。伊東の描いたくねくね線の上に点々とオレンジ色のタイルが貼られていく。

と、突然、流の後ろからアナンの手がにゅっと伸びてきた。粘ついたモルタルの上に、やおら黄色いタイルをぺたんと貼りつける。まるでシールのように。

「あ、アナン」流は声をあげた。「だーめ」

これは子供の遊びではない。エージェントはいいかげんな人間だが、一応仕事なのだ。と、伊東がそれを見て気楽な調子でいった。

「へえ、アナンちゃんもやりたいの？　じゃあさ、こっちで練習してみてよ」

エージェントはアナンを手招き、木製カウンターの前の椅子に座らせた。カウンターは周りだけ木のわくを残してタイルを埋めこむ予定になっている。

「ここにタイル並べてみて。アナンちゃんの欲望のおもむくままに」伊東はいった。

「無理だよ、そんなのまだ」流はいった。

「これはお遊びなの。そして、人生も壮大なお遊び」

これはまたたいへんな遊びにつきあわされてしまったものだ。しかし、アナンは明らかに興味を示し、ポツリと白いタイルを置いた。またひとつ、またひとつ。

「そうそう、お上手お上手」伊東は幼稚園の先生のようにほめたたえた。

流は勝手にやらせておくことにして、ふたりに背をむけた。どうせタイルの色分け遊びの延長のようなものだろう。流は黙ってこつこつとタイルを貼り続け、それきりアナンのことは忘れてしまった。時々壁にかけたアンティーク時計が時を打つだけで、他に物音はしない。いつのまにか時間が飛ぶように過ぎ去っていった。

気がつくと、アナンが静かになっていた。見れば、タイル並べに集中して疲れたのだろう、いつのまにかカウンターにうつぶせになって眠っている。抱きあげた流は、アナンの並べたタイルを見て、心臓がドキンと高鳴った。

「おい」流は声をあげた
「なに？」のぞきこんできた伊東も、驚きの声をあげた。「うわあ、この子っていったい……」

アメーバーのような白い楕円形が、ちゃんと形になっていた。よくわからないがすごくいい感じだった。伊東の芸術よりよっぽどアーティスティックに見えるが、これもただの親バカなのだろうか。流はふっと目を細めた。

色から形へ。アナンの世界が広がった瞬間だった。

千草はカウンターに頬杖をつき、ずっとアナンを見守っていた。なにかに集中しているとき、子供の顔はハッとするほど神々しい。その小さな手がゆっくりといろいろな形を作っては、惜しげなくも壊していく。中には何時間もかけて作る形もあった。

「どんどんうまくなってるよ」千草はいった。「子供の手って操作性が悪いじゃん。でも、だんだん自分の思う位置に並べられるようになってきた。きっと、アナンの頭の中にはもっとすごいものができてるんだ」

千草は毎日根気よくアナンにつきあい、ひとかけらずつアナンが求める色を渡してやった。流が観察していると、ふたりは目と目で話している。それでどうしてアナンが欲しいものがわかるか不思議だった。できあがったものを千草がほめると、アナンはうれしそうな顔をして、より一層モザイクに打ちこんでいく。この献身的な英才教育係のおかげで、アナンのモザイクが上達したのは確かだった。

「人が無条件に好きになる形って、あるよね。アナンが作るものってそれなんだ」伊東はいった。「流は技術的にはうまいけど、職人の域から出られない。その点、アナンは生まれながらのアーティストだ」

「そりゃ悪かったな」流はいった。

なにが悲しくて三歳足らずの子供に負けなきゃならないのか。だが、それが本当なら、親バカとしては最高にうれしい敗北かもしれなかった。

そんなある日、いつものようにモザイク指導をしていた千草が、突然大声をあげた。

「ああ、もうダメ」

「どうした?」流は驚いて作業の手を止めた。

アナンもタイルを持った手を止め、びっくりして彼女を見あげている。

「千草、もうアナンのモザイク壊すのイヤッ」千草は身もだえるようにいった。

「なに怒ってるんだよ。どれどれ」伊東がのぞきこんだ。「うわあ」

アナンは終始一貫して例の白い楕円形をつくっていた。なにか特別のこだわりがあるらしい。が、ときどき思い出しように別のモチーフをつくることがあった。そのとき、アナンが作りかけてたのは、青っぽい流線だった。色の具合でそれがきらきら光っているように見える。偶然のようだが、それが偶然ではないらしい。

「よおし、決めた」伊東がきっぱりといった。「もう練習は終わりだ。ぼくはアナンちゃんを雇うことにする」

「やったー」千草が手をたたいた。「じゃあ、千草がモルタルで貼り付ける係」

「おい、話がちがうぞ」流は抗議した。「こんな小さい子を働かせる気か」

「児童法違反なんていわないでね。流ちゃん、ほんとはわかってるんでしょ？　これがアナンの生きる道だって」

確かにアナンはちょっと、いや、かなり才能があるかもしれない。だが、いくらなんでも親としての責任というものがある。そんな無茶を許すわけにはいかなかった。

流は憮然として立ちあがり、アナンのモザイクを見た。

そのとたん、流の頭の中でピンとはねあがるものがあった。まるで生きているように。空、雲の合間、力強い息吹。彼は唖然として青い曲線に魅入った。

俺だけにはわかる。こいつは龍だ。アナンを拾ってから、夢の中に出てくる、あの青い龍。ああ、アナンもあの龍を見ているんだ――。

「ねえ、お父さん、お願いでございます」伊東は流に手をあわせて拝んだ。「なんかぼく、すっごくわくわくするんだよ。今までで最高の予感。これ、絶対宇宙からのサインだ」

伊東のいかれたサインなんかどうでもいい。気がつくと、アナンがじっと流を見あげていた。あの心を打つ黒い目で。そのとき、流にむらむらとわき起こったのは、父親の責任感よりもはるかに強い、欲望に近い衝動だった。

もっと見たい。アナンが作ったものを、アナンの青い龍が見たい——。

11

薪の燃える匂いが家中に充満していた。ホームレス時代、焚火に慣れ親しんだ流にとって、それはどんな高級なアロマテラピーより安らぎを覚える香りだ。ささやかな日常の、ささやかな憩い。流はアナンと風呂にはいるのが楽しみになっていた。モルタルで汚れた作業着をゆっくりと脱ぐと、伊東がどこかから拾ってきた洗濯機に放りこむ。ホームレス時代には考えられないほど流の衛生感覚は進歩していた。

流はアナンの服を脱がし、わきの下に手をいれた。青い砂はもうすっかり消えている。ほっと安心して、アナンといっしょに湯船に身を浸した。風呂場の窓からぽっかりと満月が見える。気分はもはや秘境の温泉だった。

ああ……と思わずうなり声が出る。労働の後の風呂は格別だ。それは流ばかりでなく、アナンも同じようだった。彼は湯の中で小さな手についたモルタルをこすった。

アナンの作品が製作され始めて、早一ヵ月になる。こんなことになるとは思っていなかった。だが、伊東に見せる仏頂面とは裏腹に、流は心ひそかにうきうきしていた。そのうち『お父さんの肖像画をつくりたい』なんていってくれるかもしれない。

流は思わず湯の中で顔をほころばせた。

「あー」アナンが声をあげ、入り口にむかって手をのばした。

いつのまにか、すりガラスのむこうに人影が立っている。流は顔をザブザブ洗いながら声をかけた。

「ああ千草か。いつきたんだ」

千草はアナンの顔を見ないと一日が終わらないらしく、学校のクラブ活動もしないで毎日熱心にモザイク貼りを手伝いにきている。だが、ガラスのむこうからは返事がなかった。

「ばか。よせよ千草、幽霊のマネなんか」子供だなあ、と流は苦笑いした。こんなことをして、俺が驚くとでも思っているのか。

しかし、それでもまだ千草は返事をしなかった。流はなんとなく人影を見直した。白い。そういわれてみれば、千草にしてはちょっと背が高いような気がする。背伸びでもしているのだろうか。ぼんやり見えている髪も、千草より長い。

まさか。流の目は人影に釘付けになった。千草、冗談やってないでなんかいってくれ——。

ガタガタガタ……そのとき、突然風呂場が揺れだした。地震だ。流はあわててアナンをかき抱いた。このまま揺れが大きくなったら、こんなボロ家おしまいだ。流は湯船を飛び出し、引き戸に手をかけた。

冷たい。流はぞっとして、思わず引き戸から手をひっこめた。なにか異様なものを感じる。むこうにいるのはいったい誰なのか。と、地震がだんだん大きくなった。裸で流にしがみついていたアナンが、怯えたように激しく泣き始める。

「うわーん」

その瞬間、地震はぴたりとやんだ。嘘のように。流はガラス越しに人影が去っていくのを見た。いや、すーっと消えたように見えたのは、地震に動転していたからにちがいない。流はぽたぽたとしずくを滴らせ、洗い場で固まっていた。

ボーンボーン……。アナンの泣き声のむこうで、店の方でアンティーク時計が八時を打つ音がきこえた。そして、表のドアが開く音。

「こんばんはー」千草の声が廊下から響いた。「アナンちゃん、千草がきましたよ」

あれはいったい誰だったのか――。

あきれ返る千草と伊東を前に、流はあれは泥棒だったといい張った。こんなボロ屋にはいりたがる白くて髪の長い強盗は、世界中どこにもいない。

「まったくもう、頭固いんだから」千草はいった。「地震なんかなかったんだよ」

「なかった……？　震度四ぐらいだったぞ」流はいった。

「それは、ポルターガイスト。幽霊が起こした怪奇現象だよ」

千草がはいってきたとき、風呂場からはサイレンのようなアナンの泣き声がきこえていた。あわてて駆けつけると、流は氷山に閉じこめられたイルカのような顔で風呂場に転がっていた。それなのにこのオヤジときたら、意外なところで現実主義者ぶりを発揮しているのだ。

「バッカバカしい」流はいい捨てた。「なんで幽霊がそんな疲れることするんだ?」

「幽霊の気持ちなんて千草わかんないし」千草はいった。「だけど、どうして今まで出なかったのかな……?」

「きっと霊の方にも条件があるんだよ」伊東は目をきらきらさせていった。「湿気とか、バイオリズムとか、磁場とか。よおし、ぼくも見るぞ。ぼく、UFOなら遭遇したことあるんだ。でっかいのが目の前にぐおーんと迫ってきてね」

「ついでにさらわれて、脳の改良してもらえばよかったのに」千草はいった。

でっかい幽霊がぐおーんと迫ってきたら伊東は喜ぶにちがいない。流は世間のはみ出し者だが、こんな想像力のはみ出たやつらの感性にあわせる気はさらさらなかった。

「アナンはもう、だいじょうぶね」千草はパジャマ姿でモザイクに熱中しているアナンをのぞきこみ、ハッとした。

白い楕円形が放射状の光を放っている。そこに茶色い大きな目のようなものが現れていた。偶然にしては出来過ぎている。

「まさか」千草はいった。「これって、幽霊の顔じゃ……」

「なにいってんだ」流はいった。「ちがう、これは目玉焼きだ」

「リアルな目鼻立ちじゃなくて、イメージをとらえてるんじゃないか」伊東がいった。「そうか。アナンの意識の目にはとっくにこの姿が見えていたんだ」

「やめてくれよ、いいかげんにしてくれ」流は頭がおかしくなりそうだった。

それじゃあ記念すべきアナンの最初の作品は、幽霊なのか？　青い龍でも優しいお父さんのお顔でもないのか……？

「じゃあぼく、しばらくここに泊まって、幽霊に会わせてもらうから」

次の晩、ゴーストウォッチングに燃えた伊東はビデオカメラ持参でやってきた。流たちが風呂にはいるといそいそと廊下にうずくまり、なにやら呪文をごにょごにょ唱えている。流はもうアホらしいので勝手にさせておいた。

だが、幽霊は案外シャイだったのか、伊東の期待を裏切ってその夜は登場しなかった。次の晩も、そして次の晩も。

「ほれみろ」流はいった。「幽霊なんかいないんだよ」

「だけど、アナンはやっぱり廊下とかキッチンで立ち止まってるよ」伊東はいった。

「きっと、幽霊はいつもここらを回遊しているんだ」

実は、流もとっくに気づいていた。真夜中、豆電球が急にまたたくことがある。窓を閉めているのにカーテンが揺れることがある。そして、アナンは時々じっとなにもないところを見つめている。そこにいる誰かと話でもしているように。だが、流は認めたくなかった。それは自分が恐いからではない。幽霊がどういう存在であれ、アナンにとってよくないような気がしたからだ。

絶対にいい死に方をした人間じゃないに決まってる。アナンにいい影響があるとはとても思えない。いるんだったらこの子には近づかないでくれ――。

結局、一ヵ月近く伊東は張りこみを続けたが、ついに幽霊は姿を現さなかった。流はほっとし、伊東はがっかりしてとうとうウォッチングをあきらめた。

「でもさ、今までひとりぼっちで、幽霊もさびしかっただろうね」千草は流の気も知らないでいった。「アナンちゃんがきてくれて、きっと喜んでるよ」

12

その日は天気がよく、青みがかった丘の稜線が美しかった。

流は寝室の南むきの窓を開け、一枚きりのせんべい布団を干していた。布団はぺしゃんこでもアナンとふたり寄り添って眠れば、どんな豪華ホテルのベッドよりも暖かい。その手をふと止めて、流は丘の上の坂ノ上家を見つめた。

いや、もう俺には関係ない。あの家にいくことも、もう二度とないだろうし——。

パシン。そのとき、後ろで硬質な音がした。流は驚いてふり返った。窓ガラスが大きくひび割れ、そのむこうを通行人の女が横顔をむけて通っていく。なぜ急に割れたんだろう、と首をかしげて、流は重要なことに気づいた。

ここは、二階だ。ということは、今のは通行人ではない。

流は慄然《りつぜん》とし、しばらく布団を握りしめたまま立ちすくんでいた。幽霊だとしたら、イメージが全然ちがう。今はお日様サンサンのまっ昼間だ。

なにかの見まちがいに決まってる。まさかそんな——。

「おーい」流は下にむかって叫んだ。「アナン?」

返事がない。もう一度呼ぶと、伊東ののんびりした声が返ってきた。

「アナンならトイレだよー」

アナンはひとりで用を足すようになり、急速に子育ての負担は減っていた。そうか、と流は安心した。なんとなく窓が割れたことはアナンに関係があるような気がしたが、思いちがいらしい。流は窓際に戻り、割れた板ガラスを調べようとした。

ビシッ。指先があっという間に裂けた。流はあわてて血の吹き出る指を口でくわえた。ガラス片が飛んできたように見えた。

なんだっていうんだ、まるで俺を攻撃するみたいに——。

「うわああっ」そのとき、階下で伊東の叫び声がした。

今度はなにごとが起こったのか。流は急いで階段を駆け降りていった。モザイクの構図を描いていた伊東が、自分の耳をおさえながらぴょんぴょんと飛び跳ねている。

「い、今、耳元で誰かがしゃべったんだ。コショコショって。ひえーっ」

ゴーストウォッチングに燃えていた男が、そのくらいで怖がってどうするのか。しかし、流はなんとなく嫌な予感がした。

「な、なんていったんだ、幽霊は？」

「認めるの？」伊東がいった。「認めるなら教えてやる」流はいった。

「さっき、上で女を見た。いや、そんな気がしたんだが……」

「もう、まだそんなこといってんの？　なにいってるかわかんなかった、周波数高くて」

「……アナンはどこだ？」

「え？　そういえば、まだトイレだ」

それまではいつものように例のタイルを並べていたらしい。カウンターの上には目、鼻、髪の毛と、だんだん人の形らしいものができあがっていた。誰もすわっていない椅子の下には、キャラクターのオモチャがぽつんと転がっていた。

「アナン？　アナンなにしてんだ？」

コンコン。流はトイレをノックしたが、返事がない。急いでバッとドアを開けた。

空っぽだった。誰もいないトイレを、流は啞然として見つめていた。

「まさか、そ、外にひとりで出てったか？」流はいった。

「ううん。ぼくずっとここにいたから……」伊東はおろおろしていった。

流はあわてて台所をのぞいた。いない。勝手口には内側から鍵がかかっている。流はガラリと風呂場の引き戸を開けた。昨日の残り湯は確かそのままだ。見ると、閉めておいたはずの檜のフタが少しずれている。

まさか――。

流は駆け寄り、中をのぞきこんだ。小さな物がぷかぷか浮いている。いつもアナンが風呂で遊んでいた木彫りのウサギだった。流の耳の中でガーンガーンと音が鳴り始めた。水の下の方は暗くて見えない。

ぽちゃり。流は腕をぬるま湯につっこんだ。その手になにかが触れる。ふわふわした、柔らかい物。流の心臓は止まりそうになった。

髪の毛だ。

「ア、アナンーッ」叫んだのは、伊東だった。

うつぶせになって、風呂の底にアナンが沈んでいた。パシャン……水の落ちる音がして、流の世界が灰色に変わった。

終わった、と流は思った。風呂場も、水も、なにもかもが色を失っていた。ざらざらした白黒写真のような風景の中で、すでに自分も終わっていた。水につっこんだままの腕は凍りつき、二度と動かない。流の頭は壊れてバラバラになり、断片的な記憶がこぼれ落ちた。

昔、その手の先に、死にかけた赤ん坊がいた。そのときはゴミ袋の底だった。今、風呂の底にそのときの赤ん坊が沈んでいる。それだけのことだ。本当は、あのときに終わっていたはずなのだ。

遅かった。溺れたらおしまい、水は死、死ねる、あちら側に、バシャバシャと水が耳元まで、苦しい、暗い、死んだ、アナン、俺も、おしまいだ——。

「バカーッ」

流はドン、と人形のように風呂場の床に突き飛ばされた。伊東が獣のような叫びをあげながらアナンの体をひきあげていた。すのこの上に寝かされたアナンの小さな鼻と口から、ダーッと白い泡が流れ出る。真っ白な顔はぴくりとも動かなかった。

「人工呼吸」伊東の悲鳴が遠くきこえた。「人工呼吸だよっ」

だが、流は指一本動かせなかった。肝心なときになんの役にも立たない。

「アナンーッ」伊東はわめきながらアナンにまたがり、胸をぐっと押した。口から噴水のようにビューッと水が噴き出す。彼はアナンの鼻をつまみ、緑色の小さな口から自分の息を吹きこんだ。見よう見まねの人工呼吸。二度、そして三度。だめだ。流は遠くその光景を見ていた。早く死んでしまいたかった。アナンといっしょに。広太郎がいうようにあの世があるなら、アナンはそこで幸せに生きるにちがいない。もうこの世界での苦しみは終わったのだ。

アナン、俺のアナン――。

「その子は、俺が拾ったんだ」流はうめくようにいった。「ゴミ袋にいれて捨てられてたのを……」


必死で人工呼吸をしていた伊東の耳にも、その言葉ははっきりときこえた。胸に氷の矢がつき刺さる。リアルな痛みが心臓から体中に広がった。

顔をあげると、すでに風呂場の床の上で壊れている流が見えた。こういう人間ならいくらでも見たことがある。現実を失ったジャンキーだ。この世界への焦点をなくし、戻ってこられない。アナンが死んだらこの男も、もう再起不能だろう。

「バカッ、拾ったってなんだっていい」伊東はわめいた。「あんたの子供だろっ」

だったら、自分はなぜ助けようとこんなに必死になっているのか。伊東は血走った目で仮死状態のアナンを見つめた。

早く安らぎの死の扉のむこうに送り出してやれ、とどこかで声がきこえる。助けることがハッピーエンドじゃないよ。そっと送ってやれ――。

「嫌だ」伊東はつぶやいた。

なにがいいか悪いかじゃない。それがエゴだろうが欲望だろうがかまわない。自分は人間だ。嫌なものは嫌なのだ。アナンに絶対死んで欲しくない。伊東はアナンの口を口でふさぎ、もう一度息を吹き込んだ。全身全霊をこめて。そしてもう一度。

「頼む、息をしてくれ、アナン――」

ア……ナ……ン……。

そのとき、誰かの囁きをきいたような気がした。伊東は人工呼吸を止め、はっと顔をあげた。自分も呼吸困難になりそうなくらい胸苦しい。異様な肌の感触、異様に重い空気。極限状態の中で、目に見えるものすべてが、まるで悪夢のようだ。

これは全部嘘だ。嘘であってくれ――。

伊東はごわついたアナンの体に手をかけた。そのとき、自分の腕が別のもののように見えた。透き通った、白い腕。まるで女のような。なにかに乗り移られたように、すさまじい寒さが伊東の体を襲う。

白い手が伊東の意志に反して動いた。それは、彼と同じくらい必死に子供を助けようとしていた。そして、彼より力があった。死の狭間から小さな生をおしあげる力が。

ゴボリ。小さな肺の中で空気が動き、口から大量の水が噴き出た。胸が上下する。自分の力で。

「生きてる」伊東は叫んだ。「アナン……っ」

アナンは激しくむせ返った。その動きのすべてが生きている証拠だ。苦しそうにあえぎながら、アナンはうっすらと目を開いた。

「アナン……？」

壊れていた流の眼球が、その姿を求めるようにうろうろと動いた。流ははいつくばったまま、信じられないように近寄ってきた。やつれた父親の顔を見たとたん、アナンはワーッと泣きながらしがみついていった。

流は強く、強くアナンを抱きしめた。かける言葉もなく、がくがくと震えながら。

「俺の……俺の命――」

気がつくと、伊東は放心状態で床にすわりこみ、ぼろぼろと泣いていた。奇跡的に生き返ったアナンを茫然とながめながら。だが、泣いているのは自分だけではないような気がした。いつのまにか冷気は去り、腕は元に戻っている。だが、まださっきの異様な感触が体に残り、全身の細胞が小刻みに震えていた。

誰かがアナンを見ている。そして、アナンの中に、人間には見えないものを――。

伊東は幽霊ウォッチングを飛び越え、いきなり幽霊の憑依《ひょうい》を体験してしまった。

13

人は失いかけてやっと、その価値に気づくことがある。もしかしたら、それを自覚するために喪失というものがあるのかもしれない。伊東はじっと店の前で遊んでいるアナンを見つめていた。溺死しかけて以来、怖くて目が離せない。アナンはもうすっかり元気になり、歩道にはえているペンペン草とたわむれていた。

伊東はアレ？　と目を細めた。遊んでいるアナンに、ラムネ菓子をさし出しながら誘拐犯のように近づいてくる若い女がいた。見たことがある、弁当やおにぎりをよく買いにいく、近くのコンビニエンスストアのアルバイターだった。女はアナンにすり寄るようにしゃがみこむと、しゃべりながら、そっと手を握った。

「ねえ見て、アナンがナンパされてるよ」伊東はいった。「やるじゃん」

モザイクに没頭していた流が、ハッとふりむいた。この男はタイルを持ったとたん人格を失う。センスはからっきしないが、その集中力だけはたいしたものだった。流はふたりの様子を見るなり顔色を変え、タイルペンチを放り出した。

「やあ、どうも」流は外に出て、女にさりげなく声をかけた。

いつも石のように無口なのだから、こんな行動はわざとらしいことこの上ない。変だ、と伊東は思った。父親の顔を見ると、若い女は真っ赤になって口ごもり、逃げるように去っていった。どうやらただの井戸端会議ではなかったようだ。

「なんだよ。なんで追っぱらうんだよ?」

流がアナンの手をひいて戻ってくると、伊東はすかさずたずねた。今のはどう見ても親の介入だ。思春期でもあるまいし、交際相手に文句をいう歳でもないだろう。

「別に追っぱらってないよ。お菓子は虫歯になるからな」流はあっさりとごまかした。

この鈍感の見本のような男が、アナンのことになるといきなり繊細の見本になる。なにかここに秘密の鍵があるらしい。伊東はモザイクを始めたアナンを見つめた。

美しい横顔を惜しみなくさらし、アナンは一心不乱にタイルを並べている。小さな手は米粒のようなタイルをうまく扱い、アナンの作業は気が遠くなるほど緻密だった。伊東は豊かな表現力にうたれながら、アナンの中に浮かびあがるものを見つめていた。

あのとき、幽霊に体を半分乗っとられたおかげでこれが見えたとしたらラッキーだ。伊東はそこに、美しい真っ青なドアを見ていた。忌まわしいアクシデントでどこかにいってしまいかけた、それはアナンのドアだ。

人生には新しいドアがオープンになる日がある。伊東は幼いときから、そのドアをかたっぱしから開け続けてきた。ときには非難を浴びながら、ときには勇気をふりしぼって。芸術のドア、ドラッグのドア、男色のドア、精神世界のドア、宇宙のドア。ひとつ開けるごとに伊東は自由になっていくような気がした。まだまだこれからいろいろなドアが続くだろう。そして、最後に開けるドアは今からわかっている。

死のドアだ。その日、ぼくの魂は完全に自由になる。この肉体という聖なる牢獄を抜けて――。

しかし、若い身空でまだそれを開ける気はない。今、伊東の前には青いアナンのドアがあった。それがなにを意味するのかよくわからない。開け方も不明だった。すごく大事なもの。必要なものだ。だけど、これはいったいなんだろう――。

「ふむ、どうやら……」流は考えこむようにアナンの手元をのぞきこんでいった。

「幽霊は白いドレスみたいなものを着てるらしいな」

伊東は目を丸くした。流の中で幽霊のアイデンティティが完全に認められている。信じられない進歩だ。すでにカウンターにははっきりと女の姿が現れていた。

「おお、やっと宇宙の多次元構造に目覚めたか」伊東はいった。

「この幽霊は恩人だ。アナンはいつも見えないものを感じてるんだ」

今のお言葉を幽霊さんはきいてくれただろうか。今までさんざん悪口をいっていたのに、流は今や好感すら持っているようだ。

「しかし、また幽霊にとんでもない話をきかされて、体を壊さなきゃいいが……」流はつぶやいた。

はあ？　伊東は流がなにをいっているのかわからなかった。わかるのは、この男の世界がアナンを中心にして回っているということだけだ。

「伊東、おまえって……」流はぼそりといった。「ほんとに秘密がないんだな」

「は？」伊東はいった。「秘密？」

「普通ならひとつぐらい悩みとか、罪の意識とかあるだろ。おまえほど変なやつには初めて会ったよ」

これほどの変人にいわれたくない。確かに自分はオープンというより開けっぴろげで、裏と表の境目がない。だが、これでも人に話せないことはちゃんと心に抱えているつもりだった。伊東はちらりと流の顔をうかがった。

あのアナンを失いかけたとき、流はプッツンしてとんでもないことを口走ったが、まったく記憶にないらしい。そして、幽霊のことは恩人だというくせに、伊東の決死の人工呼吸のことは全然覚えてくれていなかった。

アナンの出生の秘密——知るはずでなかった究極の親子の関係。まるで似ていない親子の顔を見比べながら、心の広い伊東はその記憶を頭の中からそっと消去した。

「おーい、伊東くーん」

パッパー、後ろからクラクションが鳴らされ、商店街にガラガラ声が響き渡る。こんな田舎町の異端者を堂々と呼びとめる男はそういない。歩いていた伊東がふりむくと、トラックの運転席から人相の悪い男が顔を出していた。

「よお、久しぶりじゃないか。店の方はどうだよ」

追いはぎかと思えば、鬼監督だ。引っ越しの日にトラックを乗りつけて、モザイク材料の割れタイルを山ほど置いていって以来、鬼監督はとんと店に寄りつかなかった。

「すごいことになってるよ。たまには顔出してよ」伊東はいった。

「ああ、忙しくてな」鬼監督はいった。

「嘘ばっかり。恐いんだろ。噂の幽霊さ、ほんとに出たんだよ。若い女だった」

鬼監督のいかつい顔がさっと青ざめ、くわえ煙草がその口から落ちた。

「い、いい女だったか？」鬼監督はそういいながら、トラックから降りてきた。

「ううん、見たのは流だよ。まだぼくはお目にかかってないんだ」

「……その女、いつ出るんだ」鬼監督は低い声でいった。

「それがさ、ずーっと出なかったのに、十月の満月の夜にいきなり出現して」

「……命日か」

「ああ、なるほど、そういう考え方もあるかも。でも、この前はアナンが風呂で溺れそうになったときも出てきたんだ。危険を知らせに」

「なんだと……子供を助けたってことか？」

「ね、人のいい幽霊でしょ。会ってみたい？」伊東はくすくす笑いながらいった。

「わけないよね。ほんとに幽霊が苦手なんだな。それじゃあまたね――」

「待て」鬼監督は伊東の腕をグッとつかんだ。

元々恐い顔がもっと恐い。なんだか様子がおかしいと伊東が思っていると、鬼監督の目がぎろりと道の方をむいた。

ドドドド……。耳障りな改造バイクの音が近づいてくる。黒いバイクが猛スピードで通り過ぎていったかと思うと、Uターンして戻ってきて、近隣の人に白い目で見られながらしかめ面の鬼監督の前で停車した。銀色のヘルメットの下から若い男が顔を出す。金髪で両耳にはピアスが光っていたが、伊東の派手さにはかなわなかった。

「……進」鬼監督がつぶやき、伊東の腕を離した。

「えっ、進くん」伊東はいった。「こんなにごりっぱになっちゃったの」

「よお、オヤジ」進はバイクにまたがったままいった。「トラックが見えたからよ。最近ちょっと顔見てねえなって思って」

「……金か」

「まあな」進は冷めた目で父親を見ていた。

自分の父親のことをいったいなんだと思っているのか、どうせロクなものではないと思っているにちがいない。鬼監督は黙って作業着のポケットから一万円を出した。伊東はハハンとその様子を見ていた。実にすばらしい親子関係だ。

「じゃあな、オヤジ。酒飲み過ぎるなよ」

金さえもらえば用はないらしい。進は騒音をあげてさっさと走り去っていった。鬼監督は鼻をかきながら、伊東にいいわけをするようにいった。

「素行不良でな、しょっちゅう高校から呼び出しをくらってる。ま、俺から見るとまだかわいいワルだがな」

「学校いってるだけましだよ」伊東はいった。

「朝もひとりで勝手に出ていくし。母親がいないから、あいつもかわいそうなんだ」

「それにしても顔似てないね。進くん、お母さん似だ」

「おまえ……」鬼監督は眉をひそめて伊東を見た。「美砂子に会ったことあるっけ」

「ええと、一度だけ。まだ進くんが生まれる前、焼鳥屋ですれちがったじゃない。

あ、悪いこと思い出させちゃったかな」

鬼監督の顔がまた急に怖くなった。伊東にはよくわからないが、男手ひとつで子供を育てるにはいろいろあるらしい。鬼監督の顔に今、初めて見る影が映っていた。

「じゃあね。気がむいたら店にきて」

なにが苦手かといって、暗く切ない人生ほど伊東が苦手なものはない。彼はどんよりとした目で思い出にひたっている男からそそくさと逃げ出した。

14

「イタッ」うずくまってタイルを割っていた流がうめき、左手を押さえた。

うっかりタイルカッターをすべらせ、親指を深く切ってしまったのだ。どろりと大量の血が噴き出し、指から手首へと赤いジグザグを描いた。

「わ、ひどい傷。なにぼーっとしてたんだよ」伊東はタオルで流の腕からしたたり落ちる血をあわてて押さえた。「まあ流ちゃんはいつもぼーっとしてるけど」

「おまえの下絵がややこしいからだ」流はいい返した。

「集中力のある流ちゃんが珍しいね。でもぼくも今日は体調が……ハックション」

伊東のくしゃみでタイルの粉がぶわっと巻きあがった。

「なんだ、おまえでも風邪ひくのか？」流が珍しそうにいった。

「精神と魂のバランスが崩れたんだよ」

伊東は昨夜見た悪夢を思い出した。アナンの青いドアが現れたのはいいが、いそいそと開けようとしたところで、後ろから襲いかかってきた真っ黒なドアに飲みこまれたのだ。不吉をビジュアル化したような夢だ。寝覚めは悪く、起きてみると手足が痺れたように冷たくなっていた。おかげで今朝からずっと調子が出ない。

「おや、流、労働災害か？」

そのとき、ドアが開いてでかい男がひょいと顔を出した。珍しい、鬼監督だ。彼は真っ赤な血で汚れた猟奇的な床をひと目見て、怖そうに顔をしかめた。

「ああ、こりゃ縫わなきゃダメだな。駅前の外科、ヤブだけど縫うのだけはうまいぜ」

「じゃあ、治療費全額出すから、すぐいってきてよ」伊東はいった。「だいじょうぶ。アナンからは絶対目を離さないから」

「しかたない、じゃあ、頼むよ」

アナンはいつものように黙々とモザイクにうちこんでいる。流はアナンを気にしながらも、ビニールで手をくるんであたふたと出かけていった。

「へえ、すごいな。とても廃物利用の内装には見えないぜ」

流がいなくなると、鬼監督は感嘆しながら店の中を見て回り、アナンの製作しているカウンターのモザイクの前でぴたりと足を止めた。

「なんだこりゃ」

「見てよ見てよ、この才能」伊東はいった。「アナンにも手伝ってもらってるんだ。ていうより、ぼくの中では実はこっちがメインなんだけど。それが例の幽霊なんだ」

「幽霊だと……？」

白いドレスはすでに仕あがり、アナンの小さな手は今、女の指を作っている。幽霊の完成は間近だった。その表情はどこか悲しげで、見ているだけでなにか胸にこみあげてくるものがある。

「でも、なんかこの幽霊見たことあるような気がするんだよね」伊東は首をかしげた。「ぼくも夢の中で会ってるのかなあ」

「……水をもらうよ」鬼監督は無表情な顔で幽霊を見ていたが、やがてのそのそと台所にはいっていった。

散らかった流しには三日分ぐらいの汚れた食器が積まれ、それをかきわけなくては水道にとどかないほどだ。コップに水をくみながら、鬼監督が思いついたようにいった。

「やっぱりさ、ここ工事した方がいいぞ。商売するなら食器洗いをいれなくちゃ」

「このままで気にいってるっていっただろ」伊東はいった。

「なに、費用のことなら俺にまかせておけ。リフォーム流行りで、まだ新しいようなキッチンセットがいくらでも手にはいるんだ」

「いいってば」

やけに気前がいい、と伊東は思った。だけど、ぼくに気があるとは思えない。グレ息子の進に相手にされなくなって寂しいのかも。だけどそういえば、前にも台所を気にしてたな――。

「やろうよ伊東ちゃん、思い切って」鬼監督は伊東のそばにやってくると、肩をポンとたたいた。「一日店を空けてくれれば、その間に俺、全部片づけといてやるよ」

伊東はなんとなく、急に鬼監督のその手から逃げたくなった。理由はわからない。こんなことは初めてだ。みぞおちの近くの感情のチャクラがむかむかし、直感的に警告が言葉になる。サインだ。

『この男に近づくな』――。

「どうしようかなあ」伊東は背中にじんわりと汗をかいた。ここでまともに断れば、どんな恐しいことになるかわからない。「……ゴホゴホッ、クシュン。ああ、寒気がする。ぼくちょっと、そこの薬局にいってきていいかな?」

「なんだよ、風邪かよ」

「熱も出てきたみたい。すぐ戻ってくるから、アナン見張ってて」

鬼監督はちょっと躊躇した。ふたりの会話がわかったのか、アナンがモザイクの手を止め、鬼監督をじっと見つめている。

「……しかたないな」鬼監督はいった。「さっさと帰ってこいよ」

助かった。伊東は偽クシャミを連発しながら、店の外に飛び出していった。アナンと鬼監督をふたりきりにして。


家の中には柱時計がコチコチと時を刻む音だけが響いていた。

伊東がいってしまうと、アナンは鬼監督に背中をむけてまたタイルを並べ始めた。鬼監督は動物園の熊のように落ち着きなく店の中をうろつき回った。

こんな状況は初めてだ。アナンの周りにはいつも流や千草という保護者がいて、隙がなかった。だが、思い起こしてみると、彼はいつもアナンとふたりきりになるのを待っていたような気がした。

だけど、この場所でこんなことになるとは、因果か——。

「……進が小さいときは、こんな風にいつも男ふたりきりだった。不思議なことにあいつは、一度も母さんのことをきかなかったなあ。きかれたらああいおう、こういおうって、答えはいっぱい用意してたのに」

鬼監督は話しながらアナンの後ろにそっと立ち、幽霊を見つめた。ぞっとするほどよくできてる。かつて、早苗がアナンを天才だといったときバカじゃないかと思ったが、もしかしたら本当にそうかもしれない。とても三歳足らずの幼児が作ったものとは思えなかった。女の顔の特徴も、ドレスのデザインも正確にとらえられている。猫のように色っぽい目。長い黒髪。ひらひらの白いドレス。

「よく覚えてる……」鬼監督はつぶやいた。「そいつは、手作りのウェディングドレスだ」

アナンが白いタイルを手から落とし、ゆっくりとふりむいた。なにかに反応したように。黒々とした星の目で鬼監督を見あげる。その目には恐怖もためらいもなかった。

「……アナン」鬼監督は低い声でいった。「その幽霊の名前はな、美砂子っていうんだよ」

痛い。チクショウ。俺としたことが――。

ヤブ医者の待合室に他に患者の姿はなく、流は縫ったばかりの指の痛みをこらえながら薬を待っていた。くたびれたスリッパ、くたびれたソファ、一年も前のよれた週刊誌。流は気をまぎらわすためにその一冊を手にとった。

パラパラとめくると、ちらっと白黒の写真が目に飛びこんできた。その瞬間、流の頭の中でなにかが点滅した。もしかしたらこれがサインとかいうものかもしれない。彼はもう一度、おそるおそるページをめくり直した。

これだ——。

楕円形にカットされた女の顔写真の下に《堀田鹿子》と書いてある。名前にはまったく覚えはなかった。だが、理知的な感じのよい笑顔は、それほど遠い記憶ではない。

あのときの女だ、と流は気づいた。東京から逃げてくるとき、改札口で俺を呼び止めた。俺のことを原田と呼んだ女——。

《堀田鹿子の優しいカウンセリング・患者さんの立場に立って》

流は急いでそのページの記事に目を走らせた。堀田鹿子は心理カウンセラーで、心の悩みをもった読者相手にカウンセリングをしていた。『心の病気』『鬱』『トラウマ』などの文字が目に飛びこんでくる。流の手は震えた。どうしようもなく心が震えた。目がかすんで細かい文字は読めなかった。

この女は俺を知っていた。単なる顔見知りか。この人の患者だったのか——。

ヒルヒルヒル……さびれた待合室に、どこからか風の音がきこえてきた。流の心のひずみから。過去の海風に、ハルマゲドンにむかって記憶がだんだん近づいていく。

やめろ、俺は戻りたくない、消えてくれ――。

「原野さん」看護婦がくたびれた声で名前を呼んだ。「お待ちどおさま、お薬です」

その声で我に返った。風の音がすっと消えていく。流は雑誌を握りしめたまま、呆然とソファに座っていた。

恐い。逃げたい。忘れたい、だけど――。

「原野さん？」

「は、はい」

流はとっさにそのページを破りとると、モルタルの染みのついたズボンのポケットにつっこんだ。忘れてしまいたい過去の断片。それをどうして持ち去ろうとするのか、自分でもわからないまま。

15

伊東はぐるりと家を回って勝手口にしのびより、そっとドアを押し開けた。アナンを見捨ててひとりで逃げる気はさらさらなかった。伊東は魚をくすねようとする野良猫のように腹這いになり、こっそりと台所に進入していった。鬼監督の魔の手から届かないところに隠れていて、流が帰ってくるまで様子を見ていればいい。

と、店の方から鬼監督のぼそぼそいう声がきこえていた。

「……知りあった頃、あいつはずいぶんつっぱってたんだ。強い男が好きだといった。俺は生まれて初めて女にもてた。それも、みんながうらやむようないい女に。有頂天になった」

チャクラからの警告も忘れ、伊東は台所の隅っこであやうく吹き出しそうになった。アナン相手に、なにを大の男が昔話なんかしているのだ。鬼監督もかわいいやつだ。

「結婚してから、二年ぐらいだったな。俺たちがうまくいってたのは」鬼監督は思い出話を続けた。「だけどそのうち、あいつは俺の目を盗んで他の男とつきあうようになった。まだ若かったから、自分の魅力を確かめたかったんだろう。俺はとにかく惚れてたから、こっそり相手の男と会って、そのたびに金で話をつけた。所詮、その程度の男だったんだ。そのうち、俺たちの間に子供ができた。あいつの浮気癖もおさまったし、生まれた赤ん坊はめちゃくちゃかわいかった。俺はこんな幸せがあるのかと思うくらい幸せだった。ギャンブルもやめて真面目に働いた。小さな庭のある中古の家も手にいれた。……そんなある日、あいつは進といっしょに出ていく、といった」

伊東はいつしか自発的に耳をかたむけていた。なんか、ヤバい話をきいているような気がしてきた。

「信じられなかった。俺には、あいつや進のいない人生なんか考えられない。すさまじいなじりあいになって、気の強いあいつも負けちゃいなかった。別の男と人生をやり直したい、思っていたような結婚じゃなかったとぬかしやがった。カッとした俺は生まれて初めて女に手をあげた」鬼監督の声が、一瞬とぎれた。

え、と伊東は思った。これはいったい、なんの話だ……？

「本気でやったら殺してしまうとわかってた。そのときも必死に手加減したんだ。だけど、あいつの細い体はふっとんで、壁にぶつかった。運悪く、棚の上に置いてあったダンベルが頭の上に落ちてきたんだ。あいつは……美砂子は死んだ」

ガーン。伊東は自分の頭の上にダンベルが落ちてきたような気がした。

「過失致死ってやつだ。進はまだ一歳になったばかりで、なにもわからなくて、死んだ母親によじのぼってオッパイを吸おうとしていた。俺は丸一日、美砂子の死体のそばにすわってた。結婚したとき、俺たちは金がなくて、あいつは手縫いのウェディングドレスで式をあげたんだ。それでもすごく幸せだった。それなのに、どうして他の男と逃げようとしたんだ？　壊したくないと思えば壊さずにすむものを、どうして壊す方を選んだ？　俺は泣きながらクローゼットからウェディングドレスを出し、美砂子の死体に着せてやった」

え、え、え？　伊東はひとりで焦った。ウェディングドレス？　それじゃあ、美砂子っていうのは、まさか——。

「……死体をなんとかしなくちゃならなかった。進のためにも俺は捕まるわけにはいかない。俺はふと、すぐ近くにちょうどいい空き家があったことを思い出した。そうだ、この家だ。ここなら誰もやってこない。俺は進が寝てから、夜中に死体を積んでここにやってきた。十月の満月の夜だ。月明かりの下、俺は必死に床板をはがし、無我夢中で床下を掘って埋めた。そして次の日になると、美砂子が男と逃げたといいふらしたんだ。誰も疑うものはいなかった。あいつの乱行はこの街じゃ有名だったから……そして、その死体は今もこの家に眠っている。台所の床下に」

え……？　伊東の視線がスローモーションで自分の足下に移動した。よく見ると、前後左右に新しく釘を打ちつけた跡がある。伊東の全身の血がすーっとひいていった。

今、ぼくの下には、死体が埋まっている——。

というこことは。

「殺すつもりはなかったんだ。本当だ。俺は、本気であいつに惚れてたんだよ。それだけはわかってくれ、ああ、アナン」

そうだったのか、とやっと伊東は気づいた。アナンのドアがなにを意味するか。それはおそらく、封じこめられた思いを明け放つ、告白のドアなんだ——。

などと悠長なことをいってる場合ではなかった。伊東の身に今、もうひとつの黒い闇のドアが迫りつつあった。

「幽霊の噂をきいたときには、ぞっとした。だけどそのおかげで、誰もここに近づかないのはありがたかった。あいつからここをとり壊すって話が出たときは、まずいと思った。でもひとまず、流のモザイクを利用してしのいだんだ。うまくいった。だけど、本当に美砂子の幽霊が出るなんて。もし、あいつが幽霊を見て、美砂子の顔を思い出したらおしまいだ。なんとかして、あのオカマ野郎の口を封じなきゃ——」

あのオカマ野郎、というのは自分のことだった。封じなきゃいけない口とはこの口だ。伊東は台所の床にへばりつき、赤毛の先っぽまで凍りついていた。黒い闇のドアがすぐそこに迫っていた。

究極的危機が、伊東にぎりぎりの答えを与える。それは、鬼監督のドアだった。罪の心にうずまく死のブラックホールだったのだ。のみこまれたらおしまいだ。

今頃わかっても、遅い。盗みぎきしたことが知られたら。即刻、アウトだ——。

「……う……」伊東はうめいた。

まずい。かび臭い台所の空気のおかげで、伊東の鼻はむずむずしてきた。彼は必死に呼吸を止めた。

なんだ……？　鬼監督は我に返り、アナンから目をそらして廊下をふりむいた。

「誰だ？　そこに誰かいるのか？」

家の中はしーんと静まり返っている。話に夢中になっているうちにあたりはかなり暗くなっており、薄暗い廊下は見るからに気味が悪かった。

遅い。流も伊東もなにやってんだ――。

アナンに目を戻すと、黒々とした瞳が暗がりの中でひと回り大きく、信じられないほど美しく輝いていた。まるでその目に魅せられたように告白してしまった。悲惨な事件も暗い思いもすべて。だけど、この子は無口だから誰かにいう心配はない。おかげで心の重荷が半分になった。あとの半分は、おそらく一生抱え続けていくのだ。

「電気、つけるか」鬼監督はゆっくりと廊下に歩き出した。

十六年前、俺はここを美砂子の死体を抱えて歩いていった。愛した女の血のしずくを床にしたたらせながら。だけど、いつかまた戻ってくるような気がしていた――。

ギシッ、ギシッと床板がしなって音をたてる。鬼監督は台所の戸をちらりと見た。伊東の口封じをしても、近いうちにここから死体を移さなくてはならない。台所のリフォームだとかなんとか理屈をつけて。鬼監督は電気のスイッチに手をのばした。

ブシュン。突然、奇妙な音がした。鬼監督は驚いてふり返った。それが人間のクシャミだと気づいたとき、彼の眉は大きくつりあがった。

「誰だ」

台所の引き戸をガラリと開け、彼は見た。床にゴキブリのようにへばりついているオカマ野郎を。伊東はまるで幽霊を見るような目つきで鬼監督を見あげていた。

「……きいたのか」鬼監督はつぶやいた。無表情に。

伊東は目の前で、黒いドアがゆっくりと開き始めたような気がした。これだけは開けてはいけないドアが、まるでバッドトリップしたときのように。

悪夢だ。悪夢がくり返される。殺意の低い波動が充満したこの因縁の場所で。怖がったら巻きこまれてしまう――。

「アナン」伊東は呼んだ。「ドアを開けて、外に出ろ」

アナンだけは、死んでもその渦に巻きこませたくない。伊東はこの崖っぷちで真剣にそう思った自分に感動した。これが愛でなくてなんだろう。アナンは口はきけないが、利口な子だから指示はわかるはずだ。店の方でアナンが動く気配がして、鬼監督の血走った目がそちらをふりむいた。

逃げろ、お願いだから早く。アナンだけは助けてくれ――。

と、アナンがとことこと台所にやってきて、いつもよりいっそう美しい黒い目で鬼監督を見あげた。なんの警戒心もなく。鬼監督の目に戸惑いが走った。

「アナン、おまえは……」鬼監督はいった。その震える手がゆっくりと子供に伸びる。

やめてくれ、その子に触るな——。

その瞬間、伊東の頭の中にずん、としびれるような衝撃が走った。彼は家全体が身震いしたような気がした。

「な、なんだ、あの音は」鬼監督が怯えた声でいった。

ゴォーッ。伊東の腹の下から得体の知れない振動が響いてきた。ガタガタとガラス窓が揺れ、棚から鍋が転がり落ちる。そして封じられた台所の床の下、冷たい地中で眠っていたなにかが目を覚ました。

それは、ゆっくりと起きあがってきた。まるで誰かに呼ばれたように。そして、伊東は今度こそ憑依されることなく、ついに客観的にゴーストウォッチングをかなえた。

「うわああっ」鬼監督は廊下の壁にへばりつき、すさまじい悲鳴をあげた。

伊東の体とダブるように、うっすらと青白い影が現れた。濃霧のような霊気から、にゅーっと女の手が突き出る。血に汚れたウェディングドレス。蒼白い横顔には、たしかに見覚えがあった。

み、美砂子だ。鬼監督の奥さんだ。ぼくのアナンへの愛が同調したんだ——。

だが、せっかく同調したというのに、幽霊は伊東には目もくれなかった。白いドレスの裾をひきずってゆらりゆらりと廊下に出ていく。そこに立ちすくんでいる、自分を殺した夫と対峙するように。

「み、美砂子」鬼監督は叫んだ。「くるな、許してくれっ、助けてくれーっ」がっくりとひざをつき、彼はそのまま悪人代官のようにつっぷした。幽霊の透き通った体が震えた。苦悩が、恨みが、後悔が一粒の涙になる。伊東は必死に正気を保ち、泣く幽霊を見あげていた。

この世に思いを残し、徘徊し続けた十六年。それはどんなに孤独な年月だったろう。ふいに命を断ち切られた霊は、その自覚のないまま迷宮にはいりこんでしまったのだ。

「美砂子」鬼監督は半狂乱になっていた。「俺が悪かった、俺もあんとき死ねばよかったんだ。でも、進が。俺が死んだら進がかわいそうだった――」

気づいてくれ、と伊東は必死に幽霊にむかって念じた。もうおたくは死んでるんだ。もう泣かなくも、憎まなくてもいいんだ。ああ、なんでこんなこと幽霊にアドバイスしなきゃならないんだ――。

そのとき、アナンが幽霊にむかって手をのばした。いつのまにかぽろぽろと涙を流しながら幽霊を見あげている。まるでその悲しみに同調するように。

「アナン……っ」

そのとき、手に包帯をまいた流が血相を変えて店にとびこんできた。

幽霊をひと目見たとたん、流は腰が抜けそうになった。三度目とはいえ、今や気のせいにできないほどその姿ははっきりしている。彼は揺れる壁に必死にかじりついた。

「美砂子、許してくれーっ」鬼監督のわめき声が家中に響いた。

伊東は狐つきのような顔つきで美砂子の幽霊を見つめている。そして、大事なアナンは泣きながら幽霊女に手をのばしていた。霊の放つ淡い光の中で、アナンの涙がブルーの宝石のように光っている。幽霊はうたれたようにアナンの涙を見つめていた。

家中が激しく揺れ始めた。美砂子の心の動揺を表わすように。貼ったばかりのタイルがバラバラと崩れ落ちる。柱時計が狂ったように鳴り出した。美砂子の幽霊の、その周りの光が一段と白っぽく輝く。

と、幽霊はいきなりすーっと動いた。アナンにむかって。

「アナンッ」流は叫んだ。いかん、飲みこまれる――。

彼はその瞬間床を蹴り、みっともなく走っていた。ヒルルル……重い磁気を含んだ風が吹き、流の髪が逆立つようになびく。

「美砂子ーっ」鬼監督が絶叫した。

それは、一瞬の出来事だった。幽霊とアナンの体はむきあい、そして正面からふっと重なりあった。ふたつの体がひとつになる。灰色の煙がきらきらと光りながら渦巻いた。その瞬間、伊東は、そして流も、頭の中に閃光が走ったような気がした。

「アナン」流は叫び、必死にアナンの体をつかんだ。いくな、いかないでくれ——。

祈るような激しい思い。それに感応したように、別の思考がどっと流れこんできた。真空状態のような異様な静けさの中、かすみそうな意識でアナンをしっかりと抱きしめながら、流は狂おしい女の思いを感じていた。悔恨、感謝、解放の歓び。そして、アナンへの愛。

アナンの小さな両手が胸の真ん中を押さえる。まるで大切なものをそこに封じこめようとするように。震えるまつげの下、黒い星の瞳がゆっくりと閉じられていく。父親の腕の中で脱力した体がくたりとなった。

幽霊は消えた。永遠に。まるでアナンの体の中に吸いこまれたように。

16

没個性的な田舎町の商店街に、目も覚めるようなモザイクコーヒーショップが完成したのは、それから三年後だった。

開店前日、伊東と流、そしてアナンは忙しく最後の準備に追われていた。入り口のドアにせっせとスカイブルーのペンキを塗っているのは、すでにマスター気取りの伊東だ。それはもちろんアナンへの密かな捧げ物だったが、そんなアーティストの深遠にして複雑な動機に気づく者はいなかった。

流は職人らしく、モザイクの総仕上げに余念がない。まさに病的な緻密さで店の隅々まで点検し、欠け落ちやひび割れを直すと、最後にカウンターの前で立ち止まった。

幽霊モザイク。流はそっと死んだ花嫁に触った。直すところなどどこにもない。流には難しい芸術はわからないが、だからこそ心に響くものがある。その冷たい肌をなでながら、彼は三年前のあの事件を思い出していた。

幽霊はアナンの中に消え、もう二度と現れなかった。伊東の解説によると、その瞬間、幽霊は昇天できたのだという。まあ、どうせ人間離れした解釈だろうが。

『これはぼくの想像だけど』と、あのとき伊東はいった。『きっと、そこに別次元へのドアがあったんだよ』

アナンは事件後、黙々と幽霊カウンターの製作に集中し、一時はご飯も食べないくらいだった。そしてそのとき、流はやっと気づいたのだ。なぜ、青い物質はアナンの体から生まれなくなったのか。アナンは青い石や砂の代わりに、作品を生んでいたのだ。受けとった感情はすべてモザイクにこめられ、アナンの涙はここに昇華されていく。どんな表現よりも雄弁に、美しく。

もうなにを受けとっても、熱を出したり石を吐いたりする必要はない。アナンは一段階成長を遂げ、芸術家として花開きつつある。それは、アナンの意識が発達し、タイルという素材とモザイクの技術をものにして、初めて可能になったことだった。

流はふらりと表に出ると、外壁の前に花を飾っているアナンをながめた。五歳になったアナンは、もうすっかり子供らしくなっている。端正な顔は幼児のあどけなさから、一歩少年に近づきかけていた。流はその手に握られている白い花に目を近づけた。

「おいマスター。なんで菊の花なんだ」流は文句をいった。「これじゃまるで葬式じゃないか」

「いいんだよ。ぼくたちはみんなで巨大な墓をつくったんだ」伊東はいった。「あの幽霊のために」

流は伊東がモザイクで作った看板を見あげた。こんな店名で、果たして客がはいるのだろうか。そこには白いタイルでこう書かれていた。

『ゴースト・トゥーン』――幽霊の墓場。

ウォンウォン。白い大型犬が激しく吠えながら歩道を走ってきた。犬はなにを思ったか、柔らかい足で石畳を蹴ると、いきなりアナンに飛びついてきた。

「キャッ」アナンが叫び声をあげ、手から菊の花を落とした。

驚いた流は犬を追い払おうとして、その目に理性の光を見た。金と銀の目。どこかで見たことのあるシベリアンハスキーだ。アナンにじゃれついてちぎれるほど尻尾をふっている。

「やあ、ごめんごめん」

後ろから追いついてきたハンチング帽の老人が、花を拾ってアナンに手渡した。

「おや……この子は」老人はしげしげと顔を見つめた。「もしかしてあのときの？」

それは、以前に坂ノ上アートタイルの近くで会った謎の老人だった。五年もたったのに歳をとらないのか、仙人のように浮き世離れした雰囲気もそのままだ。

「ああ、そうそう」流はいった。「ええ、あのとき助けてもらった赤ん坊ですよ」

「キンゾウは頭がいいから、ものすごく覚えがいいんじゃよ」

「……キンゾー」アナンがそっと呼んだ。

キンゾウがうれしそうに顔をなめると、アナンは声をあげて笑った。少し話せるようになったから、言語障害ではないらしい。流と血もつながってないのに極端な無口で、アナンはめったに口をきかなかった。

「やあ、あなたたちの店か」老人はいった。「この街じゃもうすっかり有名だよ。幽霊、殺人事件と話題性ばつぐんで」

「いやあ、それほどでも」伊東はうれしそうに頭をかいた。

普通、そんなおぞましい事件があったら、まずそこに住む人間はいない。ましてや店を開こうとする愚か者など。だが、流も伊東も、そしてアナンも普通ではなかった。

「明日、いよいよ開店なんです。コーヒー飲みにきてくださいよ」伊東はすかさず宣伝した。「白骨死体が発見されたキッチンでいれたブラック＆ブラックコーヒー」

「ちょっぴりほろ苦いブレンドなんじゃろうね」老人は笑った。「その死体、あなたも見たのかな？」

「もちろん。ぼくは現場検証にも立ち会いましたから」伊東は得意そうに胸をはった。「実は、犯人の鬼頭勇夫はぼくのマブダチでね。床下から出てきたのは、そりゃあきれいな白い骨でした。ウェディングドレスを着せられてね。犯人はそれを見ると号泣して、なんとドレスで涙をふこうとしたんです」

「あなた、これからその話を何百回もお客さんにするんじゃろうね」

ちがいない。流はあきれながら伊東の自慢話をきいていた。

鬼監督に思い切り利用されていたことがわかったのに、伊東は今でもちょくちょく刑務所にさしいれにいっていた。事件を境にして本当の友情が芽生えたようだ。だが、一番の変化は、鬼監督が半分に痩せたことでも、現場仕事がなくて色白になったことでもなかった。息子の進がいきなり真面目になったのだ。ひんぱんにオヤジを面会しているらしく、家にいたときより刑務所にいるときの方がずっと親子の会話があるようだった。

『それじゃあ、アナンによろしく』鬼監督はいつも、必ず伊東にいうのだった。『アナンに伝えてくれ。俺のことは忘れないでくれって』

悪いけどとっくに忘れている、と流は思った。それは忘れて欲しいという願望かも知れないが。父親としては、生まれ変わって別の人生でアナンと出会ってほしかった。今度は暗い告白の必要ない人生で。

翌日、『ゴースト・トゥーン』には大勢の客が詰めかけ、狭い店は文字通り人であふれ返った。人々はまず外壁のモザイクに感心し、おそるおそる正面の青いドアをくぐる。そして、流の作った内装モザイクに感嘆のため息をつくのだった。

すごい、すごい、とあちこちで声があがる。だが、最後にカウンターの幽霊を発見すると、例外なく全員が息をのんだ。

この顔の上にコーヒーを置く勇気のある者は、まず、いないだろう。幽霊はまだ祟る力がありそうなくらいリアルに見えた。その悲しげな表情が見る者の胸をうつ。客たちはしばらく凍りつき、ひとしきり話が盛りあがった。

ほら、あの殺人事件の例の幽霊だ。最高の出来じゃないか。まるで生きているみたい——。

流はカウンターの中でカップをふきながら、幽霊に心奪われる人々の顔を見ていた。アナンはその横におとなしくすわり、人々には目もくれずにタイルをいじっている。ときどき顔をあげると、はっとしたように誰かが立ち止まった。なにかそこに珍しいものでも見つけたかのように。客の中には、最初は冷たく遠巻きにしていた商店街の人々がいた。コンビニエンスストアの若い女も、鬼監督の息子の進もいる。今、犬のキンゾウを連れてあの老人もやってきた。だが、一番大切な人はまだだった。

どうしたんだろう、こんな日にこないなんて——。

「千草ちゃん、おそいね」アナンがぽつりといった。

アナンの才能を開花させた功労者は、千草だった。それが運命なのかなんなのか、千草はアナンに一番必要なことをいつも見極め、この三年間は優秀な助手としてこつこつとタイルを貼り続けてくれた。あの献身なくしてどうしてこの作品が生まれただろう。

「さて、お集まりのみなさん」

ドラキュラファッションで身を包んだ伊東が、頼まれもしないのに勝手に挨拶を始めた。似合わない敬語をあやつり、気分はもはやマスターだ。

「本日はゴースト・トゥーンにようこそ。当店では最高の空間で最高のコーヒーを味わっていただくため、もうひとつプレゼントを用意いたしました」

伊東はおもむろに白幕を指さした。だが、誰も拍手をする者はいない。だいたいあの幽霊モザイクを見せられた後で、あれ以上の作品がこの店にあるとは思えなかった。

だからやめろっていったんだ——流はその新しい白いシーツを見ながら、静かに思い出していた。この下にあるものが完成した日を。流も、伊東も、千草も声もなく、ただただ壁の前に立ち尽くしていたあの日のことを。

「ぼくは今、心から感謝しています」伊東はいった。「この作品が生まれる現場に立ちあったことに。ここにあるものは、ただの装飾ではありません。命を失った見せかけのアートではなく、生きている芸術です。いや、もうごちゃごちゃいうのはやめましょう。とにかくごらんください、では——」

伊東は白布のはじを握り、えいっとひっぱった。シーツがふわりと舞いあがる。そして、その下に隠されていたモザイク画が現れると、店中がしーんと静まり返った。視線が音をたてて吸い寄せられるようだった。そこに輝いている、大量の青い石に。壁全体に大きく描かれている生き物は、青い龍だ。その鱗はきらめきながらうねり、まるで生きているように空を飛んでいた。

しかし、なにが美しいといって、龍の目だ。そこには見たこともない宝石が埋めこまれていた。サファイヤより青く、ラピスラズリより透明感のある不思議な石。人々はその輝きに魅入られながら、まるで龍に自分が見つめられているような気がした。流だけはその石がなにか知っていた。それは、アナンの石だ。アナンが全身全霊をこめてつくりあげたこの龍に、流はあのホームレス時代、赤ん坊だったアナンが吐いた石を埋めこんだのだ。それ以上ふさわしいものは思いつかなかった。

客たちは言葉を失って、いつまでも青い龍を見つめていた。涙ぐみながら、唇をかみながら。流はその人々を見て満足し、自分の横にすわっている美しい男の子の頭に手を置いた。

アナンだ。これをつくったのは、アナンなんだ。俺の息子なんだ――。

伊東は泣きながら笑っていた。彼はなにかに心奪われている人を見るのが好きだった。これから先の人生、ずっとそれを見て生きていけるのだ。この青い龍のおかげで。

ぼくは知っている。

この龍がなにを見つめているか。
この龍がなにから生まれたか。
この龍がなぜこの世にいるのか。
この龍がどこからやってきたか。

この龍は、アナンのドアのむこう側からきたのだ。

17

誰にもいわなかったけど、千草は赤ちゃんがくることを知っていたんです。だって、千草がお願いしたんだから。お星様でも神様でもなくて、千草は海に頼んだんです。あのぽっかりと海水に浮かんだとき、自分の体を感じなくなったとき、なにか大きな存在に包まれたような気がしたときに。

赤ちゃんをください。千草の話をきいてくれる赤ちゃんを。

千草の心はもうはちきれそうだから。痛くて痛くて死にそうだから。

もし、赤ちゃんがきたら、千草は一生尽くします。

そして、ある日、アナンがやってきました。記憶喪失のおじさんといっしょに。

千草はいじめられていたのです。ずっと長い間、執拗に。妖怪とか、女子プロとかいわれて、誰にも仲間にしてもらえませんでした。最初はかばってくれた男の子も、そのうち話をしてくれなくなりました。新聞で自殺の文字を見るたびに、ああ千草のことだと思いました。もうすぐ、千草もこうなるのだと。でも、アナンは千草の苦しい話を全部きいてくれました。お母さんには絶対話せない話を。どんな大人より、知ったかぶった先生より、ちゃんと。毎日、毎日。そのうち、千草の体はだんだん軽くなってきました。地獄のような日々に光が見えてきました。でも、千草はだんだんわかってきたのです。アナンの体が千草の悲しみを受けていることを。

アナン、ごめんなさい。わきの下の青い砂は、千草の苦しみだったんでしょう？ぎゅうぎゅうに詰まった千草の心を、アナンがきれいにしてくれたんでしょう？千草にはわかってます。アナンに命を助けられたことを。千草が生きていくには、どうしても、アナンが必要だったってことを。

昨日、お父さんが死にました。

お医者さんがいったよりずいぶん長生きして、家族に見守られて死にました。すごく、すごく安らかに。

お父さんはずっと、死んだら別の世界に生まれ変わるっていってました。だから、悲しまないでくれって。お父さんの笑顔が見えなくても、声がきこえなくなっても、お父さんはいつもお前たちを見ているからって。あんまりいうものだから、死ぬ頃にはお母さんも千草もその話を信じかけていました。

でも、頭ではわかっていたつもりだったけど、心はやっぱり寂しかったです。

千草は泣いてしまいました。お母さんもいっぱい泣いていました。

アナン、苦しいときお母さんの話をきいてくれてありがとう。

死んでいくお父さんの話をきいてくれてありがとう。

千草はアナンがふたりにしてくれたことを、一生忘れません。


アナン、どうしてこの世には苦しいことがあるんでしょう？

どうして人は楽しいことは話さなくてもすむのに、苦しいことは話さなきゃいられないんでしょう？

いじめっ子は千草をいじめながら、別の子をほんとに愛してました。

千草はアナンを愛してたけど、いじめっ子を死ぬほど憎んでいました。

人は愛があるからといって、完璧な行動がとれるわけじゃないんです。

愛を知るには、どうしても愛だけじゃ足りないんです。

だから、誰かに許してほしいんです。

千草は、だからアナンがいるのだと思います。

でも、アナンは苦しみのゴミ捨て場じゃありません。

アナンを知った人は、今まで知らなかったことを知ってしまうんです。信じられなかったことをちょっと信じてしまうんです。永遠とか、愛とか。自分が信じるのを許せなかったことを。もしかしたら、それもありかもしれないって。

それまで苦しかったのは、そういうものがないって思ってたからなんです。

千草は今も思い出します。道のないどろどろの風景を。上も下も右も左もない、どこにいっても苦しい世界を。

今は、ぽつんぽつんと光が灯っていて、細い一本の道が見えます。

そして、その一番むこうには、アナンがこちらをむいて立っているのです。

お父さんは最後にこういいました。

『……苦しくなったときは、アナンのそばにいきなさい。お父さんはいつでも、アナンの中にいるから』

だからアナン、まだそばにいさせてください。なにもいわずに、ただその黒い瞳で見ててくれればいいんです。

千草はもう、アナンがいなくては生きていけません。

アナンは、千草の宝です。

アナンは、千草の光です。

アナンは、千草の命です。

（下巻に続く）

本書は、二〇〇〇年一月に角川書店から刊行された『アナン』に加筆・修正をし、『アナン、』と改題したものです。

|著者|飯田譲治　1959年、長野県生まれ。'86年に製作されたビデオ作品『キクロプス』で監督デビュー。'92年からフジテレビで放送されたドラマ『NIGHT HEAD』では原作・脚本・演出を手がける。脚本を手がけた主な作品に『沙粧妙子　最後の事件』('95年)『ギフト』('97年)が、監督を務めた映画に『らせん』('98年)『アナザヘヴン』(2000年)『ドラゴンヘッド』('03年)などがある。

|著者|梓 河人　1960年、愛知県生まれ。短編「その愛は石より重いか」でデビュー。主な作品に『ギフト』『アナザヘヴン』シリーズ(飯田譲治との共著)、『ぼくとアナン』(すべて角川書店)などがある。

アナン、(上)

飯《いい》田《だ》譲《じょう》治《じ》|梓《あずさ》 河《かわ》人《と》

講談社文庫

定価はカバーに
表示してあります

2006年2月15日第1刷発行

発行者——野間佐和子
発行所——株式会社　講談社
東京都文京区音羽2-12-21　〒112-8001
電話　出版部(03)5395-3510
　　　販売部(03)5395-5817
　　　業務部(03)5395-3615

デザイン—菊地信義
本文データ制作—講談社プリプレス制作部
印刷———株式会社廣済堂
製本———有限会社中澤製本所

Printed in Japan

落丁本・乱丁本は購入書店名を明記のうえ、小社業務部あてにお送りください。送料は小社負担にてお取替えします。なお、この本の内容についてのお問い合わせは文庫出版部あてにお願いいたします。

ISBN4-06-275313-8

講談社文庫刊行の辞

二十一世紀の到来を目睫に望みながら、われわれはいま、人類史上かつて例を見ない巨大な転換期をむかえようとしている。

世界も、日本も、激動の予兆に対する期待とおののきを内に蔵して、未知の時代に歩み入ろうとしている。このときにあたり、創業の人野間清治の「ナショナル・エデュケイター」への志を現代に甦らせようと意図して、われわれはここに古今の文芸作品はいうまでもなく、ひろく人文・社会・自然の諸科学から東西の名著を網羅する、新しい綜合文庫の発刊を決意した。

激動の転換期はまた断絶の時代である。われわれは戦後二十五年間の出版文化のありかたへの深い反省をこめて、この断絶の時代にあえて人間的な持続を求めようとする。いたずらに浮薄な商業主義のあだ花を追い求めることなく、長期にわたって良書に生命をあたえようとつとめるところにしか、今後の出版文化の真の繁栄はあり得ないと信じるからである。

同時にわれわれはこの綜合文庫の刊行を通じて、人文・社会・自然の諸科学が、結局人間の学にほかならないことを立証しようと願っている。かつて知識とは、「汝自身を知る」ことにつきていた。現代社会の瑣末な情報の氾濫のなかから、力強い知識の源泉を掘り起し、技術文明のただなかに、生きた人間の姿を復活させること。それこそわれわれの切なる希求である。

われわれは権威に盲従せず、俗流に媚びることなく、渾然一体となって日本の「草の根」をかたちづくる若く新しい世代の人々に、心をこめてこの新しい綜合文庫をおくり届けたい。それは知識の泉であるとともに感受性のふるさとであり、もっとも有機的に組織され、社会に開かれた万人のための大学をめざしている。大方の支援と協力を衷心より切望してやまない。

一九七一年七月

野間省一

富岡多恵子

動物の葬禮・はつむかし

富岡多恵子自選短篇集

解説＝菅野昭正　年譜＝著者

詩と訣別し小説に転じた初期の秀作「窓の向うに動物が走る」、人間の営みを土俗の闇に描く「雪の仏の物語」等、著者自選の九篇。軽快かつラジカルな富岡文学の核心。

とA6　198432-2

小島信夫　森　敦

対談・文学と人生

解説＝坪内祐三

昭和二十年代半ばからの知己である二人が、これまでの交遊を振り返りつつ、創作理論の〈現在〉を縦横に語り合う。二大巨人による未刊の長篇対談、待望の文庫化。

こA4　198431-4

吉田秀和

ソロモンの歌・一本の木

解説＝大久保喬樹

音楽批評界の巨匠が綴る文学、美術、暮らしをめぐる若き日の珠玉の随想十二篇。幼少期の体験や中也や一穂との交流、荷風を通した文明論など批評精神の源を辿る。

よK1　198433-0

講談社文庫　目録

有吉佐和子　和宮様御留
阿川弘之　七十の手習ひ
阿川弘之　故園黄葉
阿川弘之　春風落月
阿刀田高　冷蔵庫より愛をこめて
阿刀田高　ナポレオン狂
阿刀田高　食べられた男
阿刀田高　ブラック・ジョーク大全
阿刀田高　最期のメッセージ
阿刀田高　猫を数えて
阿刀田高　奇妙な昼さがり
阿刀田高　ミステリー主義
阿刀田高　コーヒー党奇談
阿刀田高編　ショートショートの広場10
阿刀田高編　ショートショートの広場11
阿刀田高編　ショートショートの広場12
阿刀田高編　ショートショートの広場13
阿刀田高編　ショートショートの広場14
阿刀田高編　ショートショートの広場15
阿刀田高編　ショートショートの広場16
阿刀田高編　ショートショートの広場17
相沢忠洋　「岩宿」の発見〈幻の旧石器を求めて〉
安西篤子　花あざ伝奇
安西篤子　洛陽の姉妹
赤川次郎　真夜中のための組曲
赤川次郎　東西南北殺人事件
赤川次郎　起承転結殺人事件
赤川次郎　三姉妹探偵団
赤川次郎　三姉妹探偵団2〈キャンパス篇〉
赤川次郎　三姉妹探偵団3〈珠美・初恋篇〉
赤川次郎　三姉妹探偵団4〈怪奇篇〉
赤川次郎　三姉妹探偵団5〈復讐篇〉
赤川次郎　三姉妹探偵団6〈危機一髪篇〉
赤川次郎　三姉妹探偵団7〈駆け落ち篇〉
赤川次郎　三姉妹探偵団8〈人質篇〉
赤川次郎　三姉妹探偵団9〈青ひげ篇〉
赤川次郎　三姉妹探偵団10〈父恋し篇〉
赤川次郎　三姉妹探偵団11〈死が小径をやってくる〉
赤川次郎　死神のお気に入り〈三姉妹探偵団12〉
赤川次郎　次女と野獣〈三姉妹探偵団13〉
赤川次郎　心地よい悪夢〈三姉妹探偵団14〉
赤川次郎　ふるえて眠れ、三姉妹〈三姉妹探偵団15〉
赤川次郎　三姉妹、呪いの道行〈三姉妹探偵団16〉
赤川次郎　三姉妹、初めてのおつかい〈三姉妹探偵団17〉
赤川次郎　恋の花咲く三姉妹〈三姉妹探偵団18〉
赤川次郎　沈める鐘の殺人
赤川次郎　冠婚葬祭殺人事件
赤川次郎　人畜無害殺人事件
赤川次郎　静かな町の夕暮に
赤川次郎　ぼくが恋した吸血鬼
赤川次郎　秘書室に空席なし
赤川次郎　結婚記念殺人事件
赤川次郎　豪華絢爛殺人事件
赤川次郎　妖怪変化殺人事件
赤川次郎　我が愛しのファウスト
赤川次郎　流行作家殺人事件
赤川次郎　手首の問題

講談社文庫　目録

講談社文庫　目録

石川英輔　大江戸仙女暦
石川英輔　大江戸仙花暦
石川英輔　大江戸えころじー事情
石川英輔　大江戸番付事情
石川英輔　大江戸庶民いろいろ事情
石川英輔　数学は嫌いです！〈苦手な人のためのお気楽数学〉
石川英輔 田中優子　大江戸ボランティア事情
石川英輔 田中優子　大江戸生活体験事情
石牟礼道子　新装版 苦海浄土《くがいじょうど》〈わが水俣病〉
今西祐行　肥後の石工
いわさきちひろ　ちひろのことば
いわさきちひろ 松本 猛　いわさきちひろの絵と心
いわさきちひろ 松本 猛　ちひろへの手紙
いわさきちひろ 絵本美術館編　ちひろ・子どもの情景〈文庫ギャラリー〉
いわさきちひろ 絵本美術館編　ちひろ・紫のメッセージ〈文庫ギャラリー〉
いわさきちひろ 絵本美術館編　ちひろの花ことば〈文庫ギャラリー〉
いわさきちひろ 絵本美術館編　ちひろのアンデルセン〈文庫ギャラリー〉
いわさきちひろ 絵本美術館編　ちひろ・平和への願い〈文庫ギャラリー〉
石野径一郎　ひめゆりの塔

井沢元彦　猿丸幻視行
井沢元彦　義経幻殺録
井沢元彦　光と影の武蔵〈切支丹秘録〉
一ノ瀬泰造　地雷を踏んだらサヨウナラ
伊藤雅俊　商いの心くばり
泉 麻人　丸の内アフター5
泉 麻人（オカシ屋ケン太）　おやつストーリー
泉 麻人　東京タワーの見える島
泉 麻人　大東京バス案内《ガイド》
泉 麻人　地下鉄100コラム
泉 麻人　僕の昭和歌謡曲史
泉 麻人　ニッポンおみやげ紀行
泉 麻人　通勤快毒
一志治夫　僕の名前は。〈アルピニスト野口健の青春〉
伊集院 静　乳房
伊集院 静　遠い昨日
伊集院 静　夢は枯野を〈競輪躁鬱旅行〉
伊集院 静　峠の声
伊集院 静　白秋

伊集院 静　潮流
伊集院 静　機関車先生
伊集院 静　冬の蜻蛉《とんぼ》
伊集院 静　オルゴール
伊集院 静　昨日スケッチ
伊集院 静　アフリカの王(上)(下)〈『アフリカの絵本』改題〉
伊集院 静　あづま橋
岩崎正吾　信長殺すべし〈異説本能寺〉
井上夢人　おかしな二人〈岡嶋二人盛衰記〉
井上夢人　メドゥサ、鏡をごらん
井上夢人　ダレカガナカニイル…
井上夢人　プラスティック
井上夢人　オルファクトグラム(上)(下)
家田荘子　バブルと寝た女たち
家田荘子　愛人〈ピュアで危険な愛を選んだ女たち〉
家田荘子　イエローキャブ
家田荘子　渋谷チルドレン
池宮彰一郎　高杉晋作(上)(下)
池宮彰一郎他　異色忠臣蔵大傑作集

石坂晴海　×一《バツイチ》の子どもたち
井上祐美子　公主帰還〈彼らの本音〉
井上祐美子　臨安水滸伝
井上祐美子 塚本青史 森福都　妃《ひ》・殺《さつ》・蝗《こう》
飯島勲　代議士秘書〈中国三色奇譚〉
池井戸潤　果つる底なき〈永田町、笑っちゃうけどホントの話〉
池井戸潤　架空通貨
池井戸潤　銀行狐
池井戸潤　銀行総務特命
岩瀬達哉　新聞が面白くない理由
井田真木子　ルポ十四歳〈消える少女たち〉
乾くるみ　Jの神話
乾くるみ　塔の断章
伊波真理雄 石村博子　不完全でいいじゃないか！
伊東四朗 吉田照美　親父熱愛《オヤジ・パッション》PARTI
伊東四朗 吉田照美　親父熱愛《オヤジ・パッション》PARTII
岩間建二郎　ゴルフここだけ直せばうまくなる
岩城宏之　森のうた〈山本直純との芸大青春記〉
石月正広　渡世人

井上一馬　モンキーアイランド・ホテル
石倉ヒロユキ　ヤッホー！　緑の時間割
石井政之　顔面バカ一代〈アザをもつジャーナリスト〉
伊東順子　ピビンバの国の女性たち
糸井重里　ほぼ日刊イトイ新聞の本
岩井志麻子　東京のオカヤマ人
乾荘次郎　妻《め》敵《がたき》討《う》ち
石田衣良　LAST［ラスト］〈鴉《からす》道場日月抄〉
井上荒野　ひどい感じ―父・井上光晴
内橋克人　新版匠の時代〈全六巻〉
内田康夫　死者の木霊《こだま》
内田康夫　シーラカンス殺人事件
内田康夫　パソコン探偵の名推理
内田康夫　「横山大観」殺人事件
内田康夫　漂泊の楽人
内田康夫　江田島殺人事件
内田康夫　琵琶湖周航殺人歌
内田康夫　夏泊殺人岬
内田康夫　平城山《ならやま》を越えた女

内田康夫　「信濃の国」殺人事件
内田康夫　鐘
内田康夫　風葬の城
内田康夫　透明な遺書
内田康夫　鞆《とも》の浦《うら》殺人事件
内田康夫　箱庭
内田康夫　終幕《フィナーレ》のない殺人
内田康夫　御堂筋殺人事件
内田康夫　記憶の中の殺人
内田康夫　北国街道殺人事件
内田康夫　蜃気楼
内田康夫　「紅藍《くれない》の女《ひと》」殺人事件
内田康夫　「紫《むらさき》の女《ひと》」殺人事件
内田康夫　藍色回廊殺人事件
内田康夫　明日香の皇子
内田康夫　伊香保殺人事件
内田康夫　不知火《しらぬい》海《かい》
内田康夫　華の下にて
内田康夫　博多殺人事件

講談社文庫 目録

内田康夫　中央構造帯 (上)(下)
内田康夫　黄金の石橋
歌野晶午　長い家の殺人
歌野晶午　さらわれたい女
歌野晶午　ROMMY〈越境者の夢〉
歌野晶午　正月十一日、鏡殺し
歌野晶午　死体を買う男
歌野晶午　放浪探偵と七つの殺人
歌野晶午　安達ヶ原の鬼密室
内館牧子　リトルボーイ・リトルガール
内館牧子　切ないOLに捧ぐ
内館牧子　あなたが好きだった
内館牧子　ハートが砕けた！
内館牧子　BU・SU〈すべてのプリティ・ウーマンへ〉
内館牧子　別れてよかった
内館牧子　愛しすぎなくてよかった
内館牧子　あなたはオバサンと呼ばれてる
宇神幸男　美神の黄昏
宇都宮直子　人間らしい死を迎えるために
薄井ゆうじ　竜宮の乙姫の元結いの切りはずし
宇江佐真理　泣きの銀次
宇江佐真理　室の梅〈おろく医者覚え帖〉
宇江佐真理　涙堂〈琴女《ことじょ》癸《き》酉《ゆう》日記《にっき》〉
内田正幸・生活クラブ生協連合会「生活と自治」　こんなモノ食えるか!?〈食の安全に関する101問101答〉
上野哲也　ニライカナイの空で
上野哲也　海の空　空の舟
魚住昭　渡邉恒雄 メディアと権力
氏家幹人　江戸老人旗本夜話
氏家幹人　江戸の性談〈男たちの秘密〉
宇佐美游　美人
内田春菊　愛だからいいのよ
遠藤周作　海と毒薬
遠藤周作　わたしが・棄てた・女
遠藤周作　ぐうたら人間学
遠藤周作　聖書のなかの女性たち
遠藤周作　さらば、夏の光よ
遠藤周作　最後の殉教者
遠藤周作　反逆 (上)(下)
遠藤周作　ひとりを愛し続ける本
遠藤周作　深い河《ディープ・リバー》
遠藤周作　周作塾〈読んでもタメにならないエッセイ〉
遠藤周作　『深い河』創作日記
永六輔　無名人名語録
永六輔　一般人名語録
永六輔　どこかで誰かと
江波戸哲夫　希望退職を募る〈小説 企業再建〉
衿野未矢　依存症の女たち
衿野未矢　依存症の男と女たち
大江健三郎　新しい人よ眼ざめよ
大江健三郎　宙返り (上)(下)
大江健三郎　取り替え子《チェンジリング》
大江健三郎　鎖国してはならない
大江健三郎　言い難き嘆きもて
大江健三郎　憂い顔の童子
大江健三郎・文　大江ゆかり・画　恢復する家族
大江健三郎・文　大江ゆかり・画　ゆるやかな絆
小田実　何でも見てやろう

2005年12月15日現在